"더욱, 더욱더,
누구라도 눈을 돌리고 싶도록
처참한 최후를."
미 나 리 스

“아직, 아직이야.
이 정도 갖고는 안 돼.
이래서는 모자라다고.”
우 케 이 카 이 토

"후후, 정말이지 대책도 없는 바보네."
피어오르는 독화.
왕녀
알레시아 오를레아

두 번째 용사는 복수의 길을 웃으며 걷는다 1

~배반자 왕녀~

키즈카 네로
Kizuka Nero

"기필코 대가를 치르게 만들겠어요.
절대 누구도
용서치 않겠습니다."

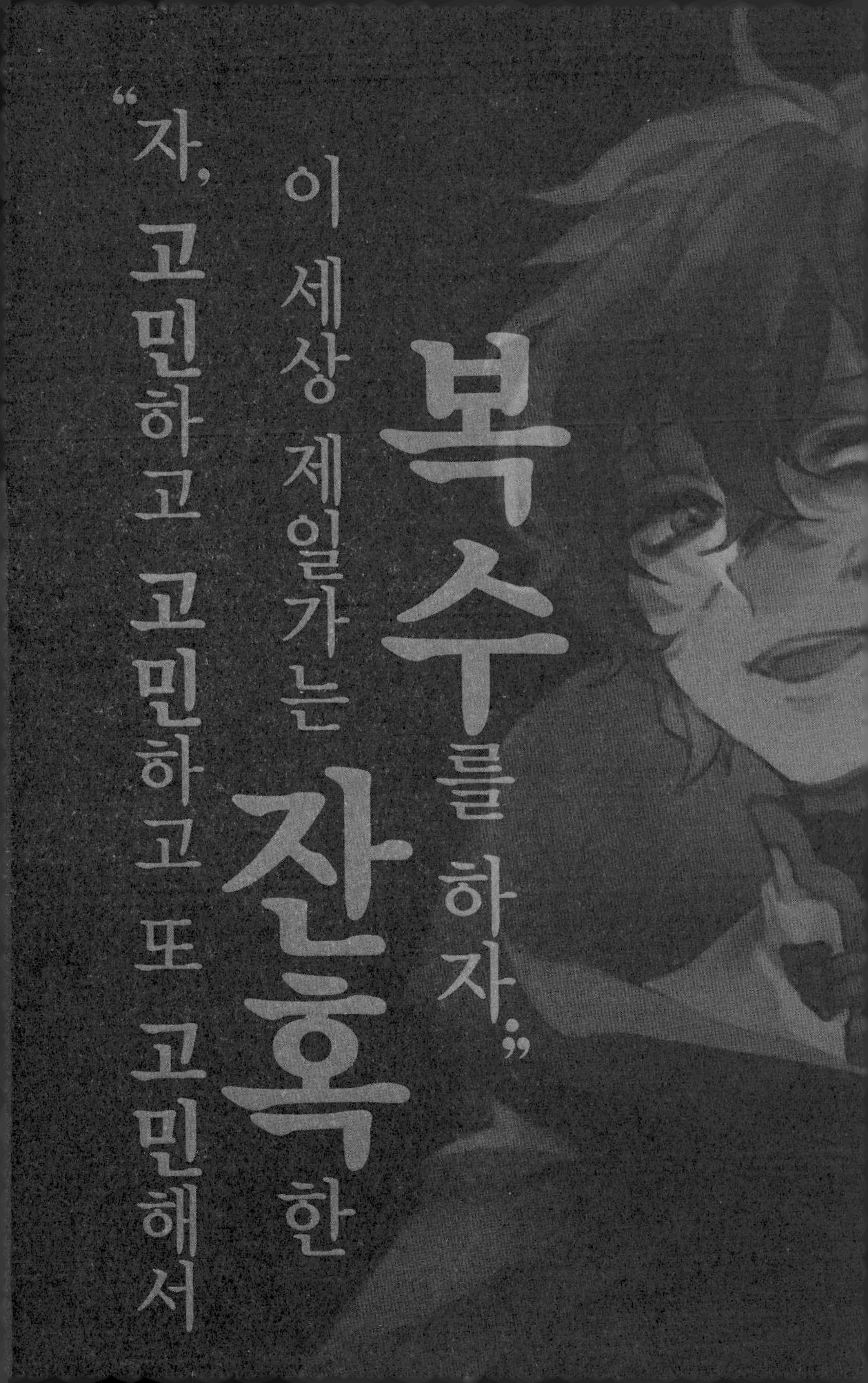
"자, 고민하고 고민하고 또 고민해서
이 세상 제일가는 잔혹한
복수를 하자."

프롤로그

더럽다, 추잡하다, 메스껍다, 욕지기가 난다.

새삼스럽게 주위를 둘러보면 이놈이고 저놈이고 모조리 저딴 인간뿐이었다.

웃는 얼굴로 배반했다, 히죽히죽 웃으면서 선의를 짓밟았다, 홍소(哄笑)에 섞어서 독을 탔다.

이따위 놈들을 위해 죽자 살자 하면서 싸웠던 어리석은 나 자신을 쳐죽여 버리고 싶지만, 시간을 되감기란 불가능하기에 절망만 솟구친다.

기만당한 내가 문제라고 지적당하면 할 말이 없다. 따라서 이 결말은 필연이라고도 할 수 있겠지.

그러나 정녕 납득이 되느냐고 묻는다면 어디 수긍할 리가 있겠는가.

가슴을 찌른 검에 생명의 원천이 쏟아져 나가는 것을 느끼면서 주위를 에워싸고 있는 옛 동료, 아니, 동료라고 여겼던 것들을 봤다.

"……해냈군."

"어휴. 괴물이에요, 정말로."

"어쨌든 이제 끝났습니다. 모든 것은 신의 뜻대로, 악은 정화되었습니다."

대체 왜 이따위 것들을 믿고 의지했던가.

아아, 나는 분명히 벌을 받고 있다. 신뢰라는 말에 눈이 멀었던 내게 벌이 떨어졌음이다.

그러니까 두 번째가 있다면 그때는 결코 틀리지 말자.

그러니까 만약 다음이 있다면 확실하게 죽이자.

왕녀를 죽이자, 기사를 죽이자, 마을 사람을 죽이자, 마법사를 죽이자, 전사를 죽이자, 성녀를 죽이자, 무투가를 죽이자, 암살자를 죽이자, 무희를 죽이자, 상인을 죽이자, 왕을 죽이자, 여왕을 죽이자, 귀족을 죽이자.

네 놈들, 전부 죽여주마. 가장 잔혹한 방법으로, 가장 오래도록 괴로워할 만한 방법으로.

내세에서도 잊지 않도록 마음 속에 깊숙이, 더 깊숙이, 깊숙이 새겨 넣었다.

【시스템 메시지 · 복수의 성검이 해방되었습니다.】

희미해지는 의식 속으로 문득 목소리가 들렸다.

그러나 이미 몸은 꼼짝도 움직이지 않았고 어떤 행동도 취할 수 없었다.

『얘야, 우리는 어디에서 어긋났던 게냐……. 다만 줄곧, 그 놀이 같았던 시간 속에서 지내려면, 어찌하면 좋았던 게냐……. 혹은, 처음부터 어찌할 도리가 없었던가……. 만약, 다시 만날 날이 온다면,

다음에는 좀 더, 다른 형태로…….』

그렇게 마지막으로 떠올린 것은 서로를 죽이려할 수밖에 없었던 한 명의 소녀.

지금의 나와 마찬가지로 몸에 칼이 꽂힌 채 어쩔 수 없노라며 힘없이 웃던, 마왕이라고 불렸던 소녀.

"크큭, 아하하핫, 끅, 푸하핫하하하하하하!!"

토혈이 섞인 웃음소리가 나왔다.

정말이지 웃기지 않은가. 세계의 적, 용사의 숙적이라는 말을 쭉 주입받은 탓에 싸울 수밖에 없었던 마왕이 오히려 진정한 의미에서 최고의 이해자였다. 어떤 어릿광대라도 이보단 덜 우스꽝스럽겠다.

"쳇, 아직도 안 죽었나!"

"아뇨, 이미 저자에게는 일어설 힘이 없습니다. 그러나 거대한 악을 정화하려면 더 많은 시간이 걸리는 법이겠지요."

"맞아요, 이제는 눈에 힘이나 주는 게 고작이겠죠."

웃음소리에 놀라 재차 경계하는 놈들의 기척을 느꼈지만 그 말이 옳았다.

이미 출혈이 너무 많아서 사고조차 명료하지 않았다.

……그러니까 입 밖으로 나온 말은 단지 본능에 깊이 각인된 다짐일 뿐.

"그래, 너희들 전원, 기필코 죽여주마……."

뚝, 모든 HP의 손실이 확정되면서 의식이 어둠 속 밑바닥으로 가라앉았다.

나는, 우케이 카이토는 죽음을 맞이하였다.

시스템 메시지 · 튜토리얼 모드를 종료합니다.

경과 시간 · 04년 98일 17시간 52분 35초.

경과 시간에 따른 레벨 · 경험치 퇴행 처리를 실행합니다.

퇴행분이 획득 경험치를 초과한 까닭에 레벨이 초기치까지 리셋되었습니다.

부채로 마이너스 2만을 설정합니다.

경험치를 조건으로 레벨 상한을 10레벨마다 설정합니다.

부채 상한을 퇴행분이 초과했습니다.

초과한 퇴행분에 상응하는 스킬을 박탈 · 퇴행 처리를 실행합니다.

스킬의 퇴행, 박탈에 성공. 스킬이 완전 초기화되었습니다.

퇴행분이 스킬을 초과했기 때문에 고유 기술 「심검」의 형태 박탈에 따른 퇴행 처리를 실행합니다.

……【복수의 성검】의 효과에 의해 작업이 실패.

박탈 처리를 중지한 뒤 경험치를 조건으로 하는 봉인 처리로 이행합니다.

봉인 처리에 성공. 58종류 중 53종류의 「심검」의 형태가 봉인되었습니다.

초과한 퇴행분의 상쇄가 종료됐습니다.

모드 개시 시점까지 역행 준비를 개시. ……완료.
모드 개시 지점으로 역행을 실행합니다.

제1장 두 번째 세계에서 웃는다

"방문을 환영하는 바입니다, 용사니, 아흑!"

눈을 뜬 순간 눈앞에 증오의 대상이 보였기에 일단 있는 힘껏 후려갈겼다.

반사적으로 내뻗친 주먹은 명치에 힘껏 틀어박혔고, 왕녀, 알레시아 오를레아는 백은빛 머리카락을 나부끼면서 몇 걸음 뒤로 물러났다가 배를 감싸 쥔 채 주저앉았다.

실은 낯짝을 노리고 싶었다만 바닥에 앉아 있던 까닭에 얼굴까지는 손이 닿지 않는 데다가 힘을 제대로 실을 수 있는 자세도 아니었던 터라 어중간한 일격밖에 쳐 넣지 못했다.

""와, 왕녀 전하!!""

눈앞에서 벌어진 사태를 받아들이지 못한 채 일순간 넋을 놓았던 기사들이 왕녀에게 달려간다. 몇 사람이 허둥지둥 하급 치유의 주문을 영창하자 엷은 빛이 왕녀를 감쌌다.

그 광경을 바라보면서 나는 석연치 않은 기분이 가득 차올랐다.

아무리 무기도 쓰지 않았을뿐더러 자세도 강화도 제대로 되지 않은 어중간한 일격이었다고는 하나 마법 강화나 **축복**, 장비도 없이 내 일격을 맞고도 고작 이만한 피해로 그쳤다는 것이 이해되지 않았다.

의문이 하나 떠오르자 현재 상황에 대한 의문도 한꺼번에 터져 나온다.

"으음~? 애당초 이게 뭐지, 꿈인가? 주마등?"

분명 죽었을 터인 내 몸이 어디에도 이상이 없다.

가슴에 꽂혀 있어야 하는 『불사자 살해의 보검』은 그림자조차 찾아볼 수가 없었을 뿐 아니라, 복장도 조금 전까지 내가 입고 있었던 것이 아니었다.

이 옷은 4년 전 처음 이 세계에서 여행을 떠날 때 입고 있었던 검은 옷.

내가, 우케이 카이토가 재학했던 고등학교의 교복이었다.

"네 이놈, 감히 무슨 짓이냐!!"

"제아무리 용사일지라도 왕녀님께 위해를 가하다니!!"

달음박질치지 않은 기사들이 이쪽으로 검을 겨눴다. 그래 봤자 적의는 실렸을지언정 진심 어린 살의도 발하지 않는 위압 따위, 전장에 나서기 전의 나였다면 또 모르겠지만 지금은 산들바람만 한 의미도 없다.

일단 싹 무시해주고 현재 상황을 파악하려 애썼다.

주위를 둘러보니 이곳은 왕도의 성에 있어야 하는 소환의 방.

방금 전까지 내가 머물렀던 곳은 비경의 깊숙한 곳에 위치하는 용당전(龍堂澱)의 가장 안쪽, 용해지(龍骸地)의 방.

직선거리로 헤아려도 1만 킬로미터는 족히 떨어져 있을 것이다. 설령 전이 마법을 썼을지라도 열 번 이상 장거리 전이를 구사할 필요가 있다. 말도 안 되는 마력량을 자랑했었던 마왕조차 단숨에 당도하기는 불가능할 것이다.

……그렇다면 역시 죽기 직전에 본다고 하는 주마등일까? 아니, 추체험뿐 아니라 이토록 느긋하게 사고가 이루어지는 주마등이 있을 리 없다.

꿈치고는 타격의 감촉이라든가 쏟아지는 적의에 대한 감각이 너무나 또렷하다. 꿈도 주마등도 아니라면 유감스럽지만 현재 상황을 설명할 만한 것이 상상으로조차 떠오르지 않았다.

"이놈! 들었으면 대답을 해라!!"

"안 들리는데."

"뭐랏?! 네 이놈!!"

쫑알쫑알 시끄럽게 구는 기사 놈들에게 대충 답해주니 싸구려 자부심이 한계를 맞이했을까, 적의의 질이 바뀌어 이쪽으로 겨눈 검에 진지하게 살기가 깃들었다.

그 순간 미적지근한 살기에 김이 빠지는 사고와 반대되게도 살기에 반응한 몸이 달려 나갔다.

"엉? 끄, 푸헙?!"

내딛으려고 했던 놈의 다리를 짓밟고 체중을 실어 후두에 팔꿈치를 때려 박았다. 일련의 동작에 적당히 봐주려는 생각은 조금도 없었다.

용사로 소환되고 3년간.

마왕을 쓰러뜨린 뒤 더 이상의 볼일은 없다는 듯 전후 부흥을 위한 희생양으로 전락하여 온 세상으로부터 쫓겨 다녔던 1년간.

적의를 감지하자마자 주저 없이 치명상에 이르는 일격을 선사하도록 항상 태세를 갖추지 않았다면 저토록 오래 살아남지는 못했을 것이다.

잇따른 예상 밖의 광경에 기사들은 재차 움직임을 멈춘 듯했다. 휙 날아간 당사자는 벽에 세차게 부닥쳤다. 목이 절반쯤 뭉개졌고 입으로 거품을 뿜으면서 아랫도리의 마개가 헐거워진 탓에 용변이 새어 나오는 모습이었다.

"응? 목이 왜 안 날아갔지. 저 목 보호대, 정령 강화라도 해 놓았나? 아니, 그런 마력은 느껴지지 않는데. 그나저나 몸이 좀 무겁다? 흠, 흠흠~?"

조용, 쥐 죽은 듯 적막한 방 안에 내 목소리만 울려 퍼졌다.

어느 측면으로 본들 숙련자도 강자도 아니고 일반적인 기사로 여겨졌다. 이번에도 역시 무기를 쓰지 않았다고는 하나 이 정도밖에 효과가 없는 것은 납득이 안 된다.

뭐랄까, 목 위쪽 부위가 빙글 돌아가버려야 할 텐데도 현실에 나타난 결과는 여러모로 양이 차지 않았다.

"로, 로렌!!"

몇 초가 지나고 간신히 정신을 차리고 휙 날아갔던 기사의 곁으로 다른 기사들이 모여들더니 허둥지둥 치유 주문을 읊으려 시도했다. 단지 그뿐이어서는 살릴 수 없다고 판단했는지 허리춤에서 중급 포션을 꺼내 환부에 끼얹었다.

"뭐, 뭔가, 마음에 들지 않으셨는지요. 용사, 니, 님……."

이제 회복되었는지 왕녀가 핼쑥한 얼굴을 하고 내뱉은 저 말이 귓가에 들려왔을 때 무심코 새어 나간 살기 섞인 위압이 주위 인간의 행동을 묶어버렸다.

"잘도 그따위로 입을 놀리는군, 알레시아. 과연 왕녀님이시군. 무엇 하나라도 마음에 들 리가 있겠어? 네 목소리, 네 눈, 네 꼬락서니, 전부가 다 마음에 안 든다고. 네 주둥이에서 용사라는 말이 나왔다는 게 일단 욕지기나도록 역겹군."

위압적인 기세에 위기감을 느낀 기사가 떨리는 몸을 채찍질해서 왕녀를 지키고자 위치를 바꿔 움직였지만 그래 봤자 별 의미는 없었다.

왜냐하면 내 움직임을 따라올 만한 인물이 이곳에는 아무도 없었기 때문이다.

"꺅, 꺽, 끄윽."

역시 어째서인가 무겁게 느껴지는 몸으로 달려 나가서 기사들 사이를 빠져나간 뒤 왕녀의 목을 한쪽 손으로 붙잡아 몸을 들어 올린 채 벽면으로 밀어붙였다.

"아무 죄 없는 인간을 제멋대로 용사 소환의 희생양으로 삼아다가 나에게 용사의 의무를 떠넘겼고, 마왕을 쓰러뜨리니까 그다음은 나에게 모든 죄를 뒤집어씌운 뒤 깔깔대면서 나를 배반하지 않았냐."

"대, 대체, 무슨 말씀인, 컥, 흑."

뻔뻔하기는. 나는 절대로 잊지 않는다.

마왕을 쓰러뜨리자마자 세상이 뒤집혔다.

성녀가 나를 세계의 적이라 공언하자 왕국도 보증했고 배후에서 저지른 모든 죄를 나에게 들씌웠다.

함께 싸웠던 동료들은, 인연을 맺어 가꿔 왔다고 여겼던 놈들은 예외 없이 추격자가 되었다.

의심하지도 않고 단지 도와 달라는 말을, 단지 구해 달라면서 보여준 광경의 원인을 알려주는 대로 믿어버렸던 대가는 무엇이었던가. 구원받은 놈들이 던지는 돌, 사나운 매도, 내뱉는 침.

이 왕녀도 그중 한 사람이었다. 마왕을 쓰러뜨린 뒤 온 세계가 적으로 가득 차 누가 아군인지도 모르는 처지였다. 바로 그때 왕녀는 아군이 되어주는 척 접근했었다. 도와주겠노라고, 숨겨주겠다고 장담하면서.

도망 생활과 극적인 상황 변화에 몹시 지쳤던 나는 그 말을 대뜸 믿고 말았다. 그리고 내게 돌아온 것은 큰 비웃음소리와 배반이었고.

은신처라면서 전이석으로 데려간 곳은 전이로 진입할 수는 있어도 나가기는 불가능한 어느 던전의 함정 방. 목숨만 겨우 건져서 도망쳐 나왔다. 중상을 입었던지라 상처를 치료하는 데 상당히 오랜 시간이 걸렸다.

"맞아, 아군인 척 나를 속였을 때도 네가 말했었지. 『저는 딱히 배반한 것이 아니랍니다, 처음부터 아군이 아니었으니까요』라고. 애당초 이세계인은 같은 인간이 아니었던 거지?"

"정말로, 무슨 말씀이신지……."

정말 사람을 바보로 아는구나. 그리고 정말로 나는 바보였다.

신뢰라는 말을 제외하고 봤다면, 마땅한 의문을 갖고 살펴봤다면 돌이키지 못할 지경에 다다르기 전에 이 여자가 숨겨 갖고 있었던 적의 또한 알아차렸으련만.

여하튼 지금이라면 혼란과 고통 때문에 새파래졌음에도 왕녀의 내심 깊숙이 도사리고 있는 악의를 또렷하게 느낄 수 있으니까.

사소한 동작, 시선, 호흡, 표정의 움직임.

전투 상황에서 상대의 의중과 움직임을 예측하기 위한 정보원으로 이용할 줄밖에 몰랐었던 여러 요소들이 미처 숨기지 못한 악의가 존재함을 일깨워준다.

"하, 정말 두꺼운 얼굴 거죽이군. 뭐, 상황은 잘 모르겠지만 꿈이든 주마등이든 아무래도 좋아. 난해한 고찰은 뒤로 미뤄야겠어."

아아, 저절로 목소리가 새어 나왔다.

"이 보너스 타임이 언제까지 이어질까 모른단 말이지, 게다가 맹세도 했고 말이야."

가득히 흘러넘치는 환희의 목소리. 표정은 유열에 젖어 일그러졌고, 어서어서 시작하자고 맥동하는 심장이 좀이 쑤시는 팔을 재촉한다.

"아……. 으……."

그때 왕녀에게서 느껴지는 적의가 급속도로 사그라들었다.

목을 졸라대던 손을 떼고 구속을 풀어줬지만 엉덩방아를 찧은 채 나를 올려다보는 눈빛은 공포에 물들어 있었다. 왕녀의 눈에 비친 나는, 분명히 몹시 일그러진 표정을 짓고 있었다.

다만 그렇기에 만족스럽다. 그것이 만족스러웠다.

언제까지고 아름다운 세계에서 살고 싶었다. 복잡하지 않았고 나 자신은 영웅이 될 수 있는 세계였으니까.

그 결과가 온 세상으로부터 배반당한 끝에 원적(怨敵)의 누명을 쓰는 처지였으니까 참 웃기는 이야기다.

이미 나는 아름답지 않은 세계를 알아버렸다. 아름다운 세계를 좇던 나는 오랜 옛날에 이미 망가져버렸다.

……맹세하지 않았던가. 복수하겠노라고.

그 상대에게 보여줄 얼굴은 분명 이렇듯 광기로 가득 찬 얼굴이어야 하는 법이다.

"사, 살려, 주세……."

"싫은데? 온 힘을 다해서 고통을 선사해주지, 알레시아."

"꺄윽!!"

오른쪽, 왼쪽, 오른쪽, 왼쪽. 의식이 날아가지 않도록, 최대한 큰 고통을 느끼도록 얼굴을 때린다.

"네놈, 컥?!"

"끄헉!!"

"뭐하는 거냐, 버러지들아!! 너희들의 귀한 왕녀님께서 수모를 겪고 계시잖냐. 힘 좀 더 써보라고!! 엉?!"

공포에 옭아매여 왕녀가 붙들려 있는 상황인데도 움직이지 못하던 기사들이 그제야 황급히 덤벼들었다. 하지만 기껏해야 대여섯 명의 기사에게 포위를 당한 정도로는 전혀 곤란할 것 없었다.

관절 안쪽에다가 팔꿈치를 꽂아 넣어서 상대의 중심을 무너뜨리고 가급적 격한 고통에 휩싸이도록 넘어뜨린 뒤 뼈가 꺾여 부러지도록 부하를 가하면서 눈을 뭉개고 귀를 도리고 코를 쥐어뜯는다.

"아하핫, 아하하하핫!!"

여전히 어찌 된 까닭인지 몸은 무거웠지만 굳이 심검을 쓰지는 않았다.

검으로 곧장 죽이는 아까운 짓을 어찌하겠는가. 그저 죽이고 싶은 것이 아니다.

복수를 하고 싶다.

괴롭혀주고 싶다.

가능한 한 오래도록 고통을 준 끝에 죽이고 싶다.

그러지 않으면 내 마음이 채워지지 않는다.

"아하하하하하하하하하핫, 하하하하하하하하하핫!!"

고통과 공포의 비명, 상쾌한 음색에 흥분이 멈추지 않았다.

저 목소리는 멋지 않는다. 죽음에 이를 중상을 입히지도 않았고, 기절하려고 하면 통증을 가하여 깨웠다.

기사들에게 이곳은 그야말로 지옥이었다. 왕녀에게 이곳은 그야말로 지옥이었다.

또한 내게는 소원이 이루어지는 도원향이었다.

웃음이 멈추지 않았다. 멈출 수 없었다.

비명은 멈추지 않았다. 멈추게 두지 않았다.

"아악……. 으윽, 끄읍……."

"흐극……. 꺽, 어헉……."

그렇게 방 안이 말 대신 신음 소리로 가득 차오르고 어떤 짓을 해도 괜찮은 반응이 돌아오지 않게 되자 나는 손을 멈췄다.

눈앞에는 누구인지 알아보지도 못할 만큼 얼굴은 엉망진창, 손가락 관절이 전부 반대 방향으로 꺾이고, 더는 견딜 수 없어서 공허하게 눈이 흐릿해진, 입가에서 거품을 뿜고 있는 알레시아 왕녀님께서 엎어져 있다.

"자, 다시 점검을 해볼까."

고작 이따위로 가라앉을 복수심은 아니었다만 반응도 없는 상대를 건드려 봤자 의미가 없었다.

한바탕 날뛴 덕분에 간신히 평정을 되찾고 냉정해진 머리로 어느 심검을 불러냈다. 손에 든 심검으로 곧장 찔러버리고 싶은 충동을 견디면서 알레시아 왕녀에게 치유 마법을 걸었다.

손에서 소량의 마력을 빨아들이고 엷은 빛을 발하고 있는 것은 【취록(翠綠)의 정검(晶劍)】. 엘프의 숲에서 조건을 달성하여 입수했었던 심검의 한 가지 형태였다.

칼날 길이는 15센티미터쯤 되고, 녹색을 띤 수정 비슷한 재질로 이루어져 있는 단검이다. 마력을 주입함으로써 대상에게 치유 효과를 발휘한다.

그렇다 해도 당장에 완치될 만큼 극적인 효과는 없었다. 이틈에 의문으로 여겼던 사안을 조사하도록 하자.

"그나저나 몸이 왜 이렇게 무거운 거야?"

어쨌거나 전투 비슷한 행위를 치르면서 명백하게 신체 능력이 저하됐다는 것을 깨닫게 됐다. 어째서 이런 현상이 발생했는가 고찰을 펼쳐 나간다.

"아, 혹시 저주가 남아 있나?"

직전까지 나를 꿰뚫고 있던 『불사자 살해의 보검』. 그 검의 힘은 상대에게 상처를 입힐 때마다 기초 능력치를 저하시키는 디버프 효과였다. 교회가 비밀리에 소장하고 있었던 교검(教劍)인데, 그때는 내가 장비했었던 심검의 효과 덕택에 무효화할 수 있었다.

나의 고유 능력『심검』은 여러 많은 조건을 달성함으로써 다양한 형태를 획득하여 내 전용의 무기로 다룰 수 있게 하는 것이었다.

4년의 수련은 겉치레가 아니었다. 사용 가능한 다수의 검 중에는 본인의 상태 이상을 해제해주는 것도 있었다. 따라서 어떤 검을 사용해서 대응해야하는지 먼저 살펴볼 필요가 있었다.

"스테이터스 오픈."

중얼거린 말에 반응해서 푸른빛 반투명한 판, 스테이터스 보드가 떠올랐다.

불러낸 당사자의 능력이 적혀 있는 판으로, 감정 계열의 스킬 및 마법을 사용하지 않는 한 본인 말고는 볼 수 없는 비물질적 마력체이다.

또한 여기에는 놀랄 만한 정보가 기재되어 있었다.

"……뭐야, 이게."

결국 버그라도 난 것인가 싶어 눈자위를 매만지면서 일단 스테이터스 보드를 지운 뒤 고개를 흔들고 나서 다시 한 번 읊조렸다.

"스테이터스 오픈."

스테이터스

우케이 카이토 Lv1

Ukei Kaito 17세 남

HP : 531/545 MP : 347/412
근력 : 224 체력 : 324
내구 : 545 민첩 : 587
마력 : 117 항마 : 497

고유 능력 : 「심검▽」「타 언어 이해」
스 킬 : 『주먹질 Lv 1』
상 태 : 양호

"……뭐라고?"

이상한 점이 한두 가지가 아니었기에 무심코 이렇게 의문의 말이 나왔다.

먼저 첫 번째, 나이.

내가 이 세계에 불려왔던 시기는 약 4년 전, 열일곱 살의 고등학교 2학년생이었을 때. 지금 나이는 스물한 살이다.

뭘까, 회춘의 비기라도 발동했나. 아닐 테지.

뭐, 딱히 이쪽은 문제가 안 된다.

다음은 레벨.

마왕을 쓰러뜨렸고 그 이후에도 줄곧 싸워야 했기에 내 경험치는 압도적이었고, 레벨은 300을 넘겨 400에 육박하려는 지경까지 성장했었다. 마왕 토벌을 위한 여행에 나서기 이전 왕국 최강의 기사로 일컬어졌던 기사단장의 레벨이 121이었고, 마왕을 토벌할 무렵에는 270가량까지 올랐었다는 것도 더하여 감안하면 저 레벨이 얼마나 돌출되어 있는지 가늠하는 데 모자라지는 않겠다.

물론 레벨이 올라가면 스테이터스에도 영향을 끼친다. 레벨이 떨어지려면 단련을 아주 게을리하거나 늙어서 쇠약해지거나 하는 경우밖에 없다고 들은 적이 있다만, 300을 훌쩍 넘기는 레벨이 단번에 바닥을 치는 사례는 소문으로도 들어본 적이 없었다. 아니, 애당초 이쪽 세계에서 레벨 1은 기껏해야 갓난아이뿐이다. 처음 이 세계에 왔던 시기의 나를 돌이켜봐도 레벨이 3은 됐었다.

그럼에도 레벨이 1이다. 그에 따라서 능력치도 극적으로 떨어졌다.

그리고 마지막은 바로 스킬이다.

오직 재능이나 용사 보정 같은 특별한 조건으로만 소유할 수 있는 고유 능력과 달리, 획득 방법이 확립되어 있고 적합 · 부적합은 갈릴지언정 단지 시간만 들이면 습득이 가능한 것이 스킬이다.

스킬에는 숙련도와 레벨이 있고, 숙련도를 쌓아 레벨을 올림에 따라 스킬을 더욱 능숙하게 구사할 수 있게 된다.

기본적으로는 따분한 반복 작업으로 육성할 수밖에 없다. 달리 말하자면 나의 수많은 노력의 결정체라고 할 수 있는 스킬이 이제는 『주먹질』 하나만 남은 셈이다.

"이게 뭔, 말도 안 돼……. 『천구(天驅)』!!"

의식은 아직껏 돌아오지 않았으나 상처가 대강 나은 듯 보여 왕녀의 치료는 중단하고 심검을 거둔 뒤, 지면을 박차고 마력으로 이루어진 발판을 밟아서 다시 한 번 공중으로 뛰어올랐다.

퍼뜩 선택한 스킬은 『천구』. 공중에서 발아래에 마력으로 발판을 만듦으로써 공중전을 가능케 하는 스킬.

전장에서 유용하게 사용했었던 스킬 중 하나다. 이것은 분명 발동됐다. 발동은 했다만…….

"거짓말이지……?"

기술 발동의 수준이 너무나도 미숙했기에 기가 막혀서 한숨이 새어 나왔다. 마력 소비도 전개 속도도 본래의 내 감각과 비교도 되지 않았다.

"스테이터스 오픈!!"

스테이터스

우케이 카이토 Lv1

Ukei Kaito 17세 남

HP : 531/545 MP : 297/412

근력 : 224 체력 : 324

내구 : 545 민첩 : 587

마력 : 117 항마 : 497

고유 능력 : 「심검▽」「타 언어 이해」

스 킬 : 『주먹질 Lv 1』『마력 조작 Lv 1』『천구 Lv 1』

상 태 : 양호

『천구』 스킬 레벨 : 1

스킬 숙련도 : 1/10000

공중에서 마력으로 발판을 만들기 위한 스킬.

스테이터스 창을 열자 스킬 칸에 막 사용한 『천구』와 『마력 조작』이 등록되어 있었다.

스테이터스 보드의 『천구』 글자를 탭하고 한숨 쉬었다.

"후유, 역시나……."

작게 떠올라 있는 스테이터스 보드에는 그렇게 표시되어 있었다.

즉 방금 전에 막 이 스킬을 습득한 것으로 취급되고 있는 것이다.

잔뜩 소모된 MP가 이를 증명해준다.

아까도 말했듯이 스킬 레벨이란 간단하게 말하면 얼마나 그 스킬을 구사하는 데 익숙하느냐는 표시다.

스킬을 성공시킴으로써 숙련도를 쌓아 나가고, 스킬 레벨이 오름으로써 해당 스킬을 더욱 능란하게 발동시킬 수 있다. 반복 연습으로 요체를 파악하는 것과 비슷하겠다.

지금 쓴 천구의 경우에는 레벨을 올리면 올릴수록 마력 소비량이 감소되고 발동 간격이 줄어드는 식이었다.

분명히 말해서 레벨 1짜리 스킬 따위는 쓰레기와 다를 바 없다. 어떤 스킬도 연비가 너무 나쁜 까닭에 실전에서는 차마 써먹을 수가 없는 수준이 대부분이었다.

일단은 천구 말고 다른 스킬도 확인해봤지만 역시 레벨은 1이었다.

"저주의 효과……? 그럴 리 없나. 이따위로 터무니없는 효과였다면 전투를 벌일 필요도 없이 훨씬 더 빨리 끝났을 테지."

실제로 이곳에서 깨어나기 직전의 기억이 올바르다면 『천구』도 『마력 조작』도, 그뿐 아니라 그 밖의 상급 스킬까지 콧노래를 흥얼거리면서 구사 가능할 만큼 스킬 레벨이 높았었다. 그렇기에 나 홀로 1년 이상 추격전을 버틸 수 있었다.

레벨이며 스킬을 아예 삭제하는 효과의 저주가 부여돼 있는 검이 실제로 존재했다면, 용사에게 굳이 의지할 것도 없이 마왕을 순식간에…… 까지는 무리여도 쉽게 쓰러뜨렸을 테지.

"그때, 살해당한 뒤, 아니, 이렇게 목숨이 붙어 있으니까 살아났다고 치고. 음, 정신을 잃은 동안에 신종 상태 이상이라도 걸렸다든가?"

스테이터스 보드의 상태에 양호라고 표시되어 있기는 하다. 다만 유감스럽게도 이건 판정이 허점투성이인지라 참고 수준을 벗어나지 못한다.

진짜 악질적인 고레벨의 상태 이상은 스테이터스 보드의 표기마저도 속이기 때문이다.

따라서 정말 아무런 상태 이상에도 걸리지 않았는가 알기 위해서 다시 한 번 스테이터스 보드에 감정 능력을 지닌 심검을 사용함으로써 보다 상세한 상태를 확인하고자 했다.

정말 신종의 상태 이상이라면 그 효과를 명확하게 확인하지 않는 한 해제 조건 따위도 파악할 길이 없기 때문이다.

"어디 보자, 감정, 감…… 저, 엉?"

그렇게 스테이터스 보드에 대고 감정 능력이 있는 심검을 꺼내려고 하다가 우뚝 멈췄다.

"이럴, 수가, 설마……."

불길한 예감 때문에 얼굴을 일그러뜨리면서도 심검의 옆쪽에 있는『▽』마크를 탭했다.

그러자 이제껏 갖가지 고난을 함께 뛰어넘었던 수많은 심검들의 명칭이 쭉 나타났다.

다만 대부분은 흐릿흐릿한 회색으로 표시돼 있었다. 옆쪽에는 자물쇠 마크. 그 마크를 탭하자 심검의 이름과 해방 필요 경험치의 표시가 떠올랐다.

"거짓말이지……?"

회색으로 표시되어 있는 몇몇 심검을 꺼내려고 해봐도 뜻대로 되는 것이 없었다.

아무래도 회색이 아닌 평범하게 하얀색 하이라이트로 표시되어 있는 심검밖에 못 쓰게 된 듯싶었다.

화들짝 놀라 또다시 눈자위를 매만졌다. 다만 이번에는 내 마음의 허용량을 뛰어넘은 듯 초조감인지 불안감인지 종잡을 수 없이 빙글빙글 돌아가는 감정을, 일단 얼마 전부터 정신을 잃은 척하며 입을 열지 않고 주문을 구축하고 있었던 왕녀를 걷어참으로써 가라앉혔다.

"갸아아아아악?!"

"정말 기습을 좋아하는구나, 알레시아. 거참, 생각을 해봐. 무엇 때문에 너를 치료했을까? 내가 고통을 주기도 전에 멋대로 죽지 말라는 뜻이잖아."

구축하던 주문이 불 속성의 하급 마법이었는지 불완전한 상태에서 폭주한 불덩어리가 왕녀의 입속에서 폭발했다. 분명 입속이 아주 못쓸 지경으로 망가졌겠군. 대단히 흡족하다.

자살 이외의 방법이라면 얼마든지 반항해주었으면 한다. 뻔한 꿍꿍이가 박살 나서 자멸하는 알레시아 왕녀를 바라보려니까 몹시 즐거웠다. 대단히 유쾌하잖은가.

역시 제 꾀에 제가 당해서 괴로워하는 꼴을 보면 가슴이 후련해지는구나, 그런 생각을 하다가 문득 스테이터스 보드의 좌측 상단에서 본 적이 없는 메일 모양의 아이콘을 발견했다.

이제까지 단 한 번도 저런 아이콘을 봤던 적이 없었기에 어떤 효과인지도 알지 못했다.

"으음~ 어떻게 할까."

"끄으, 흑……. 꺼거벅……."

일단 남아도는 다리로 독살스러운 낯짝을 하고 나를 노려보는 왕녀의 배를 꽉꽉 짓밟아주며 한동안 알레시아 왕녀님의 꼴사나운 모습과 목소리를 만끽했다.

잠시 그렇게 대부분의 심검이 사용 불가능해진 충격을 가라앉히고 천천히 메일 모양의 아이콘에 오른손의 손가락 끝을 가져다 댔다.

이 편지를 읽고 있을 때 당신은 노쇠가 아닌 사유로 한 차례 죽었을 것입니다.

아니요, 농담으로 받아들이지 마세요.

어떤 방식의 죽음이었는지는 모르겠으나 당신은 확실하게 한 차례 죽음을 겪었습니다.

정확하게는 HP가 제로가 된 뒤에 정신을 차렸을 때는 전이 직후로 돌아왔을 테지요.

당신이 이제까지 체험했던 것은 【튜토리얼 모드】입니다.

이세계에 전이된 인간은 세계를 건널 때 지나가는 역장에 의해 이쪽 세계, 지구의 표현으로 『이능』을 갖게 됩니다.

대체로 현지의 인간이 지닌 바와 비교하면 강력한 경우가 많습니다만, 당신이 죽음을 맞이하였듯이 많은 인간은 어떤 능력을 지녔든 간에 뜻밖에도 속절없이 죽고는 합니다.

그게 말이죠, 정말로 쉽게 죽어버린답니다.

어느 이세계로 날아갔는가, 그 결과는 지구의 신인 저조차 알지 못합니다. 간섭도 불가능합니다. 그렇기에 생존을 바라면서 사전에 주의 깊게 설명드려도 상식은 물론이고 섭리마저 다른 세계에서 잘 적응하는 인간은 적은 듯싶었습니다.

따라서 지구를 떠나 불려 나가는 인간에게 사전 설명을 하는 방식은 중단했습니다.

그 대신 리소스를 재배치하여 추가한 조치가【튜토리얼 모드】입니다.

설명도 없이 영문도 모를 상황에 내던져질 때의 황망함은 족히 헤아릴 수가 있습니다만, 백문이 불여일견이라고 하지요. 지구의 신으로서 제가 드리는 마지막 선물이 바로【튜토리얼 모드】되겠습니다.

전이 후 천수를 다하는 것이 아닌 다른 방법으로 HP가 제로가 되어 사망이 확정되면 전이 직후까지 시간이 되감깁니다.

그동안 쌓아 올렸던 경험치 및 스킬 등등 본인에게 귀속되는 능력은 체험 시간을 경험치로 환산한 몫을 공제한 뒤에 계승됩니다.

요컨대「강해져서 뉴 게임」입니다.

소질이 향상된다거나 재능이 꽃을 피운다거나 하는 것은 아니기에 노력하지 않으면 역시나 금방 죽게 될 테지만, 아픔과 함께「속절없는 죽음」만큼은 체험해보셨을 테죠. 지구의 신이 드리는 최대한의 치트입니다.

지구의 인간들은 마력과 관련된 요소가 우수하지 않을뿐더러 애초에 개체로서는 대단히 미약합니다. 솔직히 말하자면 송사리만도 못합니다. 소체로서, 인간으로서의 차이는 이세계에서도 거의 없습니다만, 세계를 건너면서 받는 『이능』을 보유했어도 초기치는 기껏해야 슬라임을 쓰러뜨릴 수 있는 정도겠지요. 이능을 제외하면 설령 어떤 무술의 달인일지라도 마을 사람 A 정도의 힘밖에 갖고 있지 않습니다.

그러므로 살아남고 싶다면 고민하고 노력해서 단련해주세요.

대부분의 세계는 지구에서보다 위험이 가까이에 존재합니다.

능력이 모자란 신이기에 미안할 따름입니다. 부디 행복한 삶을 살아주세요.

여신으로부터

"과연 그렇군. 정말 「강해져서 뉴 게임」이었던 거야."

메일 모양의 아이콘을 탭하자 나온 것은 말 그대로 편지였다.

이것저것 마음에 걸리는 내용이 쓰여 있었다만, 아무래도 신이라는 존재는 실제로 있는 듯싶다. 레벨이며 기타 등등도 본래의 세계, 지구에서도 존재는 하고 있었나 보다.

지구의 신은 치트 비슷한 능력을 받는다 해도 쉽게 죽어 나가는 지구인을 위해서 설명 없이 내던지는 대신에 「현장에서 체험해라, 한 번은 없던 일로 만들어줄 테니까」라는 방법을 취했다고 보면 되겠지.

실제로 그 덕에 내가 살아난 모양이고, 이런저런 의문도 해결됐다.

레벨이 다 날아간 것도 너무 오래 살아남았던 것이 원인일 테지.

……아무튼 간에.

"크흐!"

아아, 고마워라.

이제 나는 그때 한 맹세를 지킬 수 있다.

"크하하하하하하핫!!"

웃음이 멈추지 않았다. 아무렴, 멈출 수 있겠는가.

사실은 다음 기회가 있으리라 기대하진 않았다. 그럼에도 가슴속 이글거리는 복수심과 증오에 거짓은 없었다.

서서히 끓어오르는 실감에, 오싹오싹 온몸을 달리는 환희가 멈출 줄을 몰랐다.

그래, 꿈이 아니다. 시간제한도 없다. 제대로 된 복수를 마친 끝에 죽일 수 있겠다.

그렇게 한바탕 웃은 뒤 냉철하게 머리를 굴렸다.

무엇을 할까, 무엇부터 시작할까.

지금 당장 콱 죽여버리고 싶은 작자가 몇이나 된다.

발아래에 원수 중 하나가 있다.

지금은 입속이 불에 타올랐고, 몇 번이나 구두로 짓밟아줬기에 몸에 걸친 드레스는 너덜너덜하게 더러워졌다.

고분고분 따르든 반항을 하든 소용없다는 것을 이제야 깨달았나 보다. 그저 왕녀는 독살스럽게 이쪽을 올려다보고 있었다.

그래, 이거다, 바로 이거야. 나는 복수를 하고 싶다.

단지 충동에 떠밀려서 목숨을 빼앗는 것뿐이라면 당장이라도 해치울 수 있다.

내 레벨이 내려갔듯이 이 녀석들도 레벨이 내려가 있는 상태이니까.

내게는 튜토리얼에서 습득했던 지식과 경험이 있다. 스킬 본연의 능력은 잃어버렸지만 몸을 다루는 기술은 잃지 않았다.

몇 가지 사용 가능한 심검의 효과 덕분에 지금도 50레벨에 가까운 능력치를 보유하고 있다. 아직껏 주변에서 신음하고 있는, 실전 경험도 없어 보이는 기사 놈들 따위야 열 명 이하라면 정면에서 상대해줘도 아무런 문제가 없다. 잠시 시간을 두고 잠복해서 레벨을 다시 올리면 여행을 떠나 강해지기 전의 망할 자식들 따위는 암살하면서 돌아다닐 수도 있을 테지.

"안 돼. 안 된다고, 그래서는."

내가 고통 받았던 1년간.

갈라지고 망가지고 조각나 허물어졌던 마음의 파편을 이어 붙여 만들어진 복수심.

그 고통의 시간들이 점성을 더해 가면서 질척질척하게 눌어붙은 뜨거운 응어리가, 그저 죽이는 것만으로는 만족할 수 없다고 용서할 수 없다고 부르짖는다.

얼굴을 보는 것도 불쾌하지만 이래서는 전혀 셈이 맞지 않았다.

그러니까 아직 이년은 죽이지 않겠다.

그러니까 여기서 끝을 내지는 않겠다.

충분히 여유를 갖고 고민하자. 시간이 있다면야 대뜸 죽이고 끝낼 수는 없지.

한껏 괴롭히면서 쓰라린 경험을 잔뜩 안겨준 다음 후회와 고통의 시궁창에 빠뜨려주자.

더, 더, 더, 더 짙은 고통을 선사해주겠다.

그제서야 비로소 진정한 복수가 완성될 수 있기에.

"아~ 당장은 못 죽이겠구나~. 애써 치료했는데 말이지~. 어떻게 죽일까 이래저래 고민했는데."

무심코 한숨이 쏟아졌다. 대단히 유감스럽다.

작은 육식 벌레의 틈바구니에서 의식을 붙여 놓은 채 죽을 때까지 몸을 파먹히도록 둔다든가, 순식간에 발아하고 성장하여 숙주와 함께 수목이 되는 씨앗을 심어서 몸의 감각을 모조리 앗아다가 사고만 남게 되는 존재로 만든다든가 이것저것 고민했었는데.

어떤 방법을 선택하든 간에 그걸 실행 시킬 수 있는 능력을 가진 심검이 봉인된 거나 다름없는 상황이라서 막상 실행할 수단도 없었다. 지금 가장 필요한 것은 시간이다.

차분하게 끈기 있게 복수를 완수하기 위해 준비를 시작하자. 물론 준비까지도 즐기면서.

"우선은……."

쓱, 【취록의 정검】으로 왕녀를 말은 할 수 있는 상태로 입속을 회복시켰다.

"이봐, 간단하게 부탁하고 싶은 게 있는데."

"……너 따위 괴물의 부탁을 누가 들어주겠습니까!"

정말이지 이렇게 보면 알레시아 왕녀는 참 괜찮은 복수 대상이었다.

"크, 아하하하!"

"뭐, 뭐가 우스워서 웃는 겁니까!!"

"아니, 정말 예상한 거랑 똑같은 반응을 보여주는구나 싶어서 말이야. 그 마음을 절대 잃어버리지 마라. 복수가 시시해지니까 말이야."

히죽히죽 웃음을 띠고 내려다보자 알레시아 왕녀가 더한 적의를 눈에 담아서 나를 올려다봤다.

"이, 정신병자!! 어째서입니까! 내가 도대체 무엇을 했다고……."

"뭔 짓을 했어. 너는 몰라도 나는 알아. 배반당하는 아픔을 알아. 속아 넘어가는 아픔을 알아. 기만당하는 아픔을 알아. 어리석게도 너희를 믿어서 내가 받아야 했던 아픔, 그 전부를 나는 잘 기억해. 기억하고 있단 말이다, 알레시아 오를레아 왕녀."

"으윽, 큽……."

마그마처럼 전부를 불사를 듯이 증오가 담긴 시선, 얼음 칼날로 베어 가르는 듯이 냉철한 목소리의 온도. 왕녀는 내 말이 무슨 뜻인지는 이해하지 못했지만 그럼에도 내가 진심 어린 증오를 품고 있다는 것은 깨달은 기색이었다.

"자, 다시 이야기를 하자. 아주 쉬운 부탁이거든."

짝, 왕녀의 앞에서 손뼉을 쳤다.

방금 전까지 사나웠던 기세가 조금도 느껴지지 않는 완벽한 거짓

웃음.

“기껏 부탁했는데도 안 들어주겠다면 어쩔 수 없지. 그걸 위해서 입 안쪽을 치료까지 해줬는데 말이야. 슬프지만 정 싫다면 어쩔 수 없겠지?”

예상대로? 몰라요, 몰라. 부탁을 안 들어주겠다고 반발할 줄은 저언혀 예상 못 했는걸요.

“무, 무슨……?”

방금 전과 확 달라진 태도에 왕녀는 당혹감보다도 먼저 불안감이 솟아오르는 듯 보였다. 꽤 감이 꽤 좋은 녀석이군.

“흠, 앞쪽에 쓰면 가슴이 방해되겠네.”

“꺄?! 멈춰, 멈춰요!!”

알레시아 왕녀를 걷어차서 엎어지도록 날린 뒤 드레스의 등 자락을 쫙쫙 찢어서 맨살을 노출시켰다.

“그나저나 뭐냐, 처음 봤을 때는 미소녀라고 감탄했었는데 지금은 아무 느낌이 들지 않으니 참 신기한 일이야.”

어깻죽지에 걸려 있는 깔끔한 백은의 머리카락과 백은의 눈동자, 인형처럼 반듯한 이목구미와 몸맵시.

클리셰대로 오를레아의 아름다운 공주라고 불리기에 모자람이 없는 미소녀였다.

첫 번째 세계에서 처음 봤을 때는 일본에서 보았던 어떤 여자보다도 예쁜 여자로 눈에 비쳤고, 가끔 옷 갈아입는 장면과 맞닥뜨렸을 때는 꽤 두근두근했었다.

그러나 지금은 훨씬 더 야릇한 꼴을 내려다보고 있는데도 마음이 전혀 동하지 않는다.

"강압적으로 부녀자의 순결을 빼앗으려고 할 줄은……! 역시 이계의 주민은 모조리 야만스럽고 비천한 짐승이었……."

"뭐? 웬 헛소리야? 성품이 썩어빠진 년은 절대로 사절이거든? 착각하지 마라, 남자가 너만 보면 다 반하는 줄 알아? 젠장, 토 쏠리네."

저 말을 듣고 저절로 상상이 된 탓에 진지하게 욕지기가 치밀어서 불쾌한 속내를 내뱉었다.

"뭐라……!!"

"네가 부탁을 안 들어준다고 고집부리니까 말로 전하는 대신 편지를 쓰려는 것뿐이라고."

"……서, 설, 설마."

"뭐냐, 말을 전하려면 입이 좀 멀쩡해야 전달할 수 있잖아? 그런데 도저히 못 들어주겠다면 부득이하게 내 뜻을 글자로 써서 남길 수밖에 없는 거지."

이제 곧 벌어질 일을 깨달은 눈치인 알레시아 왕녀에게 정답이라고 하듯 생긋 웃으면서 말해줬다.

"자, 움직이지 말고 가만있어라? 글자가 삐뚤삐뚤하게 써지면 안 되니까."

"싫어, 시, 아아아아아아아아아아앗!!"

내가 꺼내 든 것은【불거미의 다리 검】.

약 20센티미터의 짧은 길이, 폭이 살짝 널찍한 칼날, 도신을 포함하여 온통 주홍색으로 물들어 있는 심검.

지금을 두 번째로 치고, 첫 번째 때는 기껏해야 불씨를 피우는 용도로 썼던 심검이다. 하지만 그렇기에 더더욱 이번 용도에 적합했다.
"흐흥, 흐~ 흐흥~♪"
"으갸, 갸아앗! 뜨거워어엇!! 그만, 그마아아아아앗!!"
그렇게 콧노래를 부르면서 알레시아 왕녀의 등을 불태워 편지를 써넣었다.
"누가, 누갸, 구해, 줘어어어……."
"아하핫, 아무도 구해주러 올 사람이 없네! 네가 이래저래 잔꾀를 부려서 판을 깔아 놓았던 것처럼 나도 전원을 무력으로 박살 냈으니까 말이지~."
알레시아 왕녀가 주위에서 신음 소리를 흘리는 기사들에게 손을 뻗치지만, 기사들은 전원 팔꿈치와 무릎 관절이 역방향으로 꺾여 있는 터라 움직일 수도 없었다. 의식이 날아가지는 않았을 터이나 애당초 본인의 몸이 닥친 아픔 때문에 비명을 질러 대느라고 왕녀의 목소리 따위 귀에 들리기는 하려나 모르겠다.
"자, 자. 아직 절반도 다 못 썼거든? 이것저것 곰곰이 고민할 것도 많으니까 움직이지 말고 빨리 끝내자?"
그렇게 말한 뒤 나는 생긋 웃어주었다.

덩실덩실 어깨춤을 추면서 편지를 다 썼을 무렵에 방 안에는 나 말고 움직이는 인간은 아무도 없었다.
통증에 신음하면서 몸부림치길래 왕녀의 손발을 깨부숴줬다. 왕녀는 끊임없이 덮치는 격통을 견딜 수 없었는지 조금 전에 의식을 잃고 말았다.

기사들 또한 통증을 견딘다고 꽤나 소리 질러 댔다만 얼마 안 돼서 더는 못 견디고 스스로 의식을 놓아버리는 인간이 늘어났다.

그 때문일까, 이놈이고 저놈이고 죽은 생선 눈깔을 한 채 넋이 날아가거나 정신을 잃어버린 까닭에 신음 소리의 대합창도 멎고 말았다.

"끙, 애고고, 이 감각도 오랜만이네."

작업을 마치고 일어서자 시야가 아찔, 흔들리는 감각이 느껴졌다. MP가 급격하게 줄어들었다는 증거다.

【불거미의 다리 검】으로 글자를 쓰면서 알레시아가 픽 죽어 나가지 않도록 【취록의 정검】으로 HP를 회복해줬던 탓이다. 【불거미의 다리 검】은 MP를 거의 소비하지 않으나 【취록의 정검】은 치유에 제법 MP를 소비한다.

"스테이터스 오픈."

스테이터스

우케이 카이토 Lv1

Ukei Kaito 17세 남

HP : 531/545 MP : 81/412

근력 : 224 체력 : 324

내구 : 545 민첩 : 587

마력 : 117 항마 : 497

고유 능력 : 「심검▽」「타 언어 이해」

스 킬 : 『주먹질 Lv 1』『마력 조작 Lv 1』『천구 Lv 1』

상 태 : 양호

확인해보니 MP가 고작 2할쯤 남아 있었다. 역시 지금의 스테이터스로 심검을 남발하기는 버거운 듯싶었다.

회복이나 소비 경감 계열의 스킬을 다시 한 번 입수한 뒤 처음부터 또 단련하지 않는 한 전처럼 싸울 수는 없을 것이다. 역시 레벨업 등등은 일찌감치 해치워 둬야겠군.

"뭐 됐나. 자, 슬슬 가볼까."

일단 이곳에서 할 일은 전부 마쳤으니까 성을 빠져나간 뒤 몇 군데 들러서 얼추 준비를 하고 도시를 떠나도록 하자.

"……소용없습니다, 당신은 이 성을 못 나갑니다."

"응? 의식이 돌아왔나."

"성 안에는 오백 명 이상의 기사들이 상주하고 있죠. 당신은 고문 끝에 죽을 겁니다."

우격다짐으로 대미지와 회복을 번갈아 강제당한 탓에 일시적으로 몸의 감각이 마비된 모양이다. 알레시아 왕녀에게는 통증으로 인하여 목소리가 갈라지는 낌새도 없었다.

그 때문일까, 저 눈동자에 나를 바보 취급하는 눈빛과 함께 적의가 돌아온 것을 알 수 있었다.

그토록 고통에 시달리고도 이렇듯 굳은 의지를 내비치는 모습은 과연 왕녀답다고 해야 하려나. 아직껏 혼란스러워 하고 있기도 하고, 절반쯤 허세일 테지만 시간을 두면 정말로 회복될 테니 아직 한참 더 즐길 수 있겠다. 나로선 무척 흐뭇한 일이다.

내가 그런 생각을 하느라 잠시 입을 다문 것을 보고 우위에 섰다고 착각했는지 알레시아 왕녀가 다시 소리 높였다.

"이세계의 야만스러운 아랫것이 주제도 모른 채 날뛰었기에 이리 되는 겁니다. 그래요, 쉽게 죽여주지 않겠습니다. 내가 받은 굴욕을 몇 배로 갚아줄 테니 괴로움과 고통 속에서 죽어버리세요."

번뜩번뜩, 증오라는 이름의 열기가 깃들어 있는 시선.

그래, 이걸 원했다. 자신이 패배했다는 인식이 들어섰기에 비로소 보일 수 있는 시선이니까. 고통과 혐오와 굴욕의 진창 밑바닥까지 깊숙이 처박아줬다는 실감을 주는 시선이니까. 그럼에도…….

"뭐, 울며불며 간절하게 용서를 애원한다면 살아날 방도가 아주 없지는 않을 겁니다. 너 같은 쓰레기도 용사로 써먹을 수는 있으니까요. 고분고분히 복종하겠다고 맹세한다면 우리 백성들 앞에서는 용사답게 화려한 삶을 허락해주겠습니다. 영광이지요?"

흥, 코웃음치더니 진짜로 우위에 섰다고 확신한 듯 멸시하는 태도가 훤히 들여다보이는 말과 시선을 보내온다.

그런 왕녀를 보면서, 나는.

"후유우우~~~~."

진심으로 맥이 빠져서 깊이, 깊숙이, 터무니없이 깊은 한숨을 내쉬었다.

이따위 여자에게 홀딱 속아 넘어갔던 과거의 나는 얼마나 대책도 없는 얼간이였던가. 서글퍼서 눈물이 나올 것 같다. 저 말대로 할 생각은 티끌만큼도 없지만 울며불며 용서를 구걸해 봤자 이 왕녀는 나를 절대로 살려주지 않을 것이다. 그 추태를 보며 자신의 우위를 확인하고 싶을 뿐, 결국에 가면 이용할 만큼 이용한 다음 혹독한 고문 끝에 죽일 생각이 가득하다는 것을 척 보고 알 수 있었다.

이성에게 쉽게 넘어가는 남자를 쉬운 남자라고 하는 경우가 있는데, 이 왕녀님에게 홀라당 속아 넘어갔던 과거의 나는 정말이지 무지하게 쉬운 남자였나보다.

그리고 또 한 가지, 역시 고작 이 정도의 고통을 주는 정도로는 복수의 만족감이 턱없이 부족하다는 것이 분명해졌다. 아직껏 감히 「나를 이용한다」라는 발상이 나오고 있는데도 데꺽 죽여서 끝내버린다면 충족이 될 리가 없다. 그래선 안 된다.

이용하겠다는 발상 따위가 나올 수도 없을 만큼, 단지 나를 유린하고 싶다는 충동밖에 솟구치지 않으리만치, 내 손으로 이 여자를 비롯한 다른 쓰레기들 모두를 철저하게 작살낸 뒤에 죽여 버리자. 그러지 않으면 분명 나의 복수심은 만족이 되지 않을 것이다.

복수할 상대는 많다. 만족스러운 복수를 완수하기 위해서는 한 사람 한 사람에게 무척 긴 시간과 상당한 수고를 들여야 할 테지.

'뭐, 그게 더 괜찮겠군. 그만큼 길게 복수를 즐길 수 있을 테니까!!'

그때의 희열을 상상하면 입가가 저절로 치켜 올라간다.

"뭐, 뭔가요! 웬 반응이!! 기사가 있다는 말을 거짓말로 여긴다면……."

"별로 거짓말로 듣지는 않았어. 이렇게 난리를 쳤는데도 다른 기사들이 나타나지 않는 이유는 용사 소환의 비밀이 만에 하나라도 새어 나가지 않도록 차음 결계, 마력 결계, 물리 결계를 몇 겹으로 펼친 데다가 또 건물 바깥에 용사를 무사히 소환할 때까지는 들어오지 말라고 명령했기 때문이겠지."

"어, 어떻게 알았죠?!"

"전에 한 번 들었으니까."

놀라 눈이 휘둥그레진 왕녀의 얼빠진 낯짝을 바라보면서 첫 번째 소환 때 들은 이야기를 떠올렸다.

"그럼 난 이만 간다."

성큼성큼 걸어서 소환의 방 기둥에 설치돼 있는 촛대를 앞쪽으로 쭉 밀어뜨렸다.

그러자 소환의 방 한쪽의 바닥 돌 하나가 쿠궁, 소리를 울리며 벌어지고 그 자리에 지하 통로로 이어지는 계단이 나타났다.

"그, 그 비밀 통로는 직계 왕족이 아닌 한 누구도 알지 못할 텐데, 어떻게?!"

"그러니까, 전에 들어서, 아니, 지나가서 말이야."

그렇다. 알레시아 왕녀가 나를 속이고 함정에 빠뜨리기 위해 전이 마법진을 준비해 두었던 곳이 바로 여기, 소환의 방이었다. 게다가 이 샛길을 가르쳐줬던 인물도 역시 알레시아 왕녀였으니까.

"아차, 아차차. 깜빡 잊을 뻔했군."

잠시 복수의 전초전 비슷한 일을 치른 덕분에 만족했기 때문일까, 꼭 해야 하는 조치를 잊어버릴 뻔했다.

성큼성큼 걸어서 먼저 근처에 나동그라진 채 신음밖에 지를 줄 모르는 오브제로 화한 기사들에게 접근했다.

"처음에는 맨손으로 뭉갤 작정이었지만 네가 모처럼 목구멍을 멋지게 망가뜨릴 수 있는 방법을 가르쳐줬으니까 나도 잘 써먹어줘야겠지? 뭐, MP가 살짝 불안하기는 해도【불거미의 다리 검】만 쓸 테니까 버텨주겠지."

그렇게 말한 뒤 검의 끝에 탁구공 정도 크기의 불덩어리를 만들어 낸 뒤 기사의 입속에 던져 넣고 파열시켰다.

"¢£%#&□△◆■?!"

위력을 극한까지 억제한 까닭에 죽을 일은 없겠으나 목과 입속으로 불길을 직접 받아 낸 기사에게서 말소리가 되지 못하는 비명이 터져 나왔다.

"자, 먹어랏, 얍."

이어서 다른 기사들도 똑같이 처리하자 기사들은 신음조차 지를 수 없게 되어버렸다.

"마지막은 너다, 알레시아. 당분간 또 만날 일은 없을 테니까 하고 싶은 말이 있다면 마지막으로 들어주마."

"……너는 이름이 뭐죠, 대답하세요."

"바보야, 당장 숨어 다녀야 하는 처지에 이름을 가르쳐주겠냐? 그러니까 **편지**에도 써 놓은 대로 나는."

화르르, 불덩어리를 만들어 내서 왕녀의 입속에 던져 넣었다.

"두 번째 복수자라고 불러 달라고."

"~~~~흡!!"

오기를 부려서라도 약한 모습은 안 내비치겠다는 듯이 알레시아 왕녀는 미치고도 남을 격통에 목소리도 내지 않고 견뎠다.

손가락을 전부 못쓰게 만들었다. 목도 한동안 낫지 않을 테니까 시간 벌이는 충분히 됐을 것이다.

"아, 그리고 이건 내가 받아 간다? 군자금 대신 쓸 거야."

왕녀의 목에 걸려 있는 목걸이를 가로챘다. 분명 왕실에 대대로 전해 내려오는 물건이라고 말한 적이 있으니까 이것을 돈으로 바꾸면 당분간 고생할 일은 없겠지.

알레시아 왕녀는 몽롱한 눈동자로 끝까지 나를 노려보고 있었다. 괴롭히는 맛이 있는 사냥감이라서 다행이었다.

마지막으로 생긋 미소를 지어준 뒤 기분 좋은 시선을 등에 받으면서 지하 통로를 홀로 내려갔다.

나는 어둑어둑한 지하 통로를 걸어가면서 차분해진 머리로 방금 전 기억을 되새겼다.

근질근질하는 감각은 옛 상처를 헤집었기 때문일 테지.

저절로 한숨이 새어 나오고 말이 툭 튀어나왔다.

"뭐냐, 조금 더 잘 생각해서 이름을 댔어야지…. 끄아아아앗, 뭐냐고, 『두 번째 복수자』가!! 뭐든 괜찮은 이름은 없었던 거냐!! 바보냐고!!"

그렇게 중2병이라는 이름의 옛 상처를 스스로 헤집어 놓은 탓에 출구에 도착하기까지 나는 한바탕 몸부림치고 싶은 충동을 애써 견뎌야 했다.

제2장 용사, 두 번째 세계를 활보하다

석제 덮개를 밀어 올려서 치우고 나는 밝고 넓은 바깥으로 나왔다.

"나는!! 자~유~다아아아아아아앗!!"

어둡고 긴 지하 통로를 답파한 끝에 겨우 해님이 뵈는 곳까지 온 뒤 햇살을 한껏 쬘 수 있도록 몸을 펼치면서 힘차게 냅다 외쳤다.

이곳은 왕도 변두리에 위치하는 사람이 거의 다니지 않는 잡목림의 안쪽.

오래도록 통로에 갇혀 있었던 곰팡내 나는 공기를 몸에서 배출하기 위해 나무와 흙, 햇볕의 냄새를 들이마시면서 심호흡했다.

첫 번째 삶까지 감안하면(뭐, 두 번째가 시작되고 아직 하루도 채 안 지났지만) 3개월 만에 보는 태양이었다. 내가 살해당했던 그 장소, 용당전으로 몸을 피해서 숨어 다니던 동안은 단 한 번도 햇빛을 못 봤었기에 이렇듯 태양을 자기 눈으로 마주하자 문득 눈시울이 뜨거워졌다.

"아아, 태양은, 위대했구나……."

푸른 하늘 아래에 서 있다는 감동에 잠시 젖어 있다가 자, 하고 마음을 다잡았다.

목적은 이미 분명하다. 나를 속이고 배반했던 놈들 전원을 괴롭히고 괴롭혀서 인간의 존엄을 최대한으로 짓밟아준 끝에 복수를 완수하는 것.

그렇지만 지금의 나는 목적을 이루기 위한 힘이 부족하다, 시간이 부족하다, 준비가 부족하다.

레벨 1에 스킬 보정도 없는 페널티 플레이로 오백 명도 넘는 기사를 상대하기에는 아무래도 지구력이 모자라다.

일단 그 자리에 있던 왕녀와 기사들밖에 내 얼굴을 모르니까 마왕을 쓰러뜨리면서 얼굴이 팔린 뒤에 쫓기게 됐던 예전과는 상황이 다르다. 왕도를 벗어나기만 하면 그렇게까지 경계할 필요는 없을 것이다. 적어도 얼굴을 덮어서 가릴 만한 긴 길이의 로브를 입지 않으면 식당이나 여관은커녕 도시에 아예 발도 못 붙이는 처지가 되진 않겠지.

힐끗, 다시 한 번 태양에 시선을 보낸다. 해가 살짝 기울었다. 처음 소환됐을 때의 기억을 돌이켜보면 아마도 정오를 지나 한 시간쯤 되었을 무렵일까.

"성에 있는 궁정 마술사의 실력정도론 왕녀와 기사들이 내 얘기를 할 수 있도록 회복시킬 때까지 꼬박 하루는 걸릴 테니까, 뭐, 쓸데없이 딴 길로 새지 않는 한 여유롭겠군."

느긋하게 걸음을 뗀 나는 번화가로 나와서 오랜만에 마주하게 된 왕도의 거리를 바라봤다.

이곳 왕도의 주민들도 나라와 교회의 선언을 곧이곧대로 믿고 내게 적의를 드러냈던 놈들이었다. 솔직히 왕녀나 기사들처럼 얼굴을 보면 즉각 후려갈기고 싶어지지 않을까 싶었지만, 아무래도 그렇지는 않은 듯했다. 대부분이 나와 관련이 없고 배반을 주도하지도 않은 단지 민중에 불과했기 때문이려나.

물론『쳇, 이 녀석들 다 불행해지면 좋겠군. 내일 길 가다가 넘어져서 돌에 머리를 박고 죽어버리면 좋을 텐데』라고 자연스럽게 저주할 수준으로 싫기는 해도, 훨씬 더 죽이고 싶은 상대가 있으니 그쪽에 정신력과 체력을 할애하는 게 낫다. 요컨대 우선순위의 문제다.

내 머릿속에 이렇듯 일단락을 지어 놓은 뒤 먼저 처음으로 마쳐야 하는 준비, 군자금 조달을 두고 이리저리 검토했다.

이쪽은 대강 계획이 잡혀 있었다. 그리운 교복 주머니에는 묵직하게 중량감 있는 목걸이가 들어있었다. 막 왕녀에게서 갈취해 왔다. 왕실 대대로 전해 내려온 물품이라는 측면을 제외해도 마법은(미스릴)이며 각양각색의 마석, 소유자에게 약간의 민첩 보너스를 더하는 축복 등등 목걸이 본연의 가치도 제법 괜찮다.

이 목걸이를 팔면 당분간 쓸 활동 자금은 충분하겠지. 물론 판매 방법에는 주의를 기울여야 한다. 지금 내 복장은 어떻게 봐도 귀족으로 보이지는 않는 데다가 애당초 이토록 값진 물건을 선뜻 매입해줄 곳은 몇 되지 않는다.

그런고로 내 발길이 향하는 곳은 이렇듯 번화가와 인접한 위치에서 자리를 잡고 운영하는 가게가 아니었다.

떳떳하지 못한 자가 살아가기 위해서 만들어진 장소, 왕도 변두리의 한 구역을 차지하고 있는『빈민가』였다.

기억을 더듬어 적당한 골목길을 골라 쭉 들어간다. 쇠락한 곳, 불결한 곳을 골라서 나아가는 사이에 어느덧 조금 전에 있던 장소와 같은 도시가 맞나 싶은 지역으로 진입할 수 있었다.

꾀죄죄하고 너덜너덜한 가옥의 벽이 갈라지고 무너진 것이 눈에 띄였다. 공중위생이란 개념을 비웃기라도 하는 것처럼 여기저기에 분뇨와 쓰레기 냄새가 감돈다. 길가에 주저앉아 있는 인간의 눈은 어둡게 움푹 파여 있거나 혹은 번뜩번뜩하는 시선으로 먹잇감을 물색하고 있었다.

관찰하는 듯 차분한 시선, 값을 매기는 듯 집요한 시선이 반반씩. 때때로 섞여 드는 바보 취급하는 시선은 아마 빈민가의 신입일 테지. 어느 도시의 빈민가든 외모만 보고 상대를 판단하려고 드는 풋내기는 오래 살아남을 수 없다.

"어이, 별난 옷 입은 형씨. 혼자 이런 델 뭐하러 온 거냐?"

"……."

"거참, 운이 나빴어, 형씨. 유감스럽게도 이제부터 앞이든 뒤든 통행금지거든. 지나가고 싶거든 통행료가 필요한 건 상식이잖아? 엉?"

히죽히죽 웃으면서 대여섯 명이 주위를 둘러싼다.

"매번 겪는 일이지만 이런 클리셰는……. 뭐, 시간 절약이 되니까 좋기는 한데."

이런 차림으로 혼자 다니니까 봉으로 보는 것은 어쩔 수 없기는 한데, 어느 도시에서든 처음 빈민가에 얼굴을 내비쳤을 때 이런 일당이 튀어 나오는 건 도대체 왜 그런 걸까.

도망 생활 중에 각 도시의 빈민가가 여러모로 뒷거래 방면에서 편리하다는 것을 잘 알게 되었다. 두 번째 세계에서도 빈민가를 굳이 이용하지 않을 이유는 없다. 다만 어느 도시에서든 이런 전개를 겪게 되는 것이 아닌가 하고 생각하면 조금 기운이 빠졌다.

두 번째인 것은 나뿐이니까 어쩔 수 없긴 하지만 이러한 전개에 두근두근하는 시절은 옛적에 지나갔다. 처음 한 번이나 기껏해야 두 번째가 한도 아니겠는가.

그 이상은 그저 그냥 귀찮을 뿐이다.

이제껏 주위에 있던 빈민가의 주민은 괜히 휘말릴까 봐 두려웠는지 후닥닥 멀어져 갔다. 빈민가에서 오래 살아남는 자는 저렇게 잽싼 인간, 혹은 힘과 머리가 두루 **파격적인** 인간뿐이다.

"일단 묻겠는데 말이야, 너희는 내 적인가?"

"앙? 이게 웬 헛소리야?"

"아무튼 대답이나 해봐. 너희는 딱히 복수 대상도 아니고, 먼저 덤비지만 않으면 죽이기도 귀찮으니까 못 본 척 보내줄 수도 있는데."

"뭐냐, 너. 빈민가에 혼자 들어오길래 바보인 줄은 알았지만, 진짜 세상 물정을 모르는 놈이군? 이 상황에서 사리 분간도 못 하다니 진짜 호구가 납셨군그래!!"

대장으로 짐작되는 갈색 피부의 대머리 남자가 껄껄 웃자 주위를 둘러싸고 있는 부하들도 뒤따라 대합창을 시작했다.

"됐고, 돈 되는 물건은 다 내놓아라. 그러면 죽이지는 않고 노예로 팔아줄 테니 말이닷!!"

"그래? 그게 너희의 대답이군."

곧이어 건달들이 한꺼번에 덤벼들길래 일단 파고들어서 전원의 발목 아래를 【불거미의 다리 검】으로 잘라버렸다.

"어? 끄아아아아아아아악?!"

갑자기 양쪽 발을 잃어버린 건달들은 아무런 대응도 하지 못하고 곧장 포장도 되지 않아 흙, 자갈이 훤히 드러난 지면에 전원 머리를 처박았다.

"뭐, 뭐냐고 이게! 아파, 아파아아아아앗!!"

"끄아아아아이악! 뭐가, 어, 캬가아아아악!!"

건달의 몸에서 튄 피를 뒤집어쓰기는 싫었다. 검 자체가 고온을 방출하는 【불거미의 다리 검】으로 절단했기에 상처 부위가 노릇노릇 익어서 피가 뿜어 나오지도 않는다. 접촉한 곳에 신속하게 열기가 퍼지는 것도 이 검의 특징이었다.

지금 입고 있는 교복은 첫 번째 때 평상복으로 잘 입고 다녔는데, 여행을 떠나고 곧 강도에게 습격을 받아 그걸 퇴치하다가 너덜너덜하게 망가지고 말았었던가.

게다가 교복을 버린 다음에야 옷감 수선 효과를 지닌 검을 입수했기에 풀이 죽었었다. 씁쓸한 추억이다.

"흠, 이번에는 성공했을까? 스테이터스 오픈."

스테이터스

우케이 카이토 Lv1

Ukei Kaito 17세 남

HP : 531/545 MP : 75/412

근력 : 224 체력 : 324

내구 : 545 민첩 : 587

마력 : 117 항마 : 497

고유 능력 : 「심검▽」「타 언어 이해」

스 킬 : 『주먹질 Lv 1』『마력 조작 Lv 1』『천구 Lv 1』
『암시 Lv 2』『비각 Lv 1』

상 태 : 양호

그대로 건달들의 비명 소리를 무시하고 뒤로 물러난 다음 자신의 스테이터스를 확인했다.

예상대로 『비각(飛脚)』 스킬을 획득하는 데 성공했다. 『암시(暗視)』 스킬은 지하 통로를 지날 때 획득했었다.

『암시』는 이름 그대로의 효과를 지닌다. 어두운 곳에서도 시야가 밝아진다. 『비각』은 다리에 마력을 주입함으로써 일시적으로 민첩 수치를 상승시키는 스킬이다.

실은 두 번째가 시작되고 곧장, 즉 불과 몇 시간 전에 왕녀의 목을 붙잡아 들어 올렸을 때와 기사들 틈을 빠져나갔을 때도 사용하려고 했으나 실패해서 다리에 살짝 반동이 왔었다.

성공하면 HP에 반동 피해가 발생하지 않았을 테니 그때는 『비각』 습득에 실패했었던 것이다.

따로 휴식을 취하지 않은 터라 HP가 회복되지는 않았다. 시간 경과에 따라 회복되는 MP는 3할 정도였던 것이 『비각』에 MP를 소모한 탓에 또 2할 아래로 떨어져버렸다. 소비가 격한 비각 스킬을 처음부터 다시 단련하려면 고생 좀 하겠군.

"그렇다 해도……."

단숨에 마력을 소비한 것이 아닌지라 속이 뒤집어진다거나 하지는 않았지만, 체감상으로는 두 번째가 시작되고 나서 이제 겨우 반나절쯤 지났다.

머리로는 이해가 돼도 이제껏 손발처럼 구사했던 스킬을 못 쓰게 됐다는 것은 아무래도 익숙지 않은 감각이었다.

"아, 이봐, 도망치지 마. 네가 대장 아니야?"

"갸아아아아아아아아아아아아앗!!"

다리를 잃고도 바닥을 기어 도망치려고 했던 건달 한 명의 팔을 【불거미의 다리 검】으로 지면에 붙박아줬다.

"끄가악, 뜨거워어, 아팟, 끄아아아아악!!"

"흠, 제법 쓸 만하군. 피가 튀지 않는다는 데 높은 점수를 줘야겠어."

느긋하게 자평이나 하면서 지금도 연신 비명을 질러 대는 남자를 관찰했다.

베여 나갔을 때와 달리 꿰뚫린 채 상처 부위가 타오르고 있는 남자는 이윽고 제 몸을 불사르는 통증을 못 이겨서 눈물과 콧물과 타액을 쏟아 냈다.

"불덩어리를 안 만들면 마력이 거의 소비되지 않고, 칼날 길이도 짧으니까 이리저리 다루기 쉽고, 무엇보다도 피가 흐르지 않아서 쉽게 죽지 않는군. 이제껏 불씨를 만들 때나 썼지만, 이렇게 보면 꽤나 편리한 심검이군."

"괴, 괴물, 괴물 놈……."

"끄아, 아아아아……."

흐뭇하게 웃음 짓자 못 움직이는 건달 녀석들은 다 죽어 가는 얼굴로 사타구니를 흠뻑 적셨다.

"이런, 참 지저분한 광경이로군. 그 놈들이면 또 몰라도 너희가 이런 얼굴을 해 봤자, 별로."

역시 내 복수 대상은 저번에 나를 직접 배신했던 것들이다. 이 녀석들을 괴롭힌들 전혀 즐겁지 않았다.

"이제 됐어, 잘 가라."

한마디 툭 던지고【불거미의 다리 검】에 마력을 담아서 목을 척척 베었다.

검을 휘두를 때마다 살점 타들어 가는 냄새가 피어오르고 써걱, 쩌걱 소리가 울려 퍼진다.

"자, 슬슬 쫓아가볼까."

불쑥 혼잣말을 남기고 떠난 그 자리에는 발목부터 아래와 목부터 위를 잃어버린 몸통, 누가 주인인지도 알 수 없는 발, 공포에 질린 표정으로 굳어버린 얼굴이 상처 부위가 검게 그슬릴 때까지 방치되어 불타올랐다.

☆

남자는 오로지 죽자 살자 달음박질쳤다.

주위를 신경 쓰지 않는 전력 질주. 장애물을 피할 시간도 아깝다는 듯한 주법이었다. 벽이나 폐자재에 아슬아슬하게 붙어서 달려서, 지나갈 때마다 팔이며 다리에 찰과상과 베인 자국이 생겨났다.

그러나 남자에게는 잔상처 따위 신경 쓸 여유가 없었다.

몸에 나는 자잘한 상처 따위야 아무래도 좋다. 냉정하게 사고할 이성 따위는 옛적에 이미 공포에 짓눌려서 사라졌다.

본능이 아우성치고 있다. 살해당하고 싶지 않다면 앞뒤 가리지 말고 달려가라고.

'젠장젠장젠장젠장!!'

숨이 차오른다. 온몸이 휴식을 가져야 한다고 아우성치지만, 두뇌는 그럼에도 더욱 서두르라고 명령한다.

혼란에 빠진 사고로 지금 달려 나가야 하는 이유를 공포와 함께 떠올렸다.

그날의 임무도 남자에게는 평소와 전혀 다를 바 없는 일과와 같은 작업이었다.

이곳 빈민가에는 떳떳하게 얼굴을 들고 다니지 못할 처지의 인간이 매일같이 찾아든다.

수배당한 범죄자, 부모를 잃은 고아, 집안싸움으로 지위를 잃은 귀족, 사업에 실패한 상인, 변제할 수 없는 부채를 진 모험가, 빈곤에 허덕이는 평범한 인간까지.

여러 사연을 지닌 인간이 마지막으로 몸을 숨기는 이곳 빈민가는 온갖 인간의 각축장이나 마찬가지였다.

그럼에도 빈민가에는 질서가 있다. 이곳이 사라지면 빈민가의 **이런저런** 인간들이 도시로 쏟아져 나와 치안이 악화된다는 것은 이미 증명된 사실이다.

한때 빈민가를 뿌리째 도려내고자 정규 기사단을 동원하여 무력제압에 나선 도시가 있었다. 교역으로 번영을 이루었던 그 도시에서 빈민가는 분명 소멸했지만, 치안 악화로 인해 상인들이 방문을 꺼리게 되었기에 언덕에서 굴러떨어지다시피 하는 기세로 쇠퇴 일로를 걸었다.

바로 그 때문에 어느 도시든 일정 이상은 빈민가에 간섭을 하지 않는 것이 불문율처럼 자리 잡았다.

실제로 빈민가에 잘못 발을 들이지 않는 한, 빈민가를 배제한 도시보다도 빈민가를 묵인한 도시가 차라리 더 나은 치안 환경에서 생활할 수 있는 경우가 많다.

그렇다 해도 묵인은 어디까지나 일정의 통제가 실시되는 범위 안에서 이루어졌다. 필요악이라고 인정하더라도 빈민가로 피해 들어온 인간이 일정 기준 이상으로 바깥 사회에 간섭을 개시하면, 도시며 나라를 통치하는 입장에서 대응을 소홀히 할 수는 없는 노릇이었다.

빈민가의 주민들로서도 도시와 나라의 유력자들이 직접 개입하는 사태는 물론 피하고 싶을 것이다. 따라서 어느 빈민가에도 정점 가까운 곳에 서 있는 자들은 지역 자체를 관리한다.

빈민가의 규모가 너무 확대되지 않도록 조정하고 최저한의 질서를 유지한다. 가능한 한 바깥 사회와 마찰을 겪는 사태는 피한다. 그렇게 바깥 사회의 운영에 방해되는 인간을 떠맡는 대신 빈민가 내부에서는 어떤 사건이 발생할지라도 얼마간의 자치권을 행사할 수 있다는 불문율이 만들어졌다.

도시와 나라가 묵인한 치외 법권 지대. 이것이 이 세계에 자리매김한 빈민가의 실태였다.

바로 그 때문에 남자는 전직 밀정이라는 입장에서 습득한 기술을 살려, 왕도의 빈민가를 통제하고 있는 남자에게 지시를 받아서 몇몇 개 설치되어 있는 이 구획의 입구를 감시했었다.

위험한 인물이 진입한다면 외모의 특징 등등 정보 파악을.

귀족 및 부호 등등 적대하면 위험해지는 유력자의 자식 따위가 잘못 걸음을 들여놓았을 때는 보호를.

그럼으로써 빈민가라는 장소가 규칙을 깨뜨린 끝에 숙청되지 않도록 지키는 역할이었다.

이곳 빈민가의 위치가 위태로워진다는 것은 당연히 자신이 몸을 둘 장소도 없어짐을 의미한다. 따라서 남자는 번화가 방향으로부터 빈민가로 걸음 옮기는 소년의 기척을 스킬로 알아차렸을 때 평소처럼 대상의 감시 태세에 돌입했다.

그 소년은 겉모습이 열다섯쯤 되어 보였다. 흑발에 마른 체구. 몸에 걸친 칠흑빛 의복은 언뜻 보기에 질은 좋아보였지만 온갖 물자가 반입되는 이곳 왕도에서도 낯선 복장이었다.

적어도 도시의 유력자는 아닐 테지만, 행색을 봐서 끼니에 허덕이는 자이거나 도망쳐 나온 범죄자라는 느낌은 들지 않았다. 다른 도시의 귀족이나 상인일까. 어느 정도의 영향력을 갖고 있을까 짐작이 되지 않는다. 적어도 평범한 마을 주민이 아님은 분명했다.

"그렇다면 따끔하게 본때를 보여주는 게 좋겠군……."

남자는 작게 중얼거린 뒤 여느 때처럼 침입자의 주위를 둘러싸는 건달들을 지켜봤다. 그러다가 지금 흘러든 인물이 습격을 받아 얼마간 부상을 당했을 때 개입해서 도울 작정이었다.

건달들과 남자는 모종의 계약 관계를 맺었다. 이른바 병 주고 약 주는 방법이다. 정기적으로 돈을 건네는 대신 남자가 죽게 놔둬서는 위험하다고 판단하여 개입할 경우, 적당히 치고받는 척하다가 도망치기로 되어있다. 남자는 침입자에게 꽤나 생색을 낼 수 있다. 그럼으로써 원만하게 빈민가 바깥으로 나가줄 것을 요청하고, 빈민가에 대하여 악감정을 갖지 않도록 조치한다.

언제든 개입에 나설 준비를 하는 한편 『뼈 두셋은 부러지는 시점이 좋겠군』이라는 생각을 했다. 생색내기에 딱 알맞은 시기를 기다리면서 소년에게 덤벼드는 건달들에게 시선을 보내다가, 그러다가 문득 말을 잃었다.

"엉? 갸아아아아아아아악?!"

울려 퍼지는 절규. 그러나 남자는 지금 본 광경이 무엇인지 금방 판단이 되지 않았다.

주먹을 휘두르려고 했던 건달들이 지면에 엎어져 있다. 뭐가 어떤 과정을 거쳐 벌어진 광경인가, 밀정 활동으로 단련된 눈으로도 아주 희미하게 포착했을 따름이었다.

마치 콧노래라도 부르는 것처럼 아주 가볍게 이 참상을 만들어 낸 장본인은, 여기에 대해 딱히 아무런 흥미도 없는 기색이었다. 손에는 어느 틈인가 투척 나이프로 쓸 법한 작은 날붙이가 쥐여 있었고, 이곳에서 기어 도망치려고 했던 건달 두목의 팔을 붙박더니, 결국은 목이 잘라버렸다. 그 장면을 목격했을 때 남자는 달려 나갔다.

앞뒤 가릴 때가 아니었다. 혼자 대처 가능한 상대가 아님을 사무치도록 깨달았다. 국가의 기사단마저도 당할 도리가 없지 않을까 여겨지는 역량 차. 빈민가 바깥의 사람이라곤 생각할 수 없을 만큼 생명을 거두는 데 익숙한 정신성.

별일도 아니라는 듯이 목숨을 거두는 그 모습은 마치 사신처럼 보였다.

건달들이 자신과 맺은 계약에 대해 털어놓았는지 어떤지 남자는 알 수 없었다. 다만 **저것**의 눈에 찍히면 자신은 결코 살아남지 못하리라.

좌우간에 더 빨리, 한 걸음이라도 더 멀리. 이제껏 위태로운 상황을 수없이 겪어온 남자의 감과 생존 본능이 경종을 울려 댔다. 어떻게 대응한들 자기 손으로 감당할 만한 상대가 아님이 분명했기에 저 인물에 대해 빈민가의 책임자에게 한시라도 빨리 전하고자 공포에 등 떠밀려서 힘껏 달릴 뿐이었다.

그렇게 한동안 달음박질하여 남자는 빈민가의 시장에 다다랐다.

번화가의 노점에 진열되어 있는 물건과 비교도 되지 않을 만큼 조잡한 상품을 취급하는 가게들이 늘어선 거리를 다시 벗어나서 건물의 한구석으로 들어간다. 너저분한 건물 내부에는 강철제의 문이 설치돼 있었고, 그 양옆에는 파수꾼 대신 두 마리의 가고일이 떡하니 자리 잡았다.

회색의 차가운 질감을 지니는 돌 표면에 그와 같은 온도의 싸늘한 주홍빛 눈동자가 두 쌍, 네 개의 눈동자가 남자를 내려다본다.

““암구호는?””

“헉, 헉. 『오물장의 여벌 열쇠』.”

““통과하도록.””

일말의 어긋남도 없이 동시에 답한 두 마리 가고일의 대답을 듣고 남자는 숨을 가다듬은 뒤 강철제 문을 밀어 열었다. 내부는 빈민가에 위치한 건물 같지가 않을 만큼 청결하게 정돈된 모습이었고, 곳곳에 놓여 있는 세간과 장식품 등등도 가치가 높은 부류가 많았던 터라 숫제 중견의 귀족 저택과 비교해도 손색이 없을 만큼 훌륭한 꾸밈새였다.

중앙에 놓여 있는 가죽 소파에는 경호원으로 일하는 전직 기사 및 전직 모험가 몇 사람이 노름을 하며 늘어져 있었다.

"응? 뭐냐, 잭. 왜 이리 허둥거려?"

"이봐, 모른 척해주라고. 상한 음식이라도 먹고 배 속이 거꾸로 뒤집힌 거 아니겠나?"

"얼씨구, 이놈 봐라. 잠깐 시끄러운 틈새에 패를 바꿔치기했겠다!!"

"쳇, 눈치 빠른 놈."

자기 이름을 부르면서 여느 때처럼 실실 웃어주는 동료를 보자 방금 전까지 치솟았던 공포심이 가라앉는 느낌이 든다. 여기까지 온 이상 안전하다. 팽팽했던 긴장이 풀어졌다.

"보스를 만나고 싶다, 긴급히."

그렇다 해도 서둘러 보고해야 하는 사안임은 틀림없었다. 무엇이 목적인지는 알지 못하지만, 적어도 깜빡 실수로 헤매 들어온 일반인은 아니다. 뒤쪽 사회를 잘 아는 인간이었다.

개인의 영향력 따위, 라고 이성이 목소리를 냈지만 밀정 활동을 하면서 많은 인간을 봐 왔던 자신의 감이 이대로 방치했다가는 빈민가에 어떤 영향을 미칠지 모른다고 결론 내린다.

"뭔데? 나라에서 기사라도 파견했던가?"

"……그렇지는 않다만, 나중에 이야기하지."

말 몇 마디로 그 참상을 설명할 자신이 없을뿐더러 이전에 밀정 직분을 수행했던 경험상, 피상적인 진술만 전달해봐야 정확하게 정보를 인식시키지 못하면 아무 의미가 없다는 생각을 갖고 있는 남자는 짤막하게 답할 뿐 대답을 유보했다.

삐걱거리는 나무 계단을 올라 맞닥뜨린 방 앞에 서서 문을 노크했다.

"『누구입니까?』"

"잭입니다. 보스, 시급히 보고드릴 사안이 있습니다."

"『잠겨 있지 않으니까 문 열고 들어오세요.』"

"실례하겠습니다."

조심스럽게 문을 밀어서 열자 백발을 올백으로 굳힌 서른 살 전후의 단안경을 쓴 남자가 영리한 인상을 주는 날렵한 눈으로 손에 든 서류에 시선을 주고 있었다.

"미안하지만 이 자료를 검토하면서 들어도 괜찮겠습니까?"

"문제없습니다, 보스."

남자가 그리 말한 까닭은 정보의 중요성을 낮게 봤기 때문이 아니라 제 보스가 자료를 검토하면서도 충분히 바른 판단을 내릴 줄 아는 인물이라고 신뢰하기 때문이었다.

"으음, 조금 길어지겠군요. 거기 소파에 앉아도 됩니다."

음색을 듣고 판단했을까, 보스의 목소리에 진지한 빛이 섞였다.

"그럼 실례를 무릅쓰고……."

남자는 소파에 걸터앉은 뒤 무엇부터 이야기해야 하는가 머릿속으로 재빨리 정보를 정리하면서 입을 열었다. 그러나 그것이 말소리가 되어 나오기 전에 보스가 먼저 말을 꺼냈다.

"흠, 잭. 실책을 저질렀군요."

아직 아무 말을 안 했는데도 『실책을 저질렀다』라고 질책을 듣게 된 남자는 놀라서 일순간 사고가 멈춰버렸다.

"예? 저기, 도대체……."

"반가워~. 댁이 왕도 빈민가의 두목이신가?"

『무슨 말씀이신지』라며 남자가 꺼내려고 했던 말은 그 목소리와 함께 문이 **걷어차여서 넘어가는** 쾅, 하는 소리에 묻혀 사라졌다. 문 너머에서 들어온 인물을 봤을 때 남자는 순간 자신의 핏기가 싹 가시는 소리를 들은 기분이었다.

그곳에는 마치 친구의 집에 놀러온 듯 가벼운 기색으로, 오른손은 목 아래쪽이 사라진 가고일의 머리를 붙잡고 왼손은 두 팔과 두 다리가 반대 방향으로 꺾인 전직 모험가 동료를 질질 끌면서…….

"아, 길 안내 고마웠어. 답례로 **방금 전 수작질**은 없던 걸로 쳐줄게."

사신과 같은 미소를 띤 흑발 소년이 서 있었기에.

☆

나는 앞서 달리는 남자를 추적하면서 이동 중이었다.

남자가 내게 시비를 건 건달들과 거래 관계에 있다는 것은 알고 있었다. 물론 거래의 내용에 대해서도 마찬가지다. 왜냐하면 첫 번째 때도 완전히 똑같은 일을 겪었고, 그때는 숨어 있었던 남자를 추궁해서 거래라든가 이곳의 책임자라든가 온갖 정보를 우격다짐으로 빼냈었기 때문이다.

그러니까 물론 남자가 어딘가에서 이쪽 상황을 훔쳐본다는 것도 알았고, 빈민가의 책임자로 있는 망할 안경잡이에게 보고하러 가는 움직임도 손쉽게 상상이 됐던지라 이왕이면 망할 안경잡이가 있는 장소까지 안내를 시키려고 놓아 보냈다.

처음 빈민가의 책임자와 만났던 장소는 기억하지만, 놈은 입장상 공격을 받는 경우도 많기 때문에 특수한 마도구를 써서 거점째 여러 장소로 이동을 거듭하는 생활을 했다. 따라서 처음 만났던 곳과 똑같은 장소에 간들 헛걸음을 안 한다는 보장이 없다.

눈치채이지 않도록 추적하는 동안에 스테이터스를 확인했더니 『추적 Lv 2』와 『기척 은폐 Lv 1』이라고 새 스킬이 추가돼 있었다. 역시 스킬 습득은 첫 번째 때보다 꽤나 수월했다. 스킬 레벨은 리셋됐어도 스킬의 사용법은 숙달된지라 당연하다면 당연하겠지만. 어쨌든 스킬 레벨을 다시 올리는 작업은 예상보다 더 빨리 진행할 수 있을 지도 모르겠다.

이렇듯 계획을 잡아보면서 추적해 나갔다. 아무래도 꽤나 조바심이 나는 듯 최단 거리로 은신처까지 안내해주는 분위기였다.

첫 번째 세계 때는 정보 수집에 능숙한 쓸모 있는 인재였고, 아마도 어느 나라의 첩보원이었기에 경계심도 강한 인간이었던 만큼 조금은 놀라웠다. 다만 경계심에 비례하여 겁이 많은 성격인 데다가 특히 본인의 생명을 가장 우선시해서 도망치는 인간이기는 했다.

저 남자에게 살기를 직접 보내지는 않았지만 내가 건달들을 죽였을 때 생존 본능이라든가 그 비슷한 것을 자극한 것이 아닐까.

빈민가에서 살인 소동은 일상다반사다. 빵 한 조각을 손에 넣자고 상대의 목을 꺾어버린다거나, 다 썩어 가는 과일을 두고 벌어진 싸움박질 때문에 아무렇지도 않게 사망자가 나오는 곳. 아예 머리가 돌아버린 쾌락 살인자도 정기적으로 나타나고, 그러다가 빈민가의 책임자 등등 여타의 인물들에게 뭇매질을 맞고 죽어 나간다.

빈민가에서는 사망자가 발생하지 않는 날이 오히려 드물뿐더러 실제로 여기까지 쫓는 동안에도 음식을 둘러싸고 다투는 인간을 몇 명은 봤다.

본래부터 안전과 거리가 있는 직업에 종사했었던 만큼 사람 죽는 광경이 낯설지는 않았을 텐데, 건달들이 죽어 나가는 꼴을 목격하고 발각당한다면 자신에게도 위해가 닥치리라고 덜컥 겁이 났던가 보다. 실제로 첫 번째 때는 그렇게 됐었고.

남자가 안에 들어간 뒤 잠시 동안 상황을 보다가 건물로 다가갔다.

그곳에는 낯익은 강철 문, 그리고 가고일 두 마리가 묵직하게 자리 잡고 있었다.

""암구호는?""

"아, 그러고 보니 얘들을 잊고 있었네……."

깜빡 실수했기에 머리를 긁적였다. 처음 왔을 때는 남자를 붙잡아서 안내시켰던 터라 암구호도 문제없었지만, 이번에는 너무 난폭한 방문객이 되고 싶지 않았기 때문에 이렇듯 조용하게 따라왔었다.

지금 만날 상대는 복수 대상이 아니었다. 그렇다 해도 결코 아군이 아니지만 어쨌든 적은 아니다. 다시 한 번 말하겠는데 그 망할 안경잡이는 결코 아군이 아니었다. 단지 이득을 좇아 무슨 짓이든 태연자약하게 저지르는 인간이다. 누군가와 손을 잡는다면 목적은 이득뿐. 이득을 얻기 위해 누구의 손이든 맞잡는다. 거짓말은 하지 않지만 그 뿐. 다른 어떤 방법을 써서 이용하려고 들지 모른다. 초대면부터 이득이 되지 않으면 배반하겠다고 대놓고 선언하는 인간이다.

이용하고 이용당하는 것이 전부인 관계.

그럼에도 이 나라의 인간 중 가장 제대로 된 관계를 맺을 수 있는 상대에 속한다. 또한 왕녀에게서 빼앗은 목걸이를 판매할 상대이기도 하다. 곧 교섭을 진행해야 하는 만큼 초대면부터 적대적인 태도로 나가봐야 좋을 것 없었다. 감정을 어지럽히거나 쓸데없는 행동을 취하면 그 빈틈을 분명 간파당한다.

대면 중 한시라도 경계를 늦췄다가는 나도 모르는 틈에 정보를 빼먹혀서 놈의 돈벌이 수단으로 이용당하게 되리라. 요금을 지불하면 더한 금액을 내는 인물이 나타나지 않는 한 입을 다물어줄 테지만, 당사자 본인이 알아차리지 못하면 정보가 새어 나간다는 사실조차 말해주지 않는다.

육체적, 전투적인 측면으로도 썩 유능한 연금술사이고 그 이상으로 잘 돌아가는 머리를 갖고 있다. 결코 방심할 상대는 아니었다.

“약속도 없이 미안한데 너희 두목을 만나게 해 주면 안 될까?”

““암구호는?””

아무래도 가고일들은 대화를 나눌 의향이 없는가 보다. 그 망할 안경잡이 늘 똑같은 암구호를 쓸 가능성은 별로 없을 터이나 달리 떠오르는 말이 없었던 터라 하는 수 없이 이전에 왔을 때, 지금으로부터 3년 이상 나중의 암구호를 입에 담았다.

“『네즈라 토끼의 거꾸로 선 털』.”

“틀렸다, 떠나가거라. 초대하지 않은 손이여.”

“……애고, 결국 이렇게 될 텐데 뭐하러 얌전하게 따라왔담.”

석상처럼 움직이지 않던 가고일이 제 몸의 돌 날개를 펄럭여 대좌 위로 날아오른다. 나를 **배제 대상**으로 인식하면서 입을 벌려 마법을 발사하려고 한 순간, 나는 가고일을 노리고 달려들었다.

용종(龍種)의 방사형으로 길게 퍼져 나가는 광범위 브레스와 달리 가고일의 공격은 흡사 레이저 광선처럼 직선으로 뻗을 뿐이고 범위 또한 좁았다. 비록 내가 스킬을 봉인당한 상태일지라도 인간이 만든 간단한 동작밖에 취할 줄 모르는 가고일 따위야 상대가 되지 않았다.

레이저를 피해 파고들어서 상대를 가격했을 때의 감촉은 과연 가고일답게 단단했기에 현재 능력치로 부술 자신은 없었다. 따라서 마력 조작으로 다리와 눈만 상태를 유지한 채 나머지 마력을 모조리 팔에 집중시켜서 일시적인 강화를 꾀한다. 마력을 모은 부분만 강화되고 다른 부분은 오히려 약화되는 긴급 수단에 가까운 기술이었지만, 어차피 지금의 스테이터스로 한 방이라도 크게 얻어맞으면 치명상은 피할 수 없다.

또한 무엇보다도 심검은 쓰고 싶지 않았다. 건달들에게 썼던 【불거미의 다리 검】은 어쩔 수 없다고 쳐도 가고일을 통해서 분명히 나를 관찰하고 있을 망할 안경잡이에게 벌써부터 정보를 갖다 바치기는 싫다.

그뿐 아니라 가고일은 불, 즉 열에 대한 내성이 굉장히 뛰어나기 때문에 불 속성을 주로 다루는 마법사들에게는 천적 비슷한 상대이다.

칼날의 길이가 짧을뿐더러 가열 능력이 안 먹히는 탓에 【불거미의 다리 검】과는 상성이 너무 나쁘다.

그런 점에서 마력 조작을 활용하는 강화는 체내에서 마력을 이동시키는 것이 전부인지라 MP를 소모하지도 않고, 디메리트 측면으로 봐도 가고일의 공격을 격중당했을 때의 위험도는 결국 차이가 없다. 애당초 고작 이따위 가고일의 공격을 못 피할 리가 없잖아.

"끄르륵?!" "끄가각?!"

날개를 쳐서 꺾고, 팔을 쥐어서 부수고, 다리를 거머쥐어다가 지면에 내동댕이쳐서 머리를 박살냈다. 또 한 마리에게 몸체 나머지를 집어 던져서 움직임이 멈춘 틈에 머리를 붙잡아 눈을 헤집고 가고일의 동력원, 두 눈의 마석을 도려낸다.

"엉?! 뭐냐, 너는?!"

전투의 소음을 듣고 상황을 보러 온 평범한 체구의 남자가 한 명, 허둥지둥 검을 뽑아서 내게 겨눴다. 어차피 평화적인 접촉은 이미 글렀겠다, 움푹 파여버린 가고일의 눈구멍에 손가락을 넣어서 잡아다가 냅다 남자에게 내려치자 가고일의 목이 떨어져 나갔다.

"끄아아악?!"

예상외의 공격 방법에 허를 찔린 남자는 가고일의 단단한 몸을 제대로 받아넘기지 못하고 거기에 실린 강한 힘을 고스란히 맞은 채 벽면으로 나가떨어졌다.

부러진 뼈가 내장을 찌른 듯 벽에다가 등을 대고 스르륵 허물어지면서 입으로 피를 토한다.

"빌어먹을 놈, 감히 하문즈를 저런 꼴로 만들었겠다!!"

남자를 방치한 채 곧장 안으로 들어가자 이번에는 다른 야윈 미남이 미리 칼을 빼 들고 있다가 휘두르면서 덤벼들었다. 이번에는【불거미의 다리 검】으로 공격을 받아넘긴 다음, 마침 들고 있었던 가고일 머리통으로 남자의 두 무릎을 때려 부순 뒤 허물어지는 남자의 팔을 붙잡아서 등을 걷어차는 한편 두 팔꿈치도 반대 방향으로 꺾어줬다.

"끄가아아아아악?!"

"알!! 망할 꼬맹이가! 잘도……?!"

또 덤벼드는 녀석을 상대해 봤자 귀찮기만 할 테니 마력에 다소 농밀한 살기를 담아 위압을 쏟아냈다.

내가 아는 얼굴은 아니었지만 어차피 망할 안경잡이의 호위일 테지. 기껏해야 중급 언저리의 모험가 혹은 몰락한 전직 기사쯤 될 테고, 전부 마력 저항도 낮을 게 뻔한 근육 바보였던 터라 마력을 더한 위압이 잘 먹혀들었다.

주위를 둘러봐도 내가 따라왔었던 남자는 이곳에 없었다. 아마도 망할 안경잡이의 집무실, 2층의 가장 안쪽 방에서 내 소식을 보고하고 있지 않을까.

문득 시선을 내려뜨리자 두 팔꿈치와 두 무릎이 꺾여 나간 미남이 보였다. 어차피 이리된 이상 기선을 제압하기 위해 이용해야겠다.

가고일을 격파하고 우격다짐으로 밀고 들어온 시점에서 이미 글렀다. 뒤늦게 우호적인 가면을 써 봤자 아무 소용도 없겠지.

나는 미남의 옷깃을 틀어잡고 계단의 턱에 부딪혀서 나오는 신음을 무시한 채 질질 끌면서 층계를 올라갔다. 곧장 복도를 나아간 끝에 맞닥뜨린 방문 앞쪽에 선 뒤, 아마도 물리 · 마법 장벽과 방음 장벽이 설치돼 있을 문짝을 두 손이 모두 사용 중이었기에 **하는 수 없이** 일순간 다리에 최대급의 마력을 집중시켜서 걷어찼다.

"반가워~. 댁이 왕도 빈민가의 두목이신가?"

이 세계에서는 처음 만나게 된 망할 안경잡이를 향해서 불쑥 인사를 내뱉었다.

방 안에는 감정을 읽을 수 없는 천연덕스러운 얼굴로 나를 쳐다보는 망할 안경잡이와 새파란 얼굴로 나를 바라보는 안내인 남자가 있었다.

"아, 길 안내 고마웠어. 답례로 **방금 전 수작질**은 없던 걸로 쳐줄게."

그렇게 말한 뒤 망할 안경잡이에게 시선을 보내면서 생긋 영업용 미소를 머금었다.

자, 교섭을 개시해볼까.

"저 문에 말이죠. 제 나름대로 특제 차음 결계와 물리 결계를 장치했거든요. 자신감이 사라지는군요."

"미안하게 됐네, 버릇 나쁜 강아지들이 자꾸 귀찮게 굴어서 두 손이 전부 바빠서 말이야. 발로 걷어찰 수밖에 없었네."

"이런, 실례했습니다. 저는 분수에 넘치게도 이곳 빈민가의 책임자 비슷하게 행세를 하고 있는 주페인 가르라고 합니다. 어떠한 용건이 있어 방문하셨습니까?”

주페인 가르라고 이름을 밝힌 저 망할 안경잡이는 가고일의 머리 및 기절한 호위 남자도, 직접 친 결계가 깨져 나간 것도 전혀 개의치 않은 채 미소 지으며 대답했다.

이 정도로 위축될 만한 인간이 아니라고 이미 예상했다만 태연자약하기 그지없는 저 태도가 조금 분하기도 했고, 괜히 걸리적거리게 들고 있었던 두 손의 소품을 집어 던졌다.

“별거 아니야, 그냥 매입을 부탁하고 싶은 물건이 있거든. 아, 내 이름은 정보료로 금화 오십 장 받고 팔아주겠어.”

그렇게 말한 뒤 내가 주머니에서 목걸이를 불쑥 꺼내 놓자 망할 안경잡이, 즉 주페인의 눈빛이 바뀌는 것을 알아볼 수 있었다.

“……잭, 지금 이곳에서 본 광경을 전부 잊고 물러나세요.”

“아, 예?”

핼쑥한 얼굴로 덜덜거리던 잭이라는 이름의 남자는 저 말의 의미가 곧바로 파악되지 않았는지 얼빠진 말로 대답했다.

“너무 많이 알아서 겪을 위험은 당신도 잘 알고 있을 텐데요. 아무것도 모르는 지금 물러나라는 뜻입니다.”

“아!! 예, 알겠습니다!!”

화들짝 놀라서 잭이 방 바깥으로 나갔다. 나는 잭의 뒷모습을 잠시 바라보다가 주페인의 책상 앞으로 다가가서는 즉시 거래에 들어갔다.

“자, 교섭을 벌여보자고. 너는 이 물건에 얼마를 내겠어?”

“잠시 살펴봐도 되겠습니까?”

"물론이지, 잘 살펴보라고."

기껍게 답한 뒤 주페인의 책상 위에 목걸이를 내려놓았다.

정중한 손놀림으로 목걸이를 집어 든 주페인은 한 부분 한 부분을 전부 여러 각도로 확인하면서 주의 깊게 관찰했다.

목걸이에 달린 마석 하나하나, 마석을 이어주는 부착대, 목에 걸기 위해서 붙인 얇은 사슬까지 꼼꼼히 확인을 마친 주페인이 손을 내려뜨렸다.

"멋진 장식품이군요. 마석은 전부가 다 일급품을 가공한 물건입니다. 부착대와 연결용 사슬에 쓰인 금속은 미스릴이지 싶군요. 무엇보다도 마석에 각인된 마법이 멋집니다. HP 자동 회복, 약간의 회복 효과 증가, 환영상 기록, 자기 파손 수복(소), 이만한 물품이라면 금화 서른 장은 기꺼이 지불하겠습니다."

"……흠, 금화 서른 장이라?"

잠시 화폐에 대해 설명을 하고 넘어가겠다. 이 왕국의 화폐는 동화, 대동화, 은화, 대은화, 금화, 대금화, 백은화까지 일곱 종류가 있다. 각각은 열 장이면 한 단계 위의 화폐와 같은 가치를 지닌다.

물건의 가치가 다른 까닭에 확실하다는 말은 못하지만 은화 한 장이 일본 돈의 가치로 1천 엔쯤 되고, 대금화나 백은화의 단계가 되면 일상생활에서 직접 볼 일이 사실상 없다. 대규모 상회 및 나라 간의 거래가 아닌 한 사용되지 않는다고 보면 되겠다.

개인의 거래에서 쓰이는 돈은 금화가 상한이라는 것이 상식이며 더 높은 단위는 생활의 범위에서 쓰기에 불편한 점이 너무 많았다.

다시 본론으로 돌아와서 목걸이에 매긴 금화 서른 장이라는 금액은 일본 엔화로 대략 3백만의 가격을 붙인 셈이었다.

몇 가지 마법이 걸려 있다고 해도 본질은 단지 장식품에 지나지 않는지라 그런 관점에서 봤을 때 이 목걸이는 분명히 타당한 가격으로 평가받았다고 못할 것도 없다. 그러나 금화 서른 장은 이 목걸이의 질만 감안했을 때 나올 가격이었다.

"……이봐, 누구 앞에서 장난질이야?"

"흡!!"

매섭게 노려보는 시선, 한가득 살의를 담은 눈빛, 아까 전처럼 주변으로 흩뿌리는 것이 아니라 오직 눈앞의 남자 한 명에게 쏟아붓는다.

"너라면 확실하게 제대로 써먹을 수 있잖아? 그러니까 더 이상 뻔한 수작은 관둬라. 아니면 콱 죽여버리고 싶어지잖아?"

그렇다, 이 녀석도 나도 알고 있다. 내가 내놓은 물품은 평범한 목걸이가 아니었다. 왕실에 전해 내려오는 보물이라는 표시로 마석의 바닥에 각인을 새겨 놓았고, 이 각인은 왕가가 대정령과 맺은 고대의 맹약에 근거하여 왕족이 아닌 인간은 사용이 불가능하도록 제한한다. 왜냐하면 이 각인은 왕족이 자기 자신의 피를 바침으로써 정령의 힘을 빌려 새겼기 때문이다.

바로 그 때문에 괜한 불상사를 피하고자 부하를 쫓아냈던 이 녀석이 지금 상황에서 고작 금화 서른 장이라는 말을 꺼내는 까닭은 내 반응을 보고 정보를 끄집어내서 불리한 조건을 제시한 뒤 교섭을 유리하게 진행하기 위한 수작이라고 밖에 볼 수 없었다.

……그러나 이 녀석은 이번 거래가 나에게 어떤 의미를 갖고 있는

가 알지 못한다.

이 거래는 복수에 활용될 수도 있는 계획의 일환이었다.

금액 따위야 사소한 부분에 불과하다. 본래는 해체해서 팔아넘기기만 해도 당분간 쓸 돈은 충분히 마련할 수 있었으니까.

이 녀석이라면 제대로 손을 써주리라 판단했기에 굳이 온전한 목걸이를 들고 찾아왔다. 이 녀석이라면 보다 자연스럽게 이득을 챙기면서 다시 왕가에 목걸이를 갖다 줄 전달자 역할을 수행할 수 있다고 판단했기 때문에 굳이 이곳을 찾아왔다.

그러니까 허튼수작은 목숨을 걸고 부리라는 뜻에서 일순간 더욱 강렬한 위압을 쏟아내다가 불현듯 살의와 기세를 싹 거둬들였다.

주페인은 한 차례 숨을 내쉬더니 그 짧은 시간에 평소 모습으로 자신을 가다듬은 듯 보였다.

"그렇군요, 실례했습니다. 지금 필요한 것은 이 물건이 진품이라는 정보뿐. 또한 제게는 이 물건을 취급하기에 족한 힘이 있죠. 당신에게 여타의 정보를 빼내고자 한다면 꽤 비싼 값을 치러야겠군요."

쿡쿡, 작게 웃고는 단안경을 벗고 헝겊으로 깨끗하게 닦는다.

"금화로 삼백오십 장을 지불하겠습니다. 선금으로 열 장을 지금 건네드리죠. 아무러면 이토록 큰돈을 당장 마련할 수는 없는지라 나머지 금액은 내일 다시 방문해주실 때 지불하겠습니다. 그때까지 물건은 가지고 계십시오."

"괜찮겠어? 열 장만 받아다가 도망칠 수도 있는데?"

"그런 짓을 할 만한 인간이었다면 단지 제 보는 눈이 없었다고 치고 넘겨야겠죠. 자, 받으십시오."

시원스럽게 받아친 주페인은 책상에서 꺼내 든 금화 자루를 내게 건넸다.

"알았어, 고맙게 받지."

책상에 놓인 선금을 들어 올려서 자루를 풀고 그중 한 장을 집어 주페인에게 휙 날렸다.

"음? 무슨 뜻입니까?"

"아니, 뭐. 이것저것 좀 부쉈으니까 수리비나 하든가. 그럼 내일 보자고."

나는 입꼬리를 쓱 끌어 올리면서 비웃었다.

"네 보는 눈은 벌써 없어져버렸군?"

"……당신의 이름, 정보료로 금화 오십 장이라고 했던가요?"

"미안하군, 지금은 이미 비매품이라서. 놓친 기회는 돌아오지 않는 법이야."

잘라 말하고 아홉 장의 금화가 들어 있는 자루를 주머니에 욱여넣은 뒤 나는 물러났다.

"……쿡, 쿡쿡. 이렇게 때때로 예상 밖의 상황이 들이닥치니까 빈민가는 정말 심심하지 않단 말이죠."

홀로 남아서 주페인은 즐거워하며 유열로 가득 찬 미소를 지었다.

그 손에서는 주페인이 연금술로 만들어 낸, 금화 흉내를 내던 생명체가 의태를 풀고 슬라임처럼 꾸물거리고 있었다.

☆

계획대로 일을 마친 나는 그럭저럭 좋은 기분이 되어 번화가 방향으로 나아갔다. 도중 누구든 시비를 거는 녀석이 나타나지는 않을까 싶었는데 별다른 문제 없이 빈민가의 후미진 장소에서 바깥 거리로 나올 수 있었다.

태양도 꽤 기울어졌다. 조금 더 시간이 지나면 완전히 해가 떨어지겠군. 일찌감치 번화가로 돌아가서 숙소를 잡고 싶었다. 체감으로는 3개월 만에, 축축하게 습기 찬 공기나 체온을 빼앗는 돌과 모래 바닥이 아닌 평범한 방에서 묵을 수 있다고 생각하니까 절로 기분이 흥겨워졌다.

"아, 맞다. 이래 갖고는 쓰기 불편하겠네."

평범한 여관에 묵을 때는 은화 한 장이면 거스름돈이 남는다. 일본과 달리 아침 식사를 차려주지도 않고 방은 좁았다. 애당초 물가가 저렴한 터라, 금화를 지불한들 여관에서 거스름돈을 못 내어 줄 수도 있다. 그런 문제가 발생하지 않는 고급 여관은 신분 증명이 필요해서 내가 묵기에는 무리가 있었다.

가능하면 대은화와 은화, 대동화 단위까지 환전을 하기로 마음먹고 환전상이 어디에 없나 주위를 둘러봤다.

번화가에서 건전하게 장사를 하는 환전상이 수수료는 더 저렴하겠지만 금화 단위의 환전을 하려면 거기에도 역시 신분 증명이 필요하다. 따라서 약간 높은 수수료를 치르더라도 괜한 질문을 꺼내지 않는 환전상이 다수 영업을 하는 이곳 빈민가에서 환전을 마치는 것이 좋겠다.

"저기로 할까."

적당히 환전상을 골라 다리를 움직였다.

"여, 형씨. 돈 바꾸러 왔나?"

근육남이라는 말이 딱 어울리는 저 남자가 낮은 목소리로 내게 말을 붙였다. 빈민가에서 환전상을 하는 인간은 이렇듯 힘에 자신이 있거나 혹은 어느 조직이든 뒷배를 갖고 있다는 표시로 마크를 내걸어 놓은 인간뿐이었다. 안 그러면 순식간에 환전용 돈을 강탈당한다.

"그래, 금화 환전을 부탁하지."

"금화? 몇 장인데?"

"한 장이면 돼. 은화와 대동화도 같이 섞어서 바꿔줘."

남자는 천칭을 꺼내 오른쪽에는 건네받은 금화를 올리고, 다른 한쪽에는 작은 분동(分銅)을 올려놓았다.

"흠, 진짜가 맞군. 수수료를 제하고 대은화 다섯 장에 은화 스물세 장, 대동화가 스무 장이야."

수수료가 도합 은화 스물다섯 장 금액인가.

"비싸네."

"싫음 바깥에 가서 바꾸든가. 나는 아쉬울 게 없으니까."

확실히 빈민가의 환전상이 챙길 수수료치고는 약간 높은 편이기는 한데 아예 몰상식한 정도는 또 아니었다. 빨리 여관을 찾아 몸을 누이고 싶기도 해서 입을 다물자 남자는 한 장 한 장 보란 듯이 헤아리면서 대은화와 은화, 대동화를 앞쪽에 올려놓았다.

음? 뭐지. 별안간 남자에게서 적의, 아니, 악의 비슷한 기색을 감지했다.

뭔가 오늘은 감이 예민한 날인가 보군. 다만 구체적인 이유는 모르는 만큼 미묘하기는 한데 어쨌든 경계를 늦추지 않고 주화를 응시했다.

“자, 봤지? 숫자는 틀림이 없어. 어서 가져가라.”

남자의 행동에서 수상한 점은 아직껏 발견하지 못했다. 역시 감은 감에 불과한가? 그럼에도 논리로 설명할 수 없는 부분이 지금도 남자에게서 악의를 감지하고 있다. 그리고 진짜 원인은 화폐를 받아 들었을 때 알았다.

“아, 이제야 알겠네. 이봐.”

“엉? 뭐냐…… 컥?!”

완전히 방심하고 있었던 남자의 목을 붙잡아다가 뒤쪽 벽면에 처박았다.

“이, 이놈……! 뭐냐고, 은화는 제대로 건네줬잖냐……!”

“은화? 뭔 소리야, **동화**잖아?”

“헉……?!”

막 건네받았던 은화에 소량의 마력을 흘려 넣자 턱, 하고 깨져 나가는 소리가 들리면서 남자가 걸어 놓았던 환술이 풀리고 거무스름한 동화가 형체를 드러냈다.

마력 감지와 관련된 스킬을 잃은 데다가 또한 감지 계열이 강화되는 패시브 능력을 지닌 심검도 봉인된 상태였다. 그 때문에 직접 내 손으로 만질 때까지 화폐에 환술이 걸려 있는 줄 못 알아챘다. 들떠 있었던 탓도 있지만 실책이다.

“캑, 속는 놈 잘못이라고, 빈민가에서는!! 『포스 업』!!”

이제 장사꾼 행세는 관둘 셈인가, 비열한 표정으로 맞받아치고 남자는 신체 능력을 향상시키는 마법으로 제 몸을 강화했다. 단순한 근육남인 줄 알았더니만 지능파였나 보다.

“애고고, 어휴. 진짜 최악의 나라군, 여기는. 이놈이고 저놈이고 이런 식이야.”

정말이지 불쾌하기 짝이 없었다. 좋았던 기분에 찬물을 뒤집어쓴 것도, 히죽히죽 웃는 이 녀석의 시선도, 그리고 무엇보다도.

……속일 만하다고 얕보였다는 것이 못 견디게 불쾌했다.

이래서는 마치 선택을 잘못하고 말았던 과거의 나로부터 아무것도 변하지 않았다고 놀리는 듯싶었기에.

지금 당장에 갈가리 찢어버리고 싶어서 미쳐버릴 것 같은 내 복수 대상들이 했던 짓들을 똑같이 해치울 수 있다고 뻐기는 듯 여겨졌기에.

“그래, 진짜로 구역질이 난다.”

무의식중에 팔과 손으로 가득 힘이 들어갔다.

“끄아아아아아악!! 젠장, 왜 안 떨어지는 거야!!”

남자는 목을 붙잡고 있는 팔을 떼어 내려고 저항했지만 나는 일찌감치 팔에 마력을 집중시키고 있었다. 온몸을 두루 강화해주는 포스 업을 걸어봐야 이 나라의 기사 하나도 감당하지 못할 수준인 이 남자가, 하물며 내 손아귀에서 벗어날 수 있을 리 없다.

"끄악, 끅, 어, 째서……?"

참고로 이렇게 마력을 집중시키는 전법은 널리 알려져 있지 않았다. 그런 까닭에 마법을 발동하는 낌새도 없었던 데다가 자신과 비교했을 때 훨씬 빈약한 내 팔을 못 떼어 내는 지금 상황이 눈앞의 근육남에게는 도무지 이해되지 않을 것이다.

"아, 맞다. 오늘은 마침 좋은 일을 겪었던 참이라서 말이야. 어쩌면 너를 용서해줄 수도 있을 것 같아."

"끄흑, 쿨럭, 쿨럭!!"

멋진 발상이 떠올랐다는 느낌으로 미소 짓고는 손을 놓아줬다.

일이 이렇게 된 다음에야 간신히 자신이 건드리면 안 되는 상대에게 수작 부렸다는 것을 깨달았을까, 핼쑥한 낯짝으로 남자가 물었다.

"사, 사과하면 되나? 미안하다, 내가 잘못했어. 사과할게, 사과할 테니까 용서해주……!"

"별로 사과할 필요 없는데? 내가 책임만 확실하게 묻고 끝내줄게."

딱 잘라버리고 나는 손에 들고 있었던 동화를 일단 자루 안에 넣은 뒤 묵묵히【불거미의 다리 검】을 꺼내 들었다. 정말 오늘은 이 심검이 대활약을 하는군.

"자, 잠깐!! 잠깐만 말 좀 하자!!"

보통 화폐 위조는 두 팔을 절단한 다음 고액의 벌금을 물린다. 겁없이 나라가 보증하여 발행하는 화폐를 위조한 만큼 당연하다면 당연한 처벌이겠지만, 두 팔을 잃은 처지에서 부과당한 벌금을 변제할 방법이 뭐가 있겠는가. 결국은 자살하거나 혹은 노예로 몸을 파는 길밖에 남지 않는다.

그러한 처벌을 떠올리고 단검으로 팔을 절단하는 광경이라도 떠올렸을까, 남자는 당황해서 소리 질렀다.

"뭐야, 팔을 자를까 봐 겁먹은 거야? 안심하라고, 그런 짓은 안 할 테니까. 애당초 이렇게 작은 단검으로 어떻게 팔을 자를 수 있겠어?"

실은 충분히 절단 가능한 힘을 갖고 있는데도 시치미 떼고 껄껄 웃어줬다.

"이 녀석은 살짝 재미있는 특성이 있거든. 보통은 불씨를 피운다든가 무언가를 적당히 굽는 게 고작이란 말이지. 근데 근원이 되는 몬스터의 능력이 반영된 덕분인지 어느 물질에 대해서는 유난히 이상하리만큼 높은 힘을 발휘할 수 있어."

"아, 어?"

【불거미의 다리 검】의 습득 조건이었던 프로미넌스 스파이더는 용암 동굴에서 불길에 휩싸인 채 사는 커다란 거미이다. 이 녀석은 마물임에도 식사를 마련하기 위해 사냥을 필요로 하지 않는다. 프로미넌스 스파이더의 주식은 용암 동굴 내부에 존재하는 갖가지 광물이고, 화독(火毒)이라고 불리는 특수한 불꽃으로 광물의 융점을 끌어내려서 흐물흐물하게 녹인 뒤 먹는 습성이 있었다.

"역시 속죄하려면 말이야, 본인이 저지른 짓에 비례해서 벌이 늘어나는 게 맞잖아. 그러니까 사기를 친 네 입으로 남김없이 끝까지 다 먹어 달라고?"

선고를 내린 뒤 먼저 도망 못 치도록 두 팔과 두 다리를 차서 부러뜨렸다.

"끄흑, 카가아아아악!!"

빈민가의 거리에 굵은 비명 소리가 울려 퍼졌다. 그럼에도 남자의 악몽은 끝나지 않는다.

"자, 먼저 한 장."

마침 가까이 놓여 있었던 철제 물건을 대충 욱여넣어서 입을 벌려 놓았다.

손에 든【불거미의 다리 검】에 다량의 마력을 담고 그 위쪽으로 동화를 올리자 곧 흐물흐물하게 녹은 동이 단검을 따라 천천히 흘러내렸다.

"갸아아, 까아, 카하아아악!!"

옅게 빛나면서 떨어지는 뜨거운 방울방울이 남자를 몸속으로부터 불사른다.

그렇다 해도 쉽게 죽지는 않는다.

【불거미의 다리 검】이 금속을 쉽게 녹이는 까닭은 금속의 융점을 끌어내리는 데 있었다.

뜨거워 봤자 기껏해야 **300도 정도**의 금속이다. 분량이 썩 많지는 않은 만큼 잘 버티면 살아남을 수도 있겠지.

"힘내라, 이제 두 장이야. 겨우 마흔여섯 장밖에 안 남았네. 포스업도 쓸 줄 아니까 여유 만만이지? 옜다, 세 장이다~."

이글거리는 금속 액체가 떨어질 때마다 비명조차 제대로 내지르지 못하고 있는 남자를 쳐다보면서 나는 생글생글 웃음 지었다.

환전상 근육남에게 모든 주화를 녹여서 다 흘려 넣어준 무렵에는 바깥이 온통 저녁노을에 물들어 가고 있었다. 이제 한 시간쯤 더 지나면 완전히 해가 떨어질 테지.

남자는 정확하게 마지막 한 장을 삼킨 다음에 힘이 다하여 기절했다. 지금은 내 발밑에 너부러져서 움찔움찔 경련만 하고 있다.

뭐, 포스 업도 마지막까지 잘 유지하던 꼴을 보면 내버려 둬도 살아날 수는 있겠다. 이 녀석을 굳이 살리겠다고 치료해줄 사람이 있을 때의 이야기다만.

"흠. 여기에서 내가 숨통을 끊는 건 공정하지 않겠네."

이 녀석의 수작이 그 놈들에게 속고 배반당했었던 기억을 자극한 탓에 짜증이 벌컥 솟아서 행동에 옮기긴 했지만, 그렇다 해도 직접 속죄를 언급하면서『주화를 전부 먹으면 용서하겠다』라고 선언했으니까 그건 제대로 지켜주도록 하자. 당장의 분풀이를 위해 약속은 아랑곳 않고 힘을 휘둘렀다가는 이기적인 욕심을 위해 나를 배반했던 그 놈들과 동류가 되어버린다.

아니면 이 녀석이 내 복수에 방해가 될까? 그렇지는 않잖은가. 그렇다면 이 녀석 자신이 저지른 짓에 대하여 청산을 마친 지금, 더 이상은『보복』이 아니게 된다.

나는 복수자가 되었을 따름이지 살인귀가 된 것은 아니니까.

살해 행위 자체에서 쾌감을 느끼게 되면, 제대로 된 복수를 완수하기 전에 자아가 죽어버려서 나는 내가 아닌 다른 무언가로 변해버릴 것이다.

그따위 미래는 용납할 수 없다. 나는 기필코『복수』하겠노라고 맹세했다. 나의 행보는 절도 있게 이루어져야 한다.

증오를 쏟아부을 목표는 그 놈들이다. 두 번째일지라도 대상을 잘못 판단해서는 안 된다.

"그건 그렇고 인간이란 의외로 잘 안 죽는구나……."

솔직히 마지막까지 살아 있을 줄은 예상을 못 했다. 근육남이 뜻밖에도 꽤 튼튼했나 보다. 틀림없이 스무 장을 넘길 쯤에는 죽어버릴 줄 예상했었다만.

본보기로 삼겠다는 계산도 겸해 일부러 주위의 공포를 부추기는 짓을 저질렀지만, 한 차례 적대했던 상대의 숨통을 결국은 끊지 않은 채 방치하는 행동은 빈민가의 분위기로 봤을 때 미묘하게 나약한 대응이라는 평가를 피할 수 없을 것 같다.

그렇다 해도 굳이 회복을 해줄 의향은 없었다. 지금도 멀리 숨어서 지켜보고 있는 빈민가의 주민들에게 **탈탈** 털릴 수도 있겠지만, 그 부분은 내 알 바가 아니었다. 어디까지나 방금 전 사기질을 『용서하겠다고 말했으니까 용서했다』라는 것이 전부일 뿐이니까. 이 녀석이 이대로 죽든 어떻게 되든 간에 이제는 아무래도 상관없었다. 결국 이 녀석도 이 나라의 인간이니까 구해줄 의리 따위는 존재하지 않는다.

환술이 풀린 주화 가운데 정확하게 대은화 다섯 장, 은화 스물세 장, 대동화 스무 장을 집어 들고는 금화가 든 작은 자루에 몽땅 넣었다.

빵빵하게 차오른 자루를 주머니 속에 넣고 다시 걸음을 뗀다. 이 남자는 이후에 어떻게 되었는가, 나는 알지 못했다.

☆

"사, 무엇부터 할까."

번화가에서 한둘쯤 옆길로 새어 나간 거리의 끝자락.

적당한 여관을 골라 들어가서 옆구리에 대충 껴안아 들고 있었던 상자를 바닥에 내려놓았다. 이곳에 오는 도중 구입했던 대략 스무 개의 상자가 유리병 부딪치는 짤그랑짤그랑 소리를 울렸다.

병 안에 들어 있는 푸른 액체는 대은화 네 장을 지불하고 도구점에서 구입한 하급 MP포션이었다.

"우선은 스테이터스부터 확인해 둘까, 신경 쓰이는 부분도 있었고."

그렇게 생각해서 우선은 스테이터스부터 다시 열었다.

이 세계에는 스테이터스를 상승시키는 방법이 세 가지 있다. 하나는 이른바 근력 단련이라고 불리는 행위로 기초 수치를 올리는 방법이다.

근력 단련을 하면 힘이나 민첩을 비롯하여 내구와 같은 신체 능력이 향상되고, 마력도 매일 아슬아슬할 때까지 소모를 반복하면 허용량이 점점 향상된다. 다만 무시할 만한 수준은 아닐지라도 상승률은 별로 높지 않았다. 성실하게 훈련한다고 마냥 스테이터스가 상승하는 것이 아니라 종족에 따라 한계가 존재하기 때문인데, 드래곤 따위가 낮은 레벨인데도 강한 까닭은 이렇듯 종족과 관련된 추가치가 큰 역할을 한다.

다음은 스킬에 의한 추가 효과였다. 스킬에는 이른바 【패시브 스킬】이라고 불리는 상시 발동형의 부류와 【액티브 스킬】이라고 불리는 수시 발동형의 부류가 존재한다. 예외가 아주 없는 것은 아니지만 기본적으로는 위의 두 종류로 나뉜다. 그중 【패시브 스킬】에는 스테이터스의 능력치를 직접 향상시켜주는 부류도 존재했다. 『근력 강화』라든가 『내구 강화』 등등 별다른 특색이 없는 스킬이 대표적인 예다. 그 밖에는 『HP 회복 강화』가 HP의 회복량을 늘려주고, 『소비 마력 경감』이 항마 등등의 능력치에 추가 수치를 더해준다.

잠시 다른 이야기를 하자면 이러한 【패시브 스킬】은 『천구』 및 『비각』 등등 HP나 MP 따위의 수치를 사용해서 발동하는 【액티브 스킬】이라고 불리는 부류와 달리 단순하게 발동만 반복해서는 습득도 스킬 레벨의 상승도 되지 않는다.

이렇듯 【패시브】 계통의 스킬에는 각각 레벨을 올리기 위한 조건이 설정되어 있는데, 예를 들어서 오늘 내가 습득했던 『추적 Lv 2』 스킬을 습득하려면 【추적 대상에게 발각당하지 않고 10분 이상 추적을 지속할 것】이라는 조건이 딸려 있다. 참고로 추가 능력치는 민첩을 더해준다.

내 심검의 경우는 분류상 패시브 및 액티브의 양쪽 측면을 두루 갖는다.

심검을 무기로 사용하거나 특수 능력을 활용하는 부분은 【액티브 스킬】이라고 말할 수 있겠지만, 일단 조건을 달성한 뒤에 해방만 마친다면 검에 따라서 이런저런 패시브 능력이 딸려 온다.

예를 들자면 【취록의 정검】의 경우 체력, 내구, 항마에 추가 능력치를 더해주고 【불거미의 다리 검】은 민첩과 내구에 능력치를 더해준다. 다만 심검의 추가 능력치는『+50』등등 가산 방식인 데 반해 다른 스킬은 퍼센트로 상승하는 터라 레벨이 올라 기초 능력치가 상승할수록 패시브 측면의 성능은 덤 비슷한 수준으로 떨어진다.

그리고 본론으로 돌아와서 스테이터스를 상승시키는 마지막 방법은 바로 레벨이다. 근력 단련 및 수행과 마찬가지로 기초 능력치가 상승하는데, 다만 상승의 효율이 비교도 되지 않는다. 레벨을 올리려면 경험치를 쌓는 방법밖에 없었고, 경험치는『의사 · 본능을 지닌 생물 · 물체를 죽이는 행위』로 입수할 수 있었다. 물론 여기에는 인간도 포함될 뿐 아니라 상대의 스테이터스가 높을수록 받는 경험치가 많아진다.

사실은 한 가지 더 스테이터스에 추가 능력치를 더하는 요소가 있기는 한데, 일반적으로는 알려지지 않은 데다가 아는 사람도 정보를 공개하지 않는 이유가 있기 때문에 지금은 생략한다.

결론적으로 건달 여섯 명과 가고일 두 마리 몫의 경험치가(주페인의 저택에 있던 경호원들은 다른 무사한 동료들이 포션으로 회복해 줬을 테니까 죽지 않았을 것이다.) 내게 들어와 있어야 한다. 그럼에도.

"……아직도 레벨이 1이잖아. 어째서지?"

건달 여섯 명을 죽였을 때는 예상보다 더 낮은 수준의 상대이기도 했고, 스테이터스에 추가 능력치를 받고 있는 지금의 내게는 너무 레벨이 낮은 상대인가 싶어서 신경 쓰지 않았었다. 그러나 주페인의 저택에서 싸웠던 가고일들은 어떻게 생각해도 나보다 높은 수준의 상대였을 것이다. 보통 상태에서 복부에 넣은 펀치가 전혀 먹히지 않았다는 것이 좋은 증거다. 이런데도 레벨이 안 오른다는 게 도무지 납득이 되지 않아 스테이터스에서 『레벨』이라고 쓰여 있는 부분을 터치했다.

스테이터스

현재 레벨 : 1

획득 경험치 -20000/150

획득한 경험치의 잔량 1012

획득한 경험치의 배분량을 결정해주십시오.

잔량 1012

【000000】 YES ／ CANCEL

【시초의 심검▽】

【불거미의 다리 검▽】

【취록의 정검▽】

【마수선의 갈고리 칼▽】

【복수의 성검▽】

그렇게 표시된 윈도를 보고, 내 눈언저리를 붙잡은 고개가 절로 아래로 처졌다.

"저기, 지구의 여신님. 확실히 시간 경과에 따라서 경험치를 공제한다고 써 두셨죠, 근데 말이죠. 마이너스는 좀 너무하지 않아요?"

무심코 신음 비슷한 소리를 늘어놓고 말았다. 가볍게 한숨을 쉬고 마음을 고쳐먹었다.

현재 레벨과 획득 경험치의 표시는 이전부터 있던 부분이지만, 그 아래의『획득한 경험치의 잔량』이라는 항목은 이제껏 본 적이 없었다. 굳이 확인하지 않아도 어찌 된 영문인지는 대강 예상은 됐지만, 확실하게 하기 위해서 다시 한 번 그곳을 탭했다.

"역시나."

수치 입력란 부분을 탭하니까 다이얼 표시가 나오면서 스크롤로 움직일 수 있었다. 여기에서 경험치 배분을 결정하는가 보다. 아마도 심검이 봉인됐고, 해방하는 데 경험치가 필요해진 까닭에 변경이 이루어졌겠지.

일단 당분간 레벨을 못 올리게 되었다는 사실은 알았다. 부채로 쌓여 있는 경험치의 양이 너무 많아서 한동안은 사냥에 집중하지 않는 한 레벨이 안 오르겠다. 레벨이 차이 날지라도 스테이터스에 차이가 안 나면 획득 가능한 경험치가 바닥을 치게 된다. 적의 레벨이 나보다 높다 한들 심검의 효과 때문에 스테이터스가 그럭저럭 충실한 현재 상황에서는 그 가고일처럼 **만만한** 사냥감이 없는 한 쉽사리 경험치를 쌓기는 어려울 테지.

레벨 항목은 닫고 이번에는 심검 항목을 탭했다.

쓱 목록을 보고 다시 한 번 사용 가능한 심검을 확인한다.

"지금 쓸 수 있는 건【시초의 심검】,【불거미의 다리 검】,【취록의 정검】,【마수선의 갈고리 칼】, 그리고【복수의 성검】인가."

다른 심검도 능력을 단계적으로 해방하는 데 3천으로 시작하는 경험치가 필요했고, 최우선으로 꼭 해방해야겠다고 점찍어 놓은 심검은 필요한 경험치 양이 많았다. 뭐, 이 부분은 나중에 고민해야겠지. 먼저 당분간 주 무기가 되어줄 현재 사용 가능한 심검을 하나하나 어떤 성질을 갖고 있는지 다시 확인하도록 하자.

"【복수의 성검】이라, 그랬군……."

두 번째로 진입하면서 악의 및 적의와 같은 감정에 꽤나 민감해졌던 까닭은 이 검의 패시브 효과였다. 아무래도 그러한 감정에 노출됐을 때 육감 비슷한 본능으로 알게 되는 것 같다. 그 밖에도 기재되어 있는 능력을 쭉 훑어봤다.

가장 아래에 표시된 습득 조건은【하나: 신뢰했었던 인물 열 명 이상에게 절대적인 의지를 담아 복수를 맹세할 것. 둘: 복수 대상으로부터 일정 이상의 누적 대미지를 받았을 것.】이었다.

그러니까 살해당하기 직전이 되어서야 이 검을 습득했다는 뜻이군.

"그러고 보니 그건 어떻게 되었으려나."

대강 능력 확인을 마친 다음에 다시 한 번 심검의 목록을 아래쪽으로 스크롤했다.

그곳에 표시되어 있는 것은【???????????】라는 수수께끼의 심검.

내가, 그 소녀를, 마왕을 찌른 다음에 어느 사이인가 조용히 추가

돼 있던 것.

두 번째가 되고도 문자에는 변한 부분이 없었고, 손을 가져다 대도 아무것도 표시되지 않았다. 다른 심검과 달리 경험치에 따른 봉인이 걸려 있는 게 아닌 듯 자물쇠 마크가 표시되지도 않았건만 예전과 마찬가지로 회색으로 가라앉아 있는 모습이었다.

"어쨌든 마냥 낙관할 수는 없겠군……."

지금 스테이터스로 미적거리면 왕도의 기사 칠십 명 정도에게 둘러싸일 경우 간신히 버티기만 하다가 당할 것이다. 경험치 상승은 아직 시간이 좀 걸린다고 치고 스킬을 습득하는 등의 방법으로 일찌감치 자기 강화를 목표로 해야겠다. 방심해도 될 만한 상태가 아니다.

"그렇다면 역시 내일 나가서 사야겠군. 도시를 떠난 다음에도 쓸모가 있을 테고."

도시를 떠날 때 필요한 물품을 머릿속으로 정리했다. 그렇게 잡일을 전부 끝내고 나서 오늘 밤의 메인이벤트에 착수했다.

탁자 중앙에 목걸이를 두고 왼손에는 곧바로 마실 수 있도록 하급 MP포션을 준비했다. 그리고 오른손에는 검날 대신 가늘게 뻗어 나가는 가시가 끄트머리에서 갈고리 모양을 이룬 【마수선의 갈고리 칼】을 쥐었다.

"아아~. 내 눈으로 직접 못 본다는 게 못 견디도록 유감스러워. 앗, 아니지. 망할 안경잡이에게 의뢰하면 들키지 않고 영상을 전송받는 정도야 가능하겠군?"

소소한 심술 수준의 계획이기는 하다. 그래도 이 계획이 달성됐을 때 왕녀와 왕, 왕비의 얼굴을 꼭 내 눈으로 확인하고 싶었다. 살짝 연출을 과다한 방향성으로 조정하면 제법 보탬도 될 테고.

게다가 왕과 왕비의 경우는 실제로 접했던 시간이 너무 짧은지라 어떤 복수가 가장 효과적일지 아직껏 뚜렷하게 판단이 서지 않는다. 조금 위험하다는 데 변함은 없지만 그럼에도 역시 정보는 확보해 두는 게 좋겠다. 망할 안경잡이에게 부탁할 거리가 늘어나는 탓에 약간 아니꼽기는 해도 이 상황에서는 별수없었다. 복수의 밑거름으로 쓸 수 있다면 그 녀석에게 기꺼이 머리를 숙여주겠다.

"그나저나……. 쿡쿡."

계획이 성공하는 장면을 상상하면서 기분 좋게 웃었다.

이래저래 일을 치르느라고 솔직히 피로가 없지는 않았지만, 지금은 휴식보다도 이쪽이 더 우선이었다. 아니, 끝내기 전에는 잠들 수 없었다.

나는【마수선의 갈고리 칼】에 마력을 흘려 넣고 흥겹게 콧노래를 부르면서 작업을 진행해 나아갔다.

"랄라~ 라♪ 랄라♪ 라~ 라라랄라♪"

아침. 어둡고 캄캄한 색깔로 물들어 있던 하늘이 차차 밝아 오던 무렵, 살짝 어긋난 가락으로 흥얼거리는 미묘한 멜로디가 왠지 모를 섬뜩한 고양감에 힘입어서 왕도의 여관 방 한 곳에 울려 퍼지고 있었다.

"랄라~ 라랄라~♪ 랄라라, 라라♪"

결국 예정보다 난이도가 높았던 갖가지 공정 때문에 3개월 만의 침대를 포기했던 나는, 절반쯤 악에 바친 채 이 조바심도 복수심에 얹어다가 MP포션을 꼴깍꼴깍 들이켜면서 작업을 진행했다.

이래저래 일을 치렀음에도 불구하고 몸의 피로든 정신의 피로든 『뭐야, 그거. 맛있냐?』 비슷한 느낌으로 무시하면서 밤샘으로 작업에 몰두했던 결과, 고비를 넘기고 복잡한 작업도 다 마친 순간부터 수수께끼의 고양감 콸콸 모드에 돌입했었다. 마실 필요도 없건만 남아 있던 하급 MP포션을 전부 단번에 들이켜 버릴 만큼 내 머리는 제정신이 아니었다.

정신 상태가 위험한 지경에 떨어졌다는 자각은 있었으나 그럼에도 철철 흘러넘치는 아드레날린에 의지해서 폭주한 끝에 완성시킨 목걸이를 치켜들고, 어렴풋하게 기억에 남아 있는 어린이 체조의 노래를 부르면서 몸을 풀었다. 햇살을 쬐면 머지않아 철야 다음 날의 묘한 고양감도 가라앉을 테지.

"『시끄럽다, 인마!! 지금 몇 시인 줄 알고 떠드는 거냐!!』"

"으앗! 죄, 죄송합니다……."

갑자기 벽 너머에서 쿵 소리가 난 덕택에 즉각 제정신을 차려야 했다. 여관에 묵는 게 진짜 오랜만이었던 데다가 한창 도망 생활 중이었을 때는 오래도록 줄곧 홀로 다녔던 탓에 이 시간에는 다른 사람에게 민폐를 끼칠 수 있다는 것을 완전히 잊고 있었다.

이만한 수준의 여관 벽 두께야 뻔할 테니까 넋 놓고 불렀던 내 같잖은 노래도 전부 들렸던 것이 아닐까.

미치겠군, 돌아가시겠어. 부끄러워라아아아아아아아~!!

“『야, 인마! 시끄럽다고! 조용히 좀 해라!!』”

침대 위로 다이빙해서 데굴데굴 굴러다녔더니 다시 또 벽에서 쿵 소리가 울려 퍼졌다. 아무래도 제정신이 완전히 다 돌아오지는 않았나 봅니다. 상상력이 파업 중이에요. 저기요, 진짜 죄송합니다. 절망감이 장난 아니라서 잠깐 잘게요.

오랜만에 눕는 침대였지만 숙면을 취하다가 늦잠을 잘 수도 없는 노릇이었다. 도시에서 떠나기 위한 준비를 어서 마쳐야 했으니까.

날이 바뀔 때까지는 왕녀의 명령도 있어서 소환 장소에 발을 들여놓지는 않을 테지만, 아무러면 지금쯤이면 상황을 파악한 뒤 치료를 하고 있을 무렵이지 싶었다. 상처를 입고 시간이 꽤 흘렀을 테니 치료하려고 해도 시간이 좀 걸리겠지만, 되도록 오늘 중에는 이 도시를 떠나고 싶었다.

살짝 아쉬움 담긴 시선으로 침대를 바라보면서 해가 완전히 떠오르면 얼굴에 햇살이 닿아 잠에서 깨어나도록 창가 벽면에 등을 기댄 채 앉아서 지그시 눈을 감았다.

끝내주게 늦잠을 잤습니다. 오전 내내.

……아니, 그게 말이야, 느닷없이 구름이 낄 줄을 누가 알았겠어. 첫 번째 때는 어땠냐고? 소환된 다음 날 날씨 따위를 기억할 리가 있나.

그래서 해는 벌써 훌쩍 솟아올랐고, 이제는 정오가 될락 말락 한 시간대.

제꺼덕 여관에서 나온 뒤 도시를 떠나기 위한 준비는 뒤로 미뤄야겠다고 마음먹고는 적당한 노점을 골라 점심 식사를 때우고 어제와 마찬가지로 빈민가의 안쪽에 발을 들여놓았다.

본보기의 효과가 제대로 나와준 덕에 오늘은 건달에게 시간을 빼앗기지 않고 목적지에 다다를 수 있었다.

지나치다가 보니까 어제 환전상이 있던 장소에서 전혀 다른 인간이 장사를 하고 있었다. 내 모습을 보고는 바짝 굳은 얼굴로 꾸뻑 머리를 수그리길래 생긋 웃어줬더니 무슨 까닭인지 얼굴이 한결 더 핼쑥해졌다.

딱히 내 쪽에서 싸움을 걸고 다니는 짓은 하지 않는다만. 이유가 있다면 별개이겠지만.

어쨌든 간에 아무 일도 없었다는 듯이 싹 예전 모습대로 복구된(단지 복구에 그치지 않고 미묘하게 강화됐다) 가고일들의 앞쪽에 다가섰을 때 이번에도 역시 암구호를 모른 채 왔다는 것을 깨달았다.

그때, 어떻게 해야 할까 고민할 틈도 안 주고 가고일들이 「통과하도록」이라고 소리를 낸다.

정말이지 준비성 한번 좋은 녀석이었다.

이렇게 주페인의 거점 안으로 들어서자 어제 상대를 했던 봉급쟁이 경호원들의 시선이 꽂혀 들었다.

"별로 먼저 공격만 안 하면 나도 건드리지 않아. 쫄지 마라, 경호원이잖냐."

눈살을 찌푸린 채 한숨 조로 핀잔을 놓아줬지만 저 녀석들은 끝내 긴장을 풀지 못했다. 그야 긴장을 늦췄다가는 언제든 살해당할 수 있는 빈민가의 주민인 만큼 올바른 대응이기는 한데, 긴장을 하든 안 하든 어떻게 되는 수준이 아니니까 괜히 기운만 빼들 손해가 아니려나.

뭐, 마음내로 하라지. 어제와 마찬가지로 2층에 올라서자 그곳에 생글거리는 얼굴로 주페인이 혼자서 기다리고 있었고, 또한 책상 위에는 아마도 금화가 가득 담겨 있을 자루를 네 개로 나눠서 놓아두었다. 하나, 유독 작은 자루에는 우수리 마흔 장이 들어 있겠지.

"자, 여기에 삼백마흔 장의 금화를 준비했습니다. 직접 확인하시겠습니까?"

"아니, 됐어. **좀스럽게** 구는 인간이 그 자리에 앉아 있을 수는 없겠지."

실제로는 일일이 세기 귀찮다는 것이 가장 큰 이유였지만, 어쨌든 적당히 상대를 치켜세워줬다.

"자, 목걸이는 여기 있어."

"틀림없군요, 감사합니다. 덕분에 좋은 물건을 손에 넣었습니다. 음? ……아니, 설마……."

목걸이를 받아 든 주페인은 뭔가 알아차린 기색이었다. 어지간한 마술사 따위야 봐도 못 알아보도록 꽤나 높은 수준의 위장 수단을 마련해 두었건만. 머리와 감이 잘 돌아가는 인간은 이러니까 상대하기에 까다롭다.

"이런. 이래서는 왕족과 직접 교섭을 벌이기는 무리겠군요."

"걸리적거리는 귀족 한 놈 골라다가 떠넘겨주면 일이 꽤 재미있게 돌아가겠지? 게다가 왕족과 직접 교섭은 대체 뭔 소리야? 그따위로 위험성 높은 짓거리는 처음부터 고려도 안 했을 텐데 말은 잘하는군."

첫 번째 때의 경험이기는 한데 본래 왕족들, 즉 현왕 및 왕비, 왕녀는 필요악으로서 빈민가를 묵인은 하고 있을지언정 존재 자체에 대해서는 부정적이었다. 마왕 출현의 소문이 도시에서도 알음알음 퍼져 나가고 있는 상황에서 사재기 따위를 벌여 물가 상승을 일으키는 한편 빈민가의 규모를 불려 놓았으니까. 그러고도 겁 없이 직접 교섭을 제안한다면 결과는 뻔하지 않겠는가. 뭐든 트집을 잡아다가 빈민가를 압박할 것이 명백했다. 도적과 한통속으로 낙인찍는다든가 어떤 죄목이든 가져다 걸면 빈민가에서는 대량의 범죄 노예가 발생할 테고, 그들은 왕국의 생산 자원 취급을 받아 목숨이 깎여 나가도록 봉사를 강제당할 것이다.

참고로 첫 번째 세계에서도 내게는 숨긴 채 비슷한 짓을 저지른 탓에 반란 발생의 위기에 몰렸었고, 그때는 때마침 마왕을 토벌했던 내 지시였다는 괘씸한 변명을 대서 분노 표출의 대상을 나로 바꿔치기했었다. 이번에도 똑같이 날조에 나설 가능성은 대단히 높다. 대상이 나 아닌 누구든 다른 인간으로 바뀔 수는 있겠다만.

"그렇다 해도 유력한 귀족에게 생색을 낼 수 있는 방향은 내가 제거한 셈이니까. 위자료 삼아서 금화 스무 장, 대수롭지 않은 부탁을 하나 들어준다면 또 추가로 금화 스무 장을 지불할게. 어때?"

"저로서는 위자료도 추가 지불도 필요 없으니 어떤 수단으로 고작 하룻밤 사이에 이러한 개변을 더했는가 그 방법을 배우고 싶은 심정이군요."

"유감스럽게도 영업 비밀이야. 아무튼 맡아주겠어?"

"자세하게 말씀도 안 듣고 대답할 수는 없죠."

주페인이 슬쩍 어깨를 으쓱거렸다.

"지당한 말씀. 별로 어려운 부탁을 하겠다는 게 아니야. 요전에 금화로 의태시켰던 연금 생물과 비슷하게 눈을 준비해줄 수 있겠어? 조만간에 성에서 발생할 사건을 영상으로 기록한 다음 새나 뭐로 둔갑해서 나한테 돌아오는 일회용이면 충분한데."

"출처가 발각되면 제 피해는 보통이 아닐 겁니다. 추가 요금으로 금화 여든 장 받죠."

"네가 실력 발휘를 하면 해결되는 문제잖아. 금화 서른 장."

"아니요, 그게 아니죠. 가능 불가능의 문제가 아니라 실패했을 때의 손실이 그만큼 크다는 겁니다. 금화 일흔 장."

"쳇, 어차피 비슷한 수법으로 귀족의 정보를 모으고 그럴 거 아냐? 단지 대상이 왕족으로 바뀔 뿐이고. 금화 쉰 장."

"대상이 귀족일 때와 왕족일 때는 위험의 정도가 몹시 다를 텐데요? 금화 예순 장. 흠, 점점 하늘이 개는군요."

그렇게 문득, 교섭 중 내내 이쪽을 보고 있었던 주페인이 한 차례 싱긋 웃고는 창밖으로 눈을 돌렸다. 더 이상은 물러서지 않겠다는 의사 표시일 테지.

"……알겠어, 받아들이지. 망할 안경잡이께서는 정말이지 억척스럽군."

"칭찬하신들 아무것도 안 나옵니다? 아무튼 교섭 성립이군요, 그러면."

슬쩍 웃음 짓더니 나를 놀리면서 한마디 하고 주페인은 자루 하나를 풀어 책상에서 꺼낸 빈 자루에 정확하게 마흔 장의 금화를 헤아린 뒤 옮겨 담았다.

우수리를 담아 놓았던 작은 자루와 더해서 딱 여든 장, 위자료 스무 장과 교섭 끝에 낙착된 예순 장을 틀림없이 회수한 계산이다.

"그리고 이것이 『훔쳐보는 눈』의 수신기입니다. 제대로 기동하면 송신 측의 『훔쳐보는 눈』이 기록한 영상과 링크해서 마치 스테이터스 보드처럼 영상을 표시해주는 구조지요."

주페인이 책상에 올려놓은 물건은 금속의 질감을 지닌 금빛 액체가 들어 있는 작은 병이었다.

나는 봉인돼 있는 작은 병을 집어 들고는 가방 안에 고이 집어넣었다.

"거참, 어째서 지금 막 의뢰한 물건이 당장에 튀어나오는지 모르겠군."

"유감스럽게도 영업 비밀이군요."

방금 전 응수의 보답인가, 얄밉도록 완벽한 영업 미소로 주페인이 웃음 지었다.

"후유……. 그래그래, 앞으로 두 번 다시 안 만나기를 기원하겠어."

아마도 이루어지지 않을 바람이라고 예감하면서도 불평을 늘어놓았다.

"저런, 섭섭한 말씀이군요. 저는 또 찾아주셔도 기꺼이 환영해드리도록 하죠."

어디까지가 진심인지 알 수 없도록 너스레를 떨면서 주페인이 말했다. 저 말을 뭐라고 맞받아쳐도 전혀 개의치 않고 웃음 지을 주페인의 낯짝을 상상할 수 있었던 터라 딱히 별다른 말을 꺼내지 않고 그 자리를 떠났다. 뭔가 패배한 기분이 들지만 기분 탓이라고 치고 넘어가자.

뭐가 어쨌든 간에 주페인은 분명 잘 처리해줄 것이다. 계획의 무사 성공은 주페인처럼 눈치 빠른 녀석이 왕성에 과연 있겠는가 여부에 달렸다. 하지만 첫 번째 때는 한시도 제 몸에서 떼어 놓은 적이 없었던 목걸이다. 애착을 갖고 있기 때문인지, 무엇이든 특별한 이유가 있어서인지는 모르겠으나 왕녀의 성격을 감안하면 이렇다 할 확인 과정도 거치지 않고 즉시 착용하지 않을까?

그렇게 되면…….

"큭큭, 함정에 잘 걸려주면 좋겠네."

오늘은 오늘대로 역시 대단히 기분이 좋았다. 도망치고 도망쳐서 또 도망 다니고, 오직 살아남겠다는 절박함밖에 머릿속에 없었던 도망 생활. 하루 온종일 주위를 경계해야 했기에 쓸데없는 상념 따위는 할 틈도 없었던 지난 1년 동안은 맛보지 못한 충실감.

두 번째 인생으로 이어졌다는 사실에 감사하는 한편 왕녀의 고통에 일그러진 얼굴과 아마도 그때 옆쪽에 함께 있을 왕이며 왕비, 기사들의 표정을 상상하면서 나는 랄라라 기분으로 빈민가의 길을 걸어 나아갔다.

"후후, 복수를 생각할 수 있는 생활은 참 멋지구나."

주페인의 거점을 나온 뒤 먼저 처음으로 향한 곳은 이번에도 역시 빈민가의 변두리 방향이었다.

어제 받았던 선금으로 이미 자질구레하게 필요한 물품 구입은 마쳤지만, 예정이 틀어져서 수중에 큰돈이 들어온 만큼 큰마음 먹고 값비싼 물품부터 쭉 장만할 작정이다.

금화 자루를 욱여넣은 커다란 자루 비슷한 가방을 짊어지고(이 세계에서는 도보 여행을 준비할 경우 대부분 이 자루를 마련한다.) 빈민가 내에서도 더욱 왕래가 드문 장소로 나아갔다.

모험가 및 꾀죄죄한 꼴로 변장한 어딘가의 고용인이 오고 다니는 길. 빈민가에서는 거의 유일하게 가난한 인간을 상대하지 않는 장사 구역.

이른바 금지 품목이 모여드는 암시장이다.

금지된 술법의 책, 약물, 도난품, 저주의 촉매, 그리고 노예.

빚 때문에 신세를 망친 채무 노예, 위법 행위에 손을 댄 범죄 노예, 돈을 마련하고자 스스로를 팔아야 했던 자청 노예, 본래는 적국 따위의 병사였다가 풀려나지 못한 채 노예로 전락하게 되는 전쟁 노예.

이 중 범죄 노예와 전쟁 노예는 국가가 운영하는 광산에서 노역을 나가야 한다. 다른 노예는 노예상이 취급하는 일개 상품으로 다루어진다.

노예의 대우가 어찌 될지는 모른다. 전부 노예를 산 소유주의 의향에 달려 있지만, 무턱대고 혹사시켜서 죽게 만드는 경우는 별로 없었다. 기본적으로 노예가 고가의 상품이기 때문이었다.

또한 왕도의 번화가에 가게를 차려 당당하게 장사하는 자들은 귀족들이 뒤를 봐주는 어용상인의 부류인 터라 품질 좋은 노예는 많을지언정 귀족과 부호, 혹은 그들에게 소개장을 받아서 오지 않는 한 아예 상대도 해주지 않는다. 연줄이 없는 사람이나 품질과 관계없이 싼 노예를 원하는 사람은 이렇듯 빈민가에서 노예를 구입하고는 했다.

첫 번째 때의 기억에 의지해서 적당히 주변을 어슬렁어슬렁 걸어 다녔다. 어깨에 힘 딱 주고 다니는 패거리들도 나름 소식은 빠른 듯 내 모습을 보자마자 얼굴이 핼쑥해져서 허둥지둥 떠나간다.

"그야 본보기 삼아 한 짓이기는 한데……. 도가 좀 지나쳤나?"

그리 자극이 강했던 걸까. 도대체 하루 사이에 어디까지 말이 퍼져 나갔나 하고 침음했다.

사실 그 환전상은 마법으로 신체 능력을 끌어올릴 줄 알고 또한 환술도 능숙하게 다룰 줄 아는 기량으로 제법 활개를 치던 중견 중에서도 상위에 속하는 전직 모험가였다. 그랬던 자를 일방적으로 농락한 끝에 압도했다. 빈민가에서 폭력에 의지해서 살아가는 인간들에게는 충분하고도 넘치도록 큰 위협이라고 할 수 있겠다.

"뭐, 됐어. 귀찮은 것들이 안 기웃거리면 그게 제일이지."

그렇게 금방 마음을 고쳐먹고 처음 목적대로 적당히 허름하게 생긴 노예상을 찾아서 안쪽으로 들어갔다. 목적을 위해서라도 가능한 한 사람들의 눈에 띄지 않는 것이 유리하다.

점내에는 내가 바랐던 대로 다른 손님은 없었다. 한가하게 가게를 보고 있었던 점주가 막 들어온 나를 위에서 아래로 대놓고 쭉 뜯어보더니 돈 될 만한 손님은 아니라고 판단했는지 꽤나 무성의한 태도로 말을 걸어왔다.

“노예를 사러 오셨소? 실례합니다만 예산은 어느 정도로 갖고 계시오?”

“금화 열 장쯤, 원하는 인원수는 한 명이야. 이 조건으로 구입할 만한 노예를 쭉 보여줘. 그러면 내가 고르겠어.”

여행 준비에 쓰일 금액과 추후 필요하게 될 돈을 어림하고 나서 적당히 대답했다.

참고로 노예의 가격은 번화가에서 귀족 상대로 장사를 하는 가게에서 구입하면 대금화가 몇 장은 날아간다고 한다. **물건**에 따라서는 백은화가 쓰이는 경우도 있다던가.

이곳 빈민가에서 취급하는 노예의 가격은 바닥을 치기도 하고 천장을 뚫기도 한다만, 최저한으로도 금화 세 장 이상의 가격은 붙는다. 평균치로 보면 일곱 장부터 여덟 장 사이인지라 예산이 열 장이라고 말해 놓으면 대부분의 노예는 볼 수 있었다.

“실례, 그만한 자금을 진짜 갖고 계시오?”

노예상 남자는 정말 자금을 갖고 있느냐고 수상쩍어하는 눈으로 나를 보고 있었다. 귀족 가문의 철부지 도련님이라면 번화가에서 노예를 구입할 테고 모험가치고는 볼품이 변변찮다. 인종의 문제 때문에 어려 보이기 십상인지라 이런 애송이가 정말로 돈을 갖고 있겠느냐고 의심쩍게 여기는 기색이었다.

그러나 이유는 대충 짐작이 간다고 해도 얕보인 이상 당연하게도 울컥하는 마음이 든다.

“……이제 됐어?”

거리낄 것도 없었기에 일부러 짜증을 내비치면서 가방을 열어 금화 자루를 꺼내고 쏘아붙였다.

"아무렴요, 아무 문제도 없습니다! 당장 우리로 안내해드리겠습니다."

돈을 갖고 있다고 드러내자마자 곧장 감탄이 나올 만큼 손바닥을 싹 뒤집는 바람에 싫은 인간이 떠올라서 살짝 얼굴을 찡그렸다. 그렇다 해도 나 개인의 짜증을 눈앞에 있는 자에게 쏟아 부은들 전혀 의미가 없었기에 아무 말을 하지 않고 묵묵히 남자의 뒤를 따라 걸었다.

가게 안쪽으로 철창을 끼워 넣은 감옥이 보였다. 내부에는 노예로 짐작되는 인물들이 손발에 차꼬를 차고 묶인 채 어두운 눈빛을 하고 앉아 있었다. 이 세계에 영양학이나 위생학의 개념 자체가 존재하지 않는다 한들 참 혹독한 환경이다.

노예를 구하는 이유는 도시를 나간 뒤 위장에 쓰려는 목적이었다. 어차피 추적자를 보내 봤자 흑발에 기묘한 옷을 입는 인물이라는 정보밖에 나를 찾아다닐 단서가 없다. 또한 스킬을 연습하기 위한 대상도 필요했다. 홀로 훈련이 불가능한 스킬도 몇몇 존재하니까. 【복수의 성검】 덕분에 적의 및 악의는 판별이 가능하다. 다만 동료를 만들 마음은 차마 들지 않았고, 그래서 선택한 것이 노예였다.

적당히 스킬 수련에 써먹다가 언젠가 전별금이라도 줘서 쫓아내면 된다. 도저히 걸리적거려서 최악의 경우 **처분**해야 하는 상황이 와도 여러모로 편리하다.

뭐, 그 작자들처럼 이용한 끝에 내버리는 짓거리는 설령 상대가 노예일지라도 속이 뒤집히고 구토가 난다. 적으로 돌아선다면 모를까, 그런 짓까지 할 계획은 없었다.

노예 본인도 살아가기 위한 최저한의 스킬은 내가 스킬 레벨을 올리는 동안 습득할 수 있을 테니까 무력한 상대를 내버리는 못된 짓은 않는 셈이다. 상호 간에 이득이 되는 관계를 구축할 수 있다면 충분했다. 이용한 만큼 이익을 돌려주는 거래 관계를 이루는 것이 최선이다.

그래, 처음 내 생각은 분명 이러했었다.

……문득, 어느 노예의 눈을 보기 전까지는.

"이 감방 안에 있는 노예가 지금 딱 힘이 좋을 시기인지라 추천드리겠습니다. **그쪽** 방면에 쓸 물건을 원하신다면 가격은 살짝 높아집니다만, 이쪽 우리를 보시면……."

"이봐, 저기, 제일 안쪽 감방에 묶여 있는 녀석은 뭐지?"

"예? 아, 저 **토끼족** 계집 말씀입니까. 저것은 조만간에 처분할 예정이라서 말입니다. 저런 게 취향이신 별난 귀족 나리도 계시는지라 왕도까지 데려오기는 했는데, 다만 반항적인 태도가 도무지 가시질 않는 겁니다. 노예 문장으로 벌을 줘도 죽을 때까지 저항하는 통에 살집은 딱 좋을지라도 한창 일을 치르는 도중에 같이 죽자는 각오로 목을 졸라 댈 물건인지라 구매자가 당최 나타나지를 않았습죠."

왕도에서는 인족(人族) 지상주의가 종교로 뿌리내렸다. 그중 수인 따위의 이른바 이인족(異人族)은 혹독한 박해를 받고 있었다. 그 탓에 왕국 안에서는 수인을 볼 일도 거의 없을뿐더러 제국을 사이에 두고 반대편에 있는 수인의 나라와는 관계가 험악했다. 참고로 수인의 나라에서는 반대로 수인족 지상주의를 기치로 내걸고 있는 터라 저쪽에서 인족이 받는 대우도 이쪽에서 수인족이 받는 대우와 별반 다르지 않기에 피차일반이기는 했다.

"이봐, 결정했다. 저것을 사지."

"예, 아니, 그러나……. 저래 봬도 수인인지라 겉모습과 딴판으로 신체 능력은 상당한 수준입니다. 언제든 틈을 노려서 괘씸한 짓을 저지를 수 있습니다만……."

"상관없어. 금화 열 장으로 사줄 테니까 얼른 계약이나 진행해. 나중에 불평하러 오지도 않을 거야."

"으음, 그러시다면야 저희 가게로서도 문제는 없습니다만……. 노예는 처음 구입하십니까?"

"응, 그런데?"

"그러면 먼저 주인의 문장부터 등록하십시다."

"주인의 문장?"

"예, 주인의 문장에 마력을 주입하면 등록된 노예 문장이 반응하면서 격통을 주어 행동을 제한할 수 있는 구조입죠."

가게 앞쪽의 계산대로 돌아간 뒤 먼저 구입 계약서에 사인을 했다. 그다음은 주인의 문장 어쩌고를 등록하기 위한 서류에도 사인을 했다.

계약서 자체가 마도구이기에 사인을 써넣은 순간 곧바로 불타오르면서 주인이 될 자의 손등에 얇게 새겨지는 간이 마법진으로 변화했다.

【시스템 메시지 · 노예 사역자의 채찍 검이 해방되었습니다.】

지금 새로운 심검을 획득했지만 확인은 뒤로 미룬다.

"이제 주인 문장에 마력을 담아 노예 문장에 직접 가져다 대서 지배하로 거두면 계약이 완료됩니다."

"그러면 주인 문장을 갖고 있는 또 다른 사람에게 노예 문장을 덮어쓰기 당할 가능성이 있지는 않아?"

"괜찮습니다. 노예 문장은 주인 문장을 한번 각인하면 각각의 문장에 따라 형태가 변화한 뒤에 계약을 해제하지 않는 한 나중에 변경하려고 해도 작동을 안 하는 구조니까요."

또다시 가게 내부로 돌아와서 안쪽의 감옥으로 다가갔다.

끼익, 녹슬어서 삐걱거리는 쇠창살 문이 열리고 나는 그 안으로 발을 들여놓는다.

"……."

감옥 안에는 재갈을 물린 채 두 손을 포로처럼 한쪽씩 차꼬로 묶어 놓고 다리에는 도주 방지용 쇠구슬까지 채워 둔 토끼 수인 여자가 갇혀 있었다.

몸 곳곳에 멍이 든 데다가 대충 걸쳐 놓은 넝마는 군데군데가 아마도 여자의 몸에서 흘러나왔을 피로 검게 물들어 있다. 오렌지라기에는 조금 어두운, 짙은 황갈색을 띤 기다란 머리카락. 전혀 손질을 하지 못했을 테지, 칙칙하게 수분을 잃고 퍼석퍼석 갈라졌다.

수인의 증거인 토끼 귀는 풀썩 나부라졌고, 얼마나 되는 기간 동안 제대로 된 식사를 안 내주었나 모르겠으나 본래는 살집이 잘 붙은 몸매였음을 알아볼 수 있는 체형인데도 불구하고 눈자위는 깊숙이 푹 파여 들어갔고 볼이며 팔이며 다리가 마치 오랜 병든 자처럼 바싹 말라버렸다.

언제부터 이런 상태에 놓여 있었을까. 체력은 바닥났을 테고 이제는 신음 소리마저 나오지 않는 상태일 테지. 당연히 목욕을 허락해 줄 리도 없는 만큼 온몸이 더러웠고 누가 어떻게 봐도 처참한 꼴이었다. 그러나…….

"그래, 역시나. 아주 예쁜 눈이야."

그래, 이토록 처절한 상황에 빠져 있는데도 눈빛만큼은 죽지 않았다.

어둡고 어두운 어둠의 밑바닥, 타오르는 마그마처럼 어두운 불길.

몸의 상처는 마음을 헤집는다. 보통은 의식마저 놓아버리고 전부 다 포기한 채 절망에 빠졌어도 이상할 것이 없었다. 그럼에도 마치 떼어 놓지 못하는 본능이라도 되는 것처럼, 터져 넘치려고 하는 열량이 눈빛 안쪽에 담겨 있다.

몹시, 몹시도 아름다운 복수의 눈동자였다.

마르고 홀쭉한 볼을 어루만지고 이 눈동자를 빤히 들여다본다.

【복수의 성검】에는 악의나 적의 말고도 또 하나, 타자의 복수심을 간파하는 힘이 있었다. 그 성검이 이 녀석의 복수심을 내게 알려준다.

다만 누가 알려주지 않더라도 나는 알아차렸을 것이다.

왜냐하면 복수심을 품고 있는 이 녀석의 눈동자에는 어떤 번민도 없기 때문에.

"손, 치워라. 인, 간."

예리한 시선과 위협적으로 드러낸 이빨.

이 녀석은 틀림없이 나와 동류다.

살아 있는 한 인생에서 복수를 떼어 놓을 수 없게 된 인간.

복수를 하지 않고는 나아갈 수 없게 된 인간.

나와 마찬가지로 내면에서 끈적끈적하게 녹아내리는 열기 덩어리를 떠안고 있는 인간.

"……."

우선은 먼저 노예의 계약을 마쳤겠다. 손등에 마력을 모아서 목덜미에 있는 여자의 노예 문장에다가 살짝 가져다 댔다.

"끄으, 아아아아아, 아아아악!!"

노예 문장이 마력을 받아 빛나면서 각인되어 있던 형태가 모습을 바꾼다. 이윽고 빛이 누그러들었을 때는 아픔에 신음하는 비명도 수그러졌다.

나는 가방에서 어제 작업용과 별도로 준비해 뒀던 비상용 HP포션과 MP포션을 꺼내 이 녀석의 입속에 흘려 넣었다.

"으윽, 끄윽, 우읍!!"

"이제 조금은 제대로 이야기를 나눌 수 있겠지?"

감정의 심검은 여전히 봉인돼 있는 탓에 정확한 상태는 확인할 수 없었다. 그러나 모든 능력치가 저하되는 쇠약 상태 이상에 걸려 있을 것이 명백하다.

HP와 MP는 체력 수치와 상관관계가 있었다. HP와 MP가 회복되면 본래의 힘은 발휘하지 못하더라도 평범하게 움직이는 정도는 가능할 테지.

"무슨……."

"너는 누구를 죽이고 싶어?"

내 목소리가 감옥 안에서 담담하게 울려 퍼졌다.

나는 단지 바라봤다. 저 깊숙한 눈동자의 안쪽을, 머리카락과 같은 색을 띤 눈동자의 깊숙한 밑바닥에 있는 어두운 열기를.

단지 그 열량에 대고 물음 던졌다.

"너는 누구에게 복수하고 싶어?"

제3장 수인 소녀와 기근의 나락

"먹을거리가 통 보이질 않네……."

"응, 이렇게 찾아다니면 하나둘 보일 만도 할 텐데……."

오를레아 왕국의 북방, 인접국 기리갈 제국과의 국경 부근에 위치하는 작고 가난한 마을.

그해 열다섯 살이 된 소녀는 같은 나이의 소꿉친구 여자아이 루샤와 함께 눈 내려 쌓인 숲속을 탐색하고 있었다.

계절에 따라 온도 차이가 대단히 큰 그 지역에서는 평소의 수확량이 많은 반면에 대략 10년 간격을 두고 수확량이 떨어지는 흉작의 해가 찾아든다. 그때마다 마을 사람들은 본격적으로 추위가 오기 전 숲에 들어가서 자연의 산물을 채집하고 비축함으로써 한 해의 겨울을 견디고는 했다.

그리고 그해에도 역시 흉작의 해가 찾아들었다. 다만 과거와 상황이 조금 달랐다. 예상보다 추워지는 시기가 더욱 빨랐던 탓에 겨우내 먹을 식량을 비축하지도 못했건만 온 숲이 눈에 감싸였기 때문이다. 남자들은 조금이라도 식량을 확보하기 위해 저 멀리 사냥을 떠났고, 어른들의 감시가 소홀해진 틈을 타서 빠져나왔던 두 사람은 이렇듯 겨울 동안에는 아이의 출입이 금지되어 있는 숲속에 들어오게 됐다.

"미나리스, 나 때문에 고생만 하고 미안해. 내가 케릴의 생일날에는 배불리 먹여주고 싶다고 쓸데없는 말을 하는 바람에……."

"아냐, 괜찮아. 게다가 숲에 들어가보자고 말했던 사람은 나였잖아. 루샤처럼 케릴의 생일을 축하해주고 싶은 마음은 나도 마찬가지인걸."

미안해하면서 루샤가 소녀보다 한결 더 작은 몸을 더욱 자그마해지도록 움츠리자 어깻죽지 높이로 가지런하게 다듬은 살짝 웨이브 진 금발이 흔들거린다. 소녀는 신경 쓰지 말라고 고개를 저어 보였다.

두 명의 소녀는 이곳에는 없는 소꿉친구 소년의 생일에 뭔가 맛있는 먹을거리를 먹여주자는 마음에 어른들에게는 말하지 않고 숲속에 들어왔다. 그러나 눈이 소복이 쌓인 숲은 평소와 달리 나뭇가지에 잎은 달려 있어도 정작 열매가 맺히지 않았을뿐더러 뿌리가 눈에 가려진 탓에 산나물 따위도 흔적조차 찾아볼 수 없었다. 그야말로 먹거리라곤 무엇 하나 찾아볼 수가 없었다.

그럼에도 소녀들은 눈을 왕방울처럼 크게 뜨고 숲속을 뒤적이며 다녔다. 마을에서 특별히 추운 시기에만 무척 맛있는 과일이 열린다는 나무 이야기를 듣고 거기에 기대를 걸고 있었다.

사박사박 눈길을 힘껏 밟아 가면서 두 명의 소녀는 걸음을 옮겼다. 어느덧 보통 때에도 들어가면 안 된다고 배웠던 깊은 숲 안쪽까지 발을 들여놓고 말았다.

"얘, 미나리스. 이제는 되돌아가는 게 좋지 않을까?"

"으, 응. 나무 열매는 못 찾았지만 그만 돌아가자."

루샤가 불안한 기색으로 돌아가자는 말을 꺼내자 자신도 은근히 불안감이 솟았던 소녀는 내심 안도했다. 얼마 전부터 겉모습은 변함없는데도 숲의 분위기가 일변한 까닭이다.

평범한 마을 소녀에 지나지 않는 루샤의 느낌 이상으로 **수인의 힘을 숨기고 있는** 소녀는 더욱 예민하게, 그리고 정확하게 숲의 변화를 감지할 수 있었다.

마치 다른 숲에 헤매어 들어온 듯한 소름 끼치는 분위기. 마치 살갗을 무언가로 더듬거리는 듯한 감촉이 느껴져서 오싹했다. 하지만 당초의 목적이었던 열매를 찾기도 전에 마을로 돌아가자는 말을, 맨 먼저 숲에 들어오자고 제안했던 소녀는 꺼내기가 어려웠었다.

"그러면."

"앗, 잠깐만. 저기 봐, 미나리스!!"

걸음을 멈추고 돌아서려던 때 루샤가 조금 앞쪽에 있는 나무를 손가락으로 가리켰다.

그곳에는 주위에 가려져서 살짝 알아보기 힘들기는 해도 노란색을 띤 주먹 하나 정도 크기의 열매가 분명 몇몇 개 열려 있었다.

열매를 발견한 루샤는 기쁜 기색으로 소녀에게 알렸고, 그리고…….

"잘됐다, 여기까지 나온 보람이 있었어! 빨리 다서 돌아가, 자……."

다음 순간에는 핏기가 싹 가신 핼쑥한 얼굴로 입을 다물었다.

소녀도 역시 **그것**을 보고 안색이 창백해진다.

"그갸르르……."

저편에 한 마리의 고블린이 있었다.

난쟁이 같은 체구와 추악한 얼굴, 녹색의 피부. 그리고 비정상적으로 과한 번식력. 고블린은 어디에서든 불쑥 솟아나는 해수(害獸)

로 인식돼 있다. 실제로 수확 시기가 되면 마을의 밭을 뒤엎어 놓는 경우가 많은 까닭에 모험가에게 퇴치를 의뢰한다거나 숫자가 적을 때에는 마을 남자들이 총출동해서 쫓아내기도 했던 터라 두 사람도 먼발치에서나마 고블린을 본 적이 있었다. 다 자란 어른이라고 말하기는 어려운 나이의 소녀들일지라도 한 마리가 상대라면 어떻게든 도망칠 수도 있을 터이다.

다만 문제가 되는 부분은 놈의 피부색이었다. 통상적인 고블린의 녹색 피부와 달리 저 고블린의 피부색은 새파랗다는 표현이 딱 들어맞는 군청색 피부를 갖고 있었다.

"변이종……."

고블린은 보통 약한 부류의 마물로 분류되기 마련이었다. 막 모험가가 된 초심자가 약초 채집 따위의 의뢰를 받는 것과 마찬가지로 첫 번째 전투 의뢰를 받을 때 제일 먼저 추천되는 마물이었다.

무리에 포위라도 당하지 않는 한 풋내기에게 털이 살짝 난 신입이라도 비교적 간단하게 해치울 수 있기 때문이었다. 다만 극히 드물게 해당 종족의 일반적인 위험성을 벗어나서 특별히 더 강한 상위종이 탄생하는 경우가 있다.

고블린이라면 고블린 솔저 및 고블린 매지션 따위가 유명하다. 그러나 그 이상으로 완전히 다른 종의 능력을 획득하는 개체가 나타나기도 한다. 즉「변이종」이었다.

소녀는 예전에 마을을 찾아왔던 모험가 파티에게서 한 번 그 고블린의 이야기를 들은 적이 있었다.

겉모습은 평범한 고블린과 다를 바 없으나 오직 피부색이 짙은 푸른색으로 물들어 있는 고블린. 온난한 기후를 선호하는 고블린의 습성과 정반대로 추운 지역에서 드물게 나타나는데, 추운 지역에서는 보통 활동이 둔해지는 고블린과 달리 믿기지 않도록 추위에 강할 뿐 아니라 약한 마법이라면 그냥 튕겨 낼 만큼 강한 마법 내성을 지니고 있다. 그런 데다가 보통 고블린보다도 몇 수는 높은 능력과 지성, 흉포성을 갖고 있다고도 했다.

"아이스, 고블린……."

루샤에게는 소녀와 달리 저 고블린의 정체를 알지 못했으나 그럼에도 저 고블린이 발출하는 심상치 않은 위압감에 압도되고 말았다.

다행스럽게도 고블린은 열매를 따는 데 열중하느라 소녀들의 접근을 알아차리지는 못한 기색이었다.

"루샤, 진정하고, 천천……."

"싫어, 싫어어어어어어어어어엇!!"

"루, 루샤!!"

눈치채이지 않도록 조용히 도망치려고 했었지만, 공포를 견디지 못한 루샤에게는 소녀의 말이 한 마디도 귀에 들어오지 않았나 보다. 그저 오로지 거절의 비명을 지르면서 앞뒤 가리지 않고 달음박질쳤다.

"싫어, 싫어! 싫어어어어어어!!"

"루샤!!"

소녀는 루샤가 공황이라는 상태 이상에 걸렸다는 것을 깨달았다. 마을에서 모험가가 경험을 들려줬을 때 이야깃거리로 나온 적이 있었다.

그렇다 해도 상황은 파악했을지언정 소녀에게는 달리 손쓸 도리가 없었다. 루샤를 쫓아 달려 나가면서 살짝 뒤돌아봤었다. 저편에서는 루샤의 비명 소리에 고개를 돌린 아이스 고블린이 더욱 괜찮은 먹잇감을 발견했다는 듯이 이쪽을 향해 웃음 짓는 장면이 보였다.

이리된 이상 어떻게든 빨리 달려서 따돌리는 방법밖에 없다. 두 명의 소녀는 그저 죽기 살기로 숲을 달렸다. 다만 소녀들보다는 고블린이 명백하게 더 달리는 속도가 빨랐다.

제아무리 열심히 뛴들 조금씩 확실하게 거리가 좁혀진다. 그 와중에 생사가 걸려 있다는 압박감과 눈이 지면을 덮은 까닭에 평소와 다른 모습이 된 길에서 먼저 발을 헛디딘 사람은 루샤였다.

“꺄악!!”

“루샤!!”

“으으, 아앗.”

나동그라지면서 다리를 삐었는지 바닥에 쓰러져 있는 루샤는 눈에 몸이 절반쯤 파묻힌 채 일어나지도 못하고 버둥거렸다. 어떻게 일어선다고 해도 부상당한 루샤를 데리고 아이스 고블린에게서 도망쳐 따돌리기란 불가능하리라.

“그갸갹!! 갸갹, 갸갸갹!!”

나자빠진 루샤를 비웃으면서 아이스 고블린이 닥쳐든다.

소녀에게는 루샤를 구할 힘이 있었다. 평소는 숨기고 있는 토끼수인의 힘.

그 힘을 아낌없이 쓰면 아무리 능력이 높다고는 하나 마법을 쓸 줄 모르는 고블린 상대로 패배할 일은 없을 것이다. 그러나…….

『알겠니? 미나리스, 그 힘은 사람들 앞에서는 절대로 쓰면 안 돼. 수인의 힘을 써버리면 내가 너에게 건 환술이 풀려서 토끼 수인이라는 증거인 귀와 꼬리를 전부 들킬 테니까.』

『엄마, 어째서 수인이라고 들키면 안 되는 거예요?』

『……그러게 말이다, 어째서 안 되는 걸까. 단지 겉모습이 조금 다를 뿐인데…….』

"싫어! 싫어어어! 싫어, 죽고 싶지 않아! 죽고 싶지 않다고!!"

'……죄송해요, 어머니!!'

울고불고하는 가장 친한 친구를 바라보면서 어머니의 당부를 못 지키게 되었다고 마음속으로 사죄한 뒤 소녀는 고블린에게 몸을 날렸다.

"으아아아아아아아아앗!!"

"그갸갹?!"

소녀의 날아차기가 아이스 고블린의 복부에 꽂혀 들어갔다.

체격 차이도 있었기에 기세를 못 이기고 휙 날려 가버린 아이스 고블린은 예상외의 반격에 미처 대응하지 못한 채 나무에 부닥쳤다. 그렇다 해도 역시 변이종 고블린. 평범한 고블린이라면 일격에 무너지고도 남을 위력이 실린 일격이었는데도 해치우기는커녕 행동불능에 빠뜨리지도 못했다. 또한 평범한 고블린이었다면 이대로 맹공에 나설 상황이었다만, 지능도 높은 아이스 고블린은 소녀와 싸우는 것을 하책이라고 판단한 듯싶었다.

두 명의 소녀를 사나운 눈빛으로 쏘아보면서 아이스 고블린은 곧장 숲의 깊숙한 곳으로 떠나갔다.

"루샤!! 괜찮아?! 많이 다쳤어?"

"미, 미나리스……. 그거……."

어리둥절하면서, 그럼에도 정신을 미처 다 수습하지 못한 당혹감 어린 모습으로 루샤가 가리킨 것은 소녀의 머리에 나 있는 두 개의 토끼 귀.

수인은 종족에 따라 차이는 있어도 기본적으로 신체적인 스테이터스의 능력이 높고, 그러한 특징은 MP 및 마력에서도 역시 마찬가지였다. 그렇기는 해도 마력의 질이 인간과 달라서 몸에서 멀리 떨어질수록 쉽게 흩어져버리는지라 원거리 공격 마법은 타 종족과 비교도 되지 않을 만큼 효율이 나빴다. 다만 반대로 말하자면 제 몸에 살짝 환영을 두르는 방법으로 활용할 때는 별달리 의미가 없는 결점이다.

소녀의 수인 가계는 토끼 수인 중에서도 특히 환술의 종류에 우수한 재능을 갖고 있었기에 환영을 두르는 것이 특별히 고생스럽지는 않았다. 다만 그럼에도 수인의 강한 스테이터스를 완전히 다 발휘하면 몸에서 방출되는 짙은 마력 때문에 환영이 날아가서 사라져버리는 사태는 결국 피할 수 없었다.

"앗, 그게, 이게 뭐냐면……. 미안, 루샤. 지금까지 쭉 아무 말 안 해서……. 부탁할게, 이 귀는 꼭 비밀로 해줘!!"

"어?! 아, 응, 알았어."

당황하면서 고개를 끄덕여주는 친구에게 소녀는 안도의 미소를 지어 보였다.

소녀도 처음 어머니에게 이유를 물었을 때처럼 마냥 어린아이가 아니었다. 자신들이 살아가는 왕국에서 수인을 멸시의 대상으로 취급한다는 현실을 이해할 줄 알았다 바로 그 때문에 이제껏 단 한 번도 어머니의 당부를 깨뜨렸던 적이 없었을 뿐 아니라 가장 친한 친구였던 루샤에게도 신뢰는 할지언정 차마 비밀을 털어놓은 적이 없었다.

“자, 이제 됐다.”

풀려버린 환술을 자신에게 다시 걸어서 귀와 꼬리를 타인의 시선으로부터 숨겼다.

어릴 적에는 늘 어머니가 걸어줬지만 4, 5년 전부터는 스스로 걸어도 될 만큼 실력이 늘었다.

“그럼 마을로 돌아갈까? 먹을거리는 못 찾았지만 또 마물과 맞닥뜨릴 수도 있고, 이제는 금방 또 어두워질 테니까.”

“그, 그래. 돌아가자.”

그날, 마을로 돌아왔을 무렵에 바깥은 이미 꽤나 어두웠었다.

두 명의 소녀는 겨울의 숲에 들어갔던 일로 촌장에게 호된 꾸지람을 들은 뒤 벌은 내일 또 불러서 내리겠다는 말을 듣고 일단 집으로 돌아갈 수 있었다.

소녀가 자신의 어머니, 마리스에게 당부를 깨뜨려버렸다는 말과 그 이유를 전한 뒤 사과하자 병약한 탓에 하루 대부분을 침대에서 지내고 있는 어머니는 「그래, 친구를 구했구나」라면서 난처해하며 웃었다.

소녀는 어째서인지 어머니가 슬피 미소 짓는 듯 보였기에 살짝 신경 쓰이기는 했다. 그러나 수인의 힘을 오랜만에 쓰기도 했고 처음으로 마물, 더구나 고블린 변이종에 속하는 아이스 고블린과 대치하고 전투를 치러 피로했던 소녀는 푹 잠들고 말았다.

소녀는 겨울의 숲을 돌아다니면서 과일을 잔뜩 채집하는 행복한 꿈을 꾸며 그날 밤을 보냈고, 다음 날 아침 해가 떠오를 무렵에는 강제로 잠에서 깨어나 마을 광장의 중앙까지 끌려 나왔다. 어째서인지 그 장소에는 소녀의 어머니 마리스도 함께 끌려 나왔다.

"뭐, 뭐예요? 어제 말했던 벌? 대체 왜 어머니까지……."

혼란에 빠진 채 끌려 나와서 보니 마을 사람들이 잔뜩 모여 있었다.

도통 이유를 모르겠다. 저 가시 돋친 시선은 무엇인가. 그러다가 촌장이 찬찬히 고한 말을 들었을 때는 머릿속이 새하얘졌다.

"미나리스, 그리고 마리스. 너희가 토끼 수인이라는 말은 사실인가?"

귓가에 들려오는 말을 이해할 수 없었다.

"다시 한 번 묻겠다. 너희 모녀가 수인이라는 말은 사실인가?"

새하얗게 물든 머리에 다시 한 번 꺼내 놓는 촌장의 말이 스며들었다.

'어째서어째서어째서어째서?! 아? 어째서, 갑자기 왜?!'

이제야 다시 돌아가는 머릿속을 가득 채운 것은 의문의 폭풍이었다. 정보가 처리되지 않는다. 무슨 일이 일어났는가 이해되지 않는다.

온통 혼란에 빠진 사고로 소녀는 무의식중에 도움을 구하고자 어머니가 있는 방향을 돌아봤다.

그러자 어머니는 비장한 표정으로, 그럼에도 무언가를 결심한 표정으로 언제나 본인에게 걸어 놓았던 환술을 풀었다.

마을 사람들 사이에서 술렁술렁 동요가 퍼져 나가면서 순식간에 저 시선의 의미가 바뀌었다.

마치 잔뜩 해치워서 쌓아 둔 고블린 시체라도 바라보는 눈.

그런 시선이 어제까지 가족처럼 친절하게 대해주었던 마을 사람들에게서 쏟아지고 있다.

"어, 어머니……!"

잇따라 바뀌는 상황과 지금 들리는 말이 혼란 상태를 더욱더 거세게 몰아붙인다.

어리둥절한 채 올려다봤던 촌장의 얼굴은 이제껏 본 적이 없을 만큼 쌀쌀맞았고, 그리고 멸시로 가득 찬 눈동자였다.

……무서워.

어제 대치했던 아이스 고블린의 공포가 희미해질 만큼 저 눈빛이 무서웠다.

"보시는 대로 저희는 토끼 수인입니다. 그동안 숨겨 와서 죄송합니다."

그렇게 말한 뒤 맨바닥으로 끌려 나왔던 어머니가 머리 숙이는 모습을 보고 이제야 자신이 마을 사람들에게 악의 어린 시선을 받고 있었음을 이해했다.

"루샤가 했던 말이 사실이었나……."

"뭐라고요? 루샤가?! 세상에, 거짓말이야!!"

루샤는 어제 약속했다. 비밀로 하겠다고 말해줬었다.

거짓말이라고 말해주기를 바라면서 주위를 둘러보다가 열대여섯쯤 되는 마을 사람들의 안쪽에서 소꿉친구들의 얼굴을 발견했다.

다만 소녀가 바랐던 얼굴이 결코 아니었다.

자신을 마치 쓰레기라도 마주한 시선으로 보고 있는 또 한 명의 소꿉친구 소년, 케릴. 그리고 옆쪽에 바짝 다가붙은 채 소녀에게는 안 보이도록 입꼬리를 끌어 올리고 있는 루샤의 얼굴.

"대체, 왜……? 비밀로 해준다고 말했으면서!!"

"꺅!! 케릴……."

소녀가 저도 모르게 소리 지르자 마치 겁먹은 양 움찔 떨면서 루샤는 케릴에게 달라붙는다.

"루샤, 괜찮아. 진정하자."

케릴은 그렇게 말한 뒤 루샤의 등을 가볍게 어루만지고 한층 더 매서운 시선으로 소녀를 노려봤다.

"야! 더 이상 루샤를 괴롭히지 마!! 맨 처음 들었을 때는 안 믿겼지만 정말로 몹쓸 녀석이었어!! 내가 사람을 잘못 봤다!!"

"뭐?! 도대체 무슨……."

"시치미 떼지 마!! 루샤한테 전부 들었어!! 너, 그동안 몰래 루샤를 괴롭혔던 거지!! 수인의 힘으로 겁을 주니까 말도 못 했다면서 루샤가 많이 울었다고!!"

"아……."

말문이 막힌다는 표현은 정말 말이 콱 틀어막히는 상태임을 알게 되었다. 사고가 딱 막힌 머릿속에서 말이라는 존재는 제자리에 붙박인 채 꼼짝을 하지 못하니 목소리도 나올 수가 없었다.

"촌장님, 저는 어찌 되어도 상관없습니다. 그러나, 아무쪼록, 아무쪼록 이 아이 하나만이라도 못 본 척해주시면 안 될까요? 하다못해, 하다못해 이 아이가 열여덟 살 생일을 맞이할 때까지는……."

그런 가운데 마리스는 딸을, 소녀를 끌어안은 채 머리 숙였다.

마리스는 어제 딸의 이야기를 들었을 때부터 이렇게 하자고 결심했었다. 병약한 자신을 동반한다면 마을을 떠나 도망친들 얼마 못 갔을 테지. 그렇다고 어떤 소리를 한들 자신의 딸이 엄마를 두고 도망칠 리 없다는 것도 사무치도록 잘 알았다. 그 때문에 이렇듯 마리스는 딸을 위해서 간절하게 머리 숙였다.

"제발 부탁드립니다, 아무쪼록……."

"헛소리 집어치워!! 더러운 수인 년들아!!"

그럼에도 마리스에게 돌아온 것은 욕설과 땅바닥에서 주워 든 돌멩이였다.

"맞아! 헛소리는 집어치워라!!"

"여태껏 우리를 속였던 거네! 가증스러워!!"

"짐승 나부랭이가 어디서 감히 인간 흉내질이냐!!"

맨 처음의 한 명을 신호로 칼날 같은 욕설과 돌팔매질이 마치 빗발치듯 두 모녀에게 내리쏟아졌다.

"제발, 아무쪼록 이 아이만이라도, 으윽……?!"

"어머니?!"

날아드는 돌멩이 틈에 섞여 있었던 큼지막한 돌덩어리가 마리스의 이마를 때려 피가 흘러나왔다.

소녀는 무의식중에 어머니를 지키고자 제 몸으로 감싸 안았다.

극도의 혼란 때문에 소녀의 환술도 진작에 풀려버렸고 꼬리와 귀가 훤히 드러났다. 그럼에도 소녀는 무작정 어머니를 지키려고 했다.

소녀의 어머니는 한 차례 전염병을 앓은 경험이 있는지라 회복은 됐을지언정 수인 본연의 강건함은 흔적도 찾아볼 수 없도록 잃고 말았다. 이렇듯 어떤 훈련도 쌓지 않은 평범한 마을 주민이 던진 돌멩이에 얻어맞았다고 상처를 입을 만큼 병약한 상태였다.

"그만, 그만요! 다들 그만 좀 해요, 제바아아아아알!!"

마을 광장에 울려 퍼지는 소녀의 통곡, 그러나 이내 욕설의 파도에 짓밟히고 짓뭉개진다.

"시끄러워, 괴물 새끼는 닥쳐라!!"

"인간의 말을 하지 말란 말이다, 짐승 주제에!"

"죽어버려! 왜 살아 있는 거야, 얼른 좀 죽어!!"

삐걱, 쩍, 자신의 마음에 검은 균열이 치달리는 감각.

끝이 뾰족한 말뚝으로 때려 박히는 심정이었다.

왜, 어째서, 싫어, 아파, 몸보다 마음이 아파.

몸을 웅크린 채 둘러본 시선 끝에는 아직껏 화난 얼굴로 노려보는 것은 물론이고 마을 사람들에게 동조해서 돌을 던져 대는 케릴과 본인의 표정이 케릴에게는 안 보이도록 옷자락을 붙잡은 채 뒤에 숨어서 비웃음 서린 비뚤어진 미소를 짓는 루샤가 보였다.

그리고 간신히 머리와 몸과 마음으로 이해했다.

배반당했다, 배반당했다배반당했다배반당했다배반당했다!!

“어째서, 대체 왜…….”

와락 배어나는 눈물. 몸 곳곳에 내리 떨어지는 돌이 마음에다가 쐐기를 박아 넣는다.

마음이 송두리째 깨져 나가기 직전, 내리쏟아지는 돌멩이 비의 기세가 멎었다.

“이게 대체 웬 소란인가!!”

바로 저편에 나타난 자는 마을의 남자들이었다.

예정보다 빨리 원정을 마치고 돌아온 듯 보이는 남자들이 비록 숫자가 많지는 않을지라도 몇몇 수렵물을 손에 들고 마을로 돌아왔다.

“아버, 지……. 훌쩍, 아버지!!”

눈물에 젖어 부예지는 시야 속에서, 그럼에도 막 돌아온 남자들 틈에 함께 서 있던 자신의 아버지가 보였다.

이제 살았다고 소녀는 안도했다. 아버지는 차기 촌장감으로 기대를 받는 마을의 유력자였다.

마을 주민들에게 뭔가 이야기하는 모습을 보고 안도감이 복받쳤다. 아아, 이제 분명히 다 해결…….

“아니야!! 나는 관계없다! 전혀 몰랐다고!!”

“ ”

빙그르르, 세계가 뒤집혔다. 쭈그럭 이지러져서 털썩 허물어졌다.
"나도 속았던 거야! 저년한테!! 젠장, 더러운 수인 따위가!"

귀가 들리지 않는다. 눈이 보이지 않는다. 냄새가 나지 않는다. 촉감이 느껴지지 않는다.

"뭐야, 이게. 어? 뭐지, 이거……."

와장창, 마지막으로 뭔가가 산산이 부서지는 소리를 들은 것 같았다.

그렇게 소녀의 세계는 완전히 붕괴했다.

다시 정신을 차렸을 때 소녀는 덜컹거리는 노예상의 마차에 타고 있었다.
세계가 온통 흐리멍덩했음에도 『아버지』로 의지했었던 존재가 거의 헐값이나 다름없는 가격으로 자신을 팔아넘겼다는 사실만큼은 어렴풋이 기억이 났다.

폐인이 되기 직전이었던 소녀가 애써 자신의 자아를 되찾을 수 있었던 것은 가까운 곳에서 함께하는 어머니라는 존재 덕분이었다. 수인 모녀 따위는 설령 상품일지라도 제대로 된 대우를 기대할 수 없다.

다른 노예들보다 명백하게 더 부실한 식사. 의미도 이유도 없는 욕설과 채찍질. 하루에 몇 번 허락해주는 목욕은 가장 마지막에 더러운 물로, 혹은 그마저도 허락받지 못한 채『냄새난다』,『더럽다』라는 험담은 물론 발길질까지 당해야 했다.

수인은 신체 능력이 우수하다는 구실을 들어, 쇠사슬로 마차에 묶인 채 숫제 바닥을 구르다시피 하며 달려야했던 날도 허다했다.

몹시 병약한 상태에 있는 어머니에게 부담을 주고 싶지 않다는 절박함만이 산산조각 부서졌던 소녀의 정신을 붙들어줬다. 다만 아무리 소녀가 어머니에게 부담이 되지 않고자 노력한들 결국은 모래위에 물 쏟는 격이었다. 줄칼에 깎여 나가듯, 아름다웠던 소녀의 어머니는 푸석푸석하게 시들었다.

노예상이 소녀의 어머니를 희생양으로 삼은 결과였다.

『수인이 학대를 받고 있다』『너희보다 혹독한 대우를 받고 있다』 그렇게 본보기로 만들어서 다른 노예들의 불만을 해소하려는 의도였다.

노예상의 노림수대로 그 모습을 보며 다른 노예들은 실컷 웃었다.

채찍질 맞는 소녀를 보고, 머리카락을 틀어잡힌 어머니를 보고, 등짝을 걷어차이는 두 모녀를 보고. 마치 재미있는 연극을 보는 관객처럼 웃고 있었다.

소녀가 노예상에게 팔린 뒤 반년, 왕도까지 절반쯤 남겨 놓은 거리에 다다랐을 때부터 소녀의 어머니는 더 이상 움직이지 못했다.

또다시 소녀의 세계는 허망하고 흐리멍덩한 어둠 속으로 나가떨어졌다.

식사에 흙이 섞이든 말든 신경 쓰이지 않았다. 채찍질해도 욕설을 해도 아무런 느낌이 들지 않았다. 목욕이라는 구실로 흙탕물을 끼얹어도 저항할 기력이 사라졌다.

"쳇, 망가져버렸나. 수인 주제에 약해 빠졌군. 그거참, 이런 계집을 좋아하는 귀족이 있다니 세상 참 말세로군, 정말."

후유, 한숨 쉬는 노예상 남자를 소녀는 그저 흐리멍덩한 눈으로 바라봤다.

"그건 그렇고 네 어미는 짜증 나게 왜 제멋대로 죽어버리냐? 어째서 내가 기껏해야 수인 때문에 돈을 손해 봐야 하냐고, 젠장."

꿈틀, 노예상의 말에 부서졌던 파편이 반응했다.

'어째서……?'

질름질름 독이 스며 나오듯 끓어오르는 의문.

'어째서? 뭘 잘못한 거야? 언제부터 잘못했던 거야? 어떻게 했어야 됐어?'

단박에 왈칵 터져 나오는 의문은 빛이 사라졌던 잔해를 걸쭉한 마그마로 바꿔 놓았다.

'누구 때문이야? 왜 여기에 있는 거야? 나는 누구? 무엇을 하기 위해서 여기에 있는 거야? 이 마음은 뭐야?'

남아 있었던 잔해 전부가 마그마로 화한다.

꿈틀거리면서, 휘감기면서, 뒤섞이면서, 비뚤고 기괴하고 이질적일지언정 점점 형태를 이루었다.

그렇데 다시 만들어진 마음은 단 하나의 순수한 감정이 됐다.

"아, 나는, 부수고 싶은 거네."

불쑥, 무심코 흘린 한마디 말을 인식한 순간, 얼어붙었던 감정이 터진 둑처럼 흘러넘쳤다.

……밉다.

밉다밉다밉다밉다밉다밉다밉다밉다밉다. 오로지 밉다.

루샤가 밉다, 케릴이 밉다, 아버지였던 작자가 밉다, 촌장이 밉다, 마을 사람들이 밉다.

우리 모녀를 웃음거리로 만든 노예상이 밉다, 노예상이 학대하는 대로 우리 모녀를 보고 비웃었던 다른 노예들이 밉다.

괴롭히고 싶다, 때리고 싶다, 용서 못 한다, 부러뜨리고 싶다, 꺾어버리고 싶다, 도려내고 싶다. 빼앗고 싶다, 갈아 뭉개고 싶다, 찌부러뜨리고 싶다, 베어버리고 싶다, 목을 조르고 싶다, 태우고 싶다, 껍질을 벗기고 싶다, 찌르고 싶다, 찢고 싶다, 죽이고 싶다, 죽이고 싶다, 죽이고 싶다, 죽이고 싶다, 죽이고 싶다, 죽여, 죽여, 죽여죽여죽여죽여!!

온 마음속이 오직 저러한 충동으로 가득 차올랐다.

그때부터는 노예상의 어떤 지시를 하든 차마 따를 수 없었다.

반항적인 태도를 취할 때마다 여러 방법으로 벌을 받게 됐지만, 그럼에도 몸속에서 이글거리는 불길이 순응을 허락하지 않았다.

손가락 하나 까딱거리지 못하도록 몰매를 맞아도, 아예 빈사지경을 헤매고 나서도, 그 불길은 결코 사라지지 않았다. 왕도에 도착한 이후 노예 문장이 주는 격통에 시달리면서도 번뜩거리는 적의는 끝내 사라지지 않았다. 이윽고 식사도 옷도 목욕도 제대로 허락받지 못한 채 그저 감옥 안에 갇혀 있기만 하는 나날이 시작됐다.

공상 속에서 온갖 잔학하기 그지없는 복수로 끝맺이하는 자신을 망상할 뿐인 나날. 그러한 나날도 이제 곧 끝을 고하리라. 어차피 처분할 테니 필요 없다면서 하루에 한 번 내주던 식사도 끊어버렸다.

이제는 죽을 수도 있겠다. 아니, 분명히 죽을 것이다.

그리고 죽음이 다가왔음이 의식되는 경계선에 바짝 가닿았음에도 사라지지 않는 열기가 몸속을 마구 헤집고 다녔다.

제아무리 수인이 강건할지라도 최저한의 식사조차 섭취를 못 하는 상황에서는 그다지 오래 버틸 수 없었다. 이미 의식은 몽롱한 지경이었고 느껴지는 감각은 그저 몸속에서 뜨겁게 이글거리기만 하는 열기뿐이었다.

"맞군, 역시나. 아주 예쁜 눈빛이야."

그러던 때에 희미한 의식에 이상한 울림의 목소리가 닿았다.

눈앞에는 낯선 인간. 침착하게 사고할 힘은 이미 남아 있지 않았다. 왕도에 막 왔을 무렵에 몇 명인가 찾아왔었던 귀족들과 같은 족속이라고 판단할 수밖에 없었다.

그때처럼 거세게 날뛸 힘이 없어서 적의를 드러내고 노려보면서 위협하는 것이 고작이었다.

다만 그럼에도 그 남자의 눈동자와 마주쳤을 때는 어째서인지 빨려 들어갈 것 같은 강한 기시감에 휩싸였다.

"손, 치워라. 인, 간."

이미 수분 따위는 어디에 남아 있는지 알지도 못할 입을 움직여서 말을 내뱉었다.

"끄으, 아아아아아, 아아아악!!"

그리고 희미했던 시야가 격하게 명멸할 만큼 아찔한 통증이 몸을 휘감았다.

마치 옛 상처를 억지로 헤집는 감각. 몸 깊숙한 곳에서 쥐어짜는 비명이 터져 나왔다.

통증의 파도가 겨우 가라앉았을 무렵, 인간이 이번에는 정체를 알 수 없는 액체가 들어 있는 병을 입속으로 들이밀었다.

"으윽, 끄윽, 우읍!!"

뱉어 내고 싶어도 저항할 힘조차 없었던지라 억지로 밀어 넣는 그 액체를 꾸역꾸역 마셨다. 그러자 살이 말라버렸던 몸의 무력감이

제법 누그러졌다.

제대로 된 식사도 휴식도 취하지 못한 까닭에 줄곧 바닥을 치고 있었던 마력도 절반가량 회복됐다.

"이제 조금은 제대로 이야기를 나눌 수 있겠지?"

소녀는 눈앞의 남자가 하는 말의 의미가 무엇인지 이해되지 않았다. 얼마간이나마 회복된 사고력으로 방금 마셨던 액체가 HP와 MP포션이었다는 사실은 짐작할 수 있었다.

어느 쪽이든 노예 소녀에게 내줄 만한 물품은 아니었다. 일반적으로 봐서 엄두도 못 내는 수준은 아니지만 비싼 가격이라고 말하기엔 어렵잖은 물품에 속했다.

"무슨……."

소녀에게는 모종의 함정이라는 가능성을 경계하기에 충분했고, 그 때문에 더더욱 이어지는 말을 들었을 때는 충격을 받았다.

"너는 누구를 죽이고 싶어?"

그것은 어머니가 죽고 노예상이 한 말을 계기로 마음의 형태가 다시 만들어졌음을 자각했을 때와 비슷한 충격.

"너는 누구에게 복수하고 싶어?"

저 남자, 찬찬히 보면 자신과 그리 다르지 않은 저 소년의 눈 안쪽을 보고 소녀는 어째서 저 눈동자에 빨려 들어갈 것 같은 기시감을 받았던가, 그 이유를 깨달았다.

저 눈동자에 서려 있는 갈망은 얼마 전부터 자신의 내면에 자리 잡았던 열기와 같은 종류이니까.

기시감을 느끼는 게 당연했다. 왜냐하면 저 눈동자의 빛은 자신의 눈빛과 같은 부류였으니까.

그래서일까, 소녀는 저절로 입 열고 대답했다.

"친우였던 여자, 소꿉친구였던 남자, 아버지, 촌장, 마을 사람들, 노예상과 그 노예들."

"단지 죽이고 싶을 뿐이야?"

놀림조로 묻는 목소리에서는 이미 다 알면서도 굳이 대답을 끌어내려고 하는 기색이 느껴졌다.

다만 사소한 심술 따위는 소녀에게도 아무 상관이 없었다.

망상 속에서 한없이 되풀이한 끝에 어느덧 이성이 아닌 본능의 영역에 각인되고 만 욕구.

"그저 죽일 뿐이어선 안 돼. 괴롭히고, 고통을 주고, 울부짖도록, 그러고 나서 느긋하게, 살점을 하나하나 뜯어다가 부수고 부수고 부수고, 처절하게 다 부순 다음에, 그다음에 죽일 거야. 단지 죽여 버릴 뿐이라니, 그건 너무나도 아까운 걸."

그렇게 말한 소녀는 노예가 되고 처음으로 타인에게 미소 띤 표정을 지었다.

마음속 밑바닥에서 솟아 나온 그 말을 듣고 소년도 역시 웃는 얼굴로 답해주었다.

☆

『그저 죽일 뿐이어선 안 돼. 괴롭히고, 고통을 주고, 울부짖도록, 그러고 나서 느긋하게, 살점을 하나하나 뜯어다가 부수고 부수고 부수고, 처절하게 다 부순 다음에, 그다음에 죽일 거야. 단지 죽여버릴 뿐이라니, 그건 너무나도 아까운 걸』

어디인가 망가진 사람처럼 웃는 소녀의 말에 이끌려서 내 입가도 치켜 올라간다.

"이제 내가 네 앞쪽에 두 가지 길을 마련해주겠어. 하나는 나와 네가 단순한 노예와 주인의 관계로 끝나는 길. 이쪽을 선택하면 너를 구입한 목적을 달성할 무렵에는 홀로 살아갈 힘과 적당한 돈을 건네주지. 노예 신분도 해방시켜주겠어. 잘하면 나머지 인생은 혹시 행복해질 수도 있겠군."

"……."

"다 닳아서 떨어져 나간 열기의 덩어리를 가슴 깊숙이 밑바닥으로 밀어 넣고 전부 없었던 일로 애써 외면한 채 세상은 참 아름답다고 웃으면서 살아갈 미래가 올 수도 있겠지."

얼토당토않은 헛소리였다. 나도 이 녀석도 그따위 미래를 바라지 않는다.

그럼에도 꼭 집어서 분명하게 말로 표현했다. 우리의 앞길에 놓여 있는 만약의 가능성을 어쨌든 가르쳐줬다.

나의 훗날이 어찌 될지는 알 수 없었다. 달리 더 바람직한 가능성이 있을지도 모른다. 복수, 보복 따위에 얽매이지 않고 살기를 잘했다고 달관할 수 있는 날이 어쩌면 찾아들지도 모른다.

그렇기에 이야기했다. 이제 곧 제시할 또 하나의 길은 이러한 가능성을 짓뭉개는 선택이니까.

“그리고 또 하나는, 나의 동…… 아구…….”

동료? 아니면 아군?

어느 표현도 입 밖으로 나오기 전에 형태를 못 이루고 멈췄다.

“흠, 내가 말하고도 봐도 둘 다 좀 아니군…….”

그 대신 무심코 혼잣말이 새어 나온다.

동료? 아군? 그런 관계를 바라지는 않았다.

그따위 뻔한 표현은 우리가 맺을 관계에 전혀 어울리지 않는다.

그따위 맥 빠진 표현은 우리의 동행을 나타내기에 전혀 어울리지 않는다.

그러니까 분명 우리의 계약을 표현하는 명칭은 이것이 적합하겠다.

아름다운 세계에서 아름답게 살아가는 인생을 거절당하고 거절한 자가 선택하는 이름.

선하지도 올바르지도 않은 죄(복수)의 길을 굳이 나아가려고 하는 자의 이름.

“나와 함께, 복수에 홀려 복수를 즐기는 『공범자』가 될 것인가.”

그렇게 말한 뒤 허공에 내민 손에다가 심검의 구축을 개시했다.

검은 빛이 모여들면서 형태를 이룬 그 검은 대략 50센티미터 길이의 양날 직검(直劍)이었다. 어둠의 색을 띤 불꽃과 같은 형태의 칼날과 피처럼 붉은 연속무늬가 얼기설기 그려져 있다.

이 검에는 거뭇한 어둠의 밑바닥을 들여다보는 끝없는 불길함과 등줄기가 얼어붙는 단죄의 엄숙함이 공존하고 있었다.

내 뜻에 따라서 전투에 적합한 롱 소드로 형태를 바꿀 수 있는 듯한데, 이번 용도에는 이러한 형태가 필요했기에 가만히 뒀다.

처음 구현화한【복수의 성검】의 칼자루를 잡아 소녀의 수갑과 족쇄를 베어 가른 뒤 소녀의 눈앞 바닥에다가 검을 꽂아 세웠다.

"전자를 선택하려면 등을 돌려. 후자를 선택하려거든 검을 잡아. 단 각오 단단히 하고. 이 검을 잡으면 너는 돌아갈 길을 잃어버리게 될 거야. 두 번 다시 아름답기만 한 세계로 돌아갈 수 없는 부정함을 짊어지든가, 복수를 못다 이룬 채 헛되이 죽든가. 다른 길은 없어."

"……."

"이 검은 네가 지닌 열기를 혼에 낙인찍은 채 사라지지 않는 불길로 바뀔 거야. 무엇이 어찌 되든 간에 모든 복수를 마칠 때까지 결코 복수를 그만둘 수 없게 되겠지. 그리고 너의 복수 대상과 나의 복수 대상이 공유될 거야. 요컨대 복수해야 하는 상대가 늘어남을 뜻하지. 네가 증오하는 누군가처럼 내가 증오하는 누군가를 너도 증오하게 돼. 반대도 마찬가지. 아, 그리고 잘만 된다면 네 소질에 따라서 고유 능력을 습득할 수도 있겠군."

"……당신은, 나를 배반할 거예요?"

어둡고 어두워서 어디까지 뚫려 있는지 모를 공허한 눈동자.

그래, 알고말고.

배반을 하지 않겠다는 같잖은 구두 약속을 바라서 한 말이 아니라는 것쯤은 아주 잘 알겠다.

“이 계약을 맺고 나면 서로 간에 서로를 해칠 수 없어. 기껏해야 구두 약속에 불과한 애매한 관계가 아니야. 네가 죽으면 나도 죽어. 내가 죽으면 너도 죽게 돼.”

꿈틀, 소녀의 눈동자가 반응했다.

내가 배반하지 못하게 하는 동시에 이 녀석 역시 배반할 수 없게 만드는 서약이다.

나 또한 두 번 다시 배반당하는 신세는 사절이다. 그리고 누군가를 배반해서 그 작자들과 똑같은 인간이 되는 것도 사절이다.

이 능력이 없었다면 나는 애당초 이런 제안을 꺼내지도 않았다.

꼭 해줘야 하는 말을 마친 뒤 칼자루에서 손을 뗐다.

“물론 네가 검을 붙잡지 않고 홀로 복수하는 길도 있기는 하지. 나는 복수 상대가 많아. 복수하고 싶을 만큼 증오스러운 상대를 굳이 늘리는 것도 어떻게 보면 미련한 짓이니까 말이야. 뭐, 나로서는 네가 공범자가 되어준다면 기쁘겠지만 말이야.”

“……어째서?”

노예 소녀는 의문의 목소리로 답했다.

다만 소녀가 전혀 의문스럽게 여기지 않는다는 것은 알고 있었다. 일련의 문답은 그저 확인에 불과했다.

자신과 거의 비슷한 상대가 과연 자신과 같은 생각을 갖고 있는가 답을 맞추는 과정.

그러함을 잘 알고 있기에 나는 광기에 젖은 미소를 숨기지 않고 웃으면서 말로 표현했다.

"뻔한 질문이군? 한 명보다는 두 명이 보다 더 즐거운 복수 방법을 떠올릴 수도 있기 때문이지. 사람의 수가, 단지 손의 숫자가 늘어나기만 해도 그 작자들을 괴롭히고 망가뜨리고 조각조각 작살내는 데 더 많은 수고를 들일 수 있겠지? 단지 죽이고 싶다는 생각밖에 못 하는 녀석은 내 복수에 도움이 되지 않을 테니까 **필요 없어**. 그래도 너는 다르잖아? 안 그래?"

"큭, 아하하하핫!!"

그렇게 소녀도 역시 나를 바라보면서 진심으로 기쁨에 젖어 같은 종류의 미소로 답해주었다.

"멋진 대답이네요. 그래서 공범자군요. 맞아요, 분명 당신과 함께 한다면 나는 더 훌륭하게 복수를 할 수 있겠어요. 내가 혼자 하기보다 훨씬 더 처절하게 그 인간들을 절망에 빠뜨릴 수 있겠네요."

한바탕 웃은 뒤 소녀는 마치 성모처럼 아름다운 미소를 지었다. 그러나 눈빛만큼은 광기에 서린 빛을 가득 담고 있었다.

"그렇다면 더 이상 고민할 여지 따위 없겠죠. 복수심이 영영 안 사라진다고요? 끝내주네요. 불씨만 남아 연기에 콜록대면서도 전부 다 잊은 척 예전의 아름다운 줄 착각했던 나날로 돌아가라고요? 말도 안 돼요. 그따위 욕지기나는 나날로 돌아갈 가능성과 비교한다면 복수 상대가 늘어나는 것쯤은 아무 문제가 안 된다고요. 공범자가 돼서 더더욱 달콤한 복수를 이루게 해준다면 더 말할 필요도 없겠지요."

"그렇다면 네 손으로 검을 붙잡아. 방법은 검이 가르쳐줄 거야."

내가 나직하게 말하자 소녀는 눈앞에 꽂혀 있는 【복수의 성검】의 칼자루를 붙들고 잡아 뽑았다.

그 순간【복수의 성검】이 어두운, 그럼에도 눈을 불사르는 듯 강렬한 빛을 발했다.

저 빛의 일렁거림은 소녀의 복수심을 인정했다는 증거. 소녀의 복수를 축복해주는 광채.

“맞아, 그러고 보니 아직 네 이름도 안 물어봤구나.”

“이름요? 제 이름은 미나리스예요.”

“그렇구나. 내 이름은 우케이 카이토야.”

“우케이 카이토……. 그게 제 주인님의 이름이군요.”

그리 말한 뒤 소녀, 미나리스는 처음으로 광기가 아닌 빛을 제 눈에 띠고 미소 지었다.

그다음은 본인의 가슴 부근으로【복수의 성검】을 가져다 댔다.

“이제부터 잘 부탁할게, 나의 공범자(미나리스).”

“예, 잘 부탁드려요. 나의 공범자(주인님).”

미나리스는 가까이 가져다 댔던 검 끝을 본인의 가슴으로 돌린 뒤 그대로 깊숙이 찔러 넣었다.

미나리스의 가슴에 꽂힌 검은 한층 더 강렬한 빛을 내뿜다가 마치 허공에 녹아들듯이 옅은 빛의 포자만 남긴 채 사라졌다.

남겨진 신체에는 어떠한 상처 하나도 없었고, 대충 걸쳐 놓았던 넝마도 분명 관통했을 터인데 구멍 하나도 뚫리지 않았다.

“그래, 알겠다. 이게 네 복수의 이유였군.”

“지금 보인 광경이 주인님의 이유인가요?”

【복수의 성검】을 타고 이어진 경로가 나의 복수심과 미나리스의 복수심을 서로 뒤섞어서 같은 것으로 바꾸어 감을 알 수 있었다.

공감을 불어넣는 과정, 뇌 안쪽으로 직접 흘러들어서 복수의 이유를 새겨 넣는 추체험.

마치 자신이 직접 경험한 듯 사실적인 기억이 내 몸에 각인된다. 미나리스에게 복수를 맹세하게 했던 격한 아픔, 절망과 함께 그 기억이 내 몸의 안쪽을 뒤흔들어 놓고 불살랐다.

이 검은 열기는 내가 품은 격정과 비교해도 아무 손색이 없을 만큼 지독했다.

미나리스도 역시 내가 복수를 맹세했던 이유를 느끼는 듯 고뇌에 차서 얼굴을 일그러뜨리고 있다.

그렇게 차츰차츰 나와 미나리스의 복수심이 한데 뒤섞여서 보다 깊숙이, 보다 순수한 동기가 되어 공유를 이루어 낸다.

【복수의 성검】이 남긴 어두운 색의 빛 포자가 전부 사라졌을 무렵에는 미나리스의 복수심이 완전히 내 것이 되었으며 내 복수심 역시 완전히 미나리스의 것이 되었음을 실감할 수 있었다.

“내가 당한 게 아니라고 머리는 알고 있는데 말이지. 이게 복수심의 공유인가.”

주위를 둘러보고 노예들이 눈에 들어오자 몸 속을 불사르는 바로 그 열기가 흘러넘치면서 자연스럽게 살기가 새어 나온다.

생기 없는 눈동자로 보고 있었던 노예들도 막상 목숨의 위기를 느끼게 되자 겁먹은 기색으로 몸을 움츠렸다.

【시스템 메시지 · 칭호『복수자의 주인』을 획득하였습니다.】

【시스템 메시지 · 개체명 미나리스가『복수의 종속자』가 되었습니다.】

시스템 메시지 알림 덕분에【복수의 성검】의 효과가 확실하게 발휘되었음을 확인했다.

이제 미나리스에게 시선을 보낸다. 복수심 공유를 마친 미나리스는 살짝 당황한, 그러면서도 어디인가 흥분한 표정을 짓고 있었다.

"대단해요! 이게 아까 그 검의 힘인가요? 이 힘이 있으면, 아아, 아아아, 상상했던 것보다 훨씬 더 대단하고 멋진 복수를 할 수 있겠어요!!"

떠올리기만 해도 오싹오싹 등골을 치달리는 쾌감.

상기된 표정의 미나리스는 아예 황홀경에 빠진 듯 색기마저 흩뿌리면서 입가를 일그러뜨렸다.

"스테이터스 오픈 · 미나리스."

스테이터스

미나리스 Lv18

Minnalis 16세 여 토인족

HP : 160/208(416) MP : 189/206(412)

근력 : 105(211) 체력 : 111(222)

내구 : 85(171) 민첩 : 139(278)

마력 : 123(247) 항마 : 95(191)

고유 능력 : 「환염독귀」

스　　킬 : 『환술 마법 Lv 3』『통각 내성 Lv 2』

『채취 Lv 2』

상　　태 : 쇠약

이상 없이 미나리스의 스테이터스를 열람할 수 있었기에 안심했다. 【복수의 성검】의 효과로 획득한 『복수자의 주인』 칭호는 『복수의 종속자』 칭호를 지닌 자의 스테이터스를 열람할 수 있게 해준다.

그 밖에도 『복수의 종속자』의 수에 따라서 약간의 스테이터스 보너스를 받는 등 몇 가지 효과가 있었다. 복수심의 고정, 복수심과 그 이유가 되는 기억의 공유화도 정확하게는 이 칭호들의 효력이었다.

미나리스의 스테이터스를 살펴보건대 역시 수인은 스테이터스가 높았다. 쇠약 상태인 까닭에 능력치가 반감됐는데도 불구하고 인간의 경우였다면 레벨에 맞는 적정 능력치를 갖고 있었다.

감정의 심검을 못 쓰는 터라 나로서는 아직 어떠한 능력을 갖고 있는가 알 수 없다만, 고유 능력도 획득한 듯싶었다. 능력의 사용법은 소유자가 스스로 파악할 수 있는 구조니까 문제없겠지.

"그래, 어떡할래? 힘들면 내게 맡기고 쉬면서 구경이나 해도 된다만?"

"다 알면서 굳이 물어보다니, 제 주인님은 심술쟁이네요. 당연히 절대 안 되죠. 제가 처음으로 하는 복수잖아요. 제 손으로 직접 하고 싶어요."

"그런가, 그렇다면 일단 준비부터 해 놔. 도망친 **나머지 한 녀석**은 내가 데리고 오지."

그렇게 말한 뒤 예비 MP포션을 전부 미나리스에게 건네줬다. 어떤 방식을 선택할까 모르겠지만, 방금 전 말투를 감안하면 고유 능력으로 무슨 짓이든 할 테지. 기본적으로 MP를 사용하게 될 테니까 이 포션을 마시면 마음껏 할 수 있을 것이다.

그리고 나는 홀로 도망쳤던 남자를 쫓아 바깥 거리로 나섰다.

☆

노예상 남자가 그 자리에서 도망친 때는 검은색 일색의 낯선 옷을 입은 수상쩍은 손님이 막 구입한 노예 앞에서 난데없이 불길하기 짝이 없는 검을 꺼내 든 순간이었다.

맨 처음에는 수상하든 정체가 뭐든 돈이 있고 상품을 사준다면 아무래도 좋다는 생각이었다. 남자가 취급하는 노예들의 시세는 기껏해야 금화 네 장 언저리였지만, 대량의 금화를 저런 지경으로 아무렇게나 쓸 만큼 세상 물정을 모르는 녀석이 상대잖은가. 잔뜩 부추겨서 비싼 노예를 팔아넘기겠다고 별렀건만 정작 손님이 관심을 보인 대상은 폐기 예정의 토끼 수인이었다.

사룟값도 적은 돈이 아닌지라 폐기일을 기다리는 동안 쇠사슬로 묶고 가만히 방치만 했던 수인에게 손님이 관심을 나타냈을 때는 값비싼 노예를 못 팔게 됐다 싶어서 떨떠름한 심정이었다.

그러나 금화 열 장으로 값을 치른다는 말도 그렇고, 곰곰이 따져보면 버릴 예정이었던 상품을 팔 수 있는 만큼 오히려 횡재를 만난 셈이다. 절로 싱글벙글 웃음이 지어졌었다.

문득 상황이 이상하게 흘러가기 시작한 때는 그 손님이 노예와 계약한 뒤 대화를 나눈 다음부터였다. 절반쯤 죽어 가던 노예에게 비싼 포션을 아낌없이 먹이질 않나, 영문을 알 수는 없었지만 뭔가 조마조마한 말을 주고받았다. 스멀스멀 솟아오르는 위기감이 결정적으로 터져 나왔던 때는 손님 남자가 흑색과 적색을 띤 불길하기 짝이 없는 검을 꺼내 든 순간이었다.

보기만 해도 더없이 위험함을 알 수 있었다.

빈민가에서 장사를 하는 동안에 더욱 예민해졌던 그 감각이, 어서 도망치라고 소리 높여서 부르짖었다. 돈이며 노예 따위가 제아무리 아깝다 한들 목숨이 먼저 아니겠는가.

본능이 명령하는 대로 그 자리에 있던 누구에게도 들키지 않고 도망쳐 나온 남자는 긴급용으로 가게 앞 계산대에 숨겨 놓았었던 돈만 챙겨서 자신의 가게 바깥으로 뛰쳐나왔다.

뒤도 안 돌아보고 이런 상황을 위해 준비한 은신처를 목표로 쭉쭉 달렸다.

뒤얽히려고 하는 다리를 움직여서 몇 번씩 우회를 거듭한 끝에 가까스로 은신처의 문이 시야에 들어왔을 때였다.

"이봐, 손님은 내버려 둔 채 어디에 가려고?"

눈앞에 나타난 자는 표정만큼은 생글생글 웃음 짓고 있는 그 남자였다.

☆

"헉!! 아니, 그, 그게, 갑자기 급한 볼일이……."

노예상 남자는 새파랗게 질린 얼굴로 말을 토하다가 곧 쏜살같이 골목의 샛길로 달려 들어가고자 몸을 날렸다. 물론 복수의 상대에 해당하는 저 남자를 결코 놓아줄 수는 없었기에 뒷머리를 한 대 때려서 기절시켰다. 픽 죽어 나가지 않도록 세심하게 주의를 기울이지 않았으면 남자의 목부터 위쪽 전부가 비정상적인 방향으로 꺾여서 돌아갔을 것이다.

미나리스가 복수를 하기 전에 내가 감정을 주체 못 하고 **새치기**를 할 수는 없는 노릇이었다. 일단 이번에는 보좌를 맡을 뿐 복수 방법은 미나리스에게 일임할 작정이었기에 문제없다만, 나 또한 적극적으로 손을 빌려주려면 복수 대상의 자세한 정보를 분명하게 알아두어야 할 테지.

【복수의 성검】이 우리에게 보여준 것은 복수의 근간이 되는 기억뿐이다. 그 밖에 복수 상대의 정보를 나는 알지 못한다.

차근차근 그 부분에 대한 이야기도 미리 나누지 않으면 어떤 방법으로 고통을 줘야 더욱더 효율적인지 판단이 안 된다. 단지 증오의 감정만 갖고 있어서는 대뜸 죽여버리고 싶어진다.

쓰러져 있는 남자를 짊어지고 노예상의 가게로 돌아왔다.

그곳에서는 이미 노예들이 가장 큰 감옥에 모여 있었고, 미나리스는 안쪽 조리장에서 무언가 작업 중이었다. 감옥 안에는 스무 명 가까이 되는 노예가 있었는데, 공간은 아직 여유가 있어 보였다.

"자~ 여기, 데리고 왔어."

"앗! 감사합니다, 주인님. 지금은 제가 잠시 바빠서요. 거기 안쪽에 던져 넣어주시겠어요?"

"음? 알았어."

"끄윽……!!"

벽에 걸려 있는 감옥 열쇠를 잡아서 감옥을 열고 남자를 집어 던진 뒤 다시 문을 잠갔다. 남자는 딱딱한 돌바닥에 대충 나동그라진 충격으로 눈을 뜬 듯 상황을 파악하고자 주위를 둘러봤다.

"크. 너, 이 녀석!! 이딴 짓을 하고도 무사……!!"

"다 만들었어요!! 어라, 으으. 이게 뭐죠. 아찔아찔하네요……."

남자의 목소리를 지워 없애면서 조리장 방향으로부터 이곳 분위기에 어울리지 않는, 아니, 가장 적합한 잔뜩 상기된 목소리가 들려왔다.

목소리를 듣고 조리장으로 가보니 살짝 비틀거리는 미나리스가 그럼에도 광희(狂喜)에 젖어 일그러지는 아름다운 얼굴로 미소 짓고 있었다.

"MP를 한꺼번에 소모했기 때문이야. 자, 아까 내가 준 MP포션, 얼른 마셔라."

"네~. 후후. 있잖아요, 주인님. 입에 담아서 먹여주시면 안 돼요?"

"안 돼."

"엥~ 왜요~?"

"MP를 털어서 쓴 탓에 이상하게 흥분한 주정뱅이를 어떻게 할 만큼 굶주리지 않았으니까."

MP가 갑자기 바닥나면 마력에 취하게 된다. 제법 많이 쓴 정도라면 살짝 현기증이 나고 말겠지만, 도를 넘길 경우는 술을 잔뜩 마셔서 취한 사람처럼 묘한 흥분이 솟구친다. 게다가 MP를 회복한들 취기가 곧장 싹 가시는 것이 아니기 때문에 방심할 수가 없다.

스테이터스를 확인해보니 아까 전에는 9할 가까이 남아 있었던

MP가 1할 아래로 떨어져 있었다. 참고로 실전에서 쓸 만한 수준까지 마력을 주입하는 하급 마법 파이어 볼 한 발의 MP 소비량이 대략 10정도인 점을 감안하면 상당히 많은 MP를 소모했음을 알 수 있겠다.

하물며 미나리스는 강력한 능력을 획득했고 증오의 열기를 쏟아내기 직전인지라 흥분의 정도가 한결 더했다. 제정신으로 돌아왔을 때는 모르는 척해주는 게 배려일 테지.

이런 생각을 하면서 MP포션을 처음 만났을 때처럼 입에 집어넣자 푸른 액체를 몹시도 요염하게 꿀꺽 삼킨다.

"후유, 역시 주인님은 심술쟁이네요~."

"자, 움직이자. 언제까지 늘어져 있을 거야. 메인 디시가 기다린다고."

"네~. 후후, 우후후!!"

기분이 좋은 미나리스를 위해서 더 이상은 거들 일거리도 없는 듯했기에 이제부터는 관객이 되어 곧 펼쳐질 무대를 즐기기로 했다.

랄라라 글자가 떠올라 있는 듯한 모습의 미나리스는 주위의 음울한 분위기를 정면으로 거스르는 고양된 모습으로 준비해 놓았던 **요리를 감옥 안으로 들여갔다.**

한 번으로는 다 옮기지 못할 만큼 많은 양의 요리는, 비축되어 있었던 노예상의 식자재를 사용해서 미나리스가 직접 장만했다.

"자, 제가 막 만든 따뜻한 요리랍니다. 사양하지 말고 맛있게 드세요♪"

막 만들어서 따뜻한 요리인 터라 식욕을 자극하는 향기가 물씬 풍겼지만, 당연하게도 손댈 엄두가 날 리 없었기에 노예와 상인은 경계심 가득 찬 얼굴로 미나리스를 쳐다볼 따름이었다.

"으음~. 역시 말 몇 마디로 권해 봤자 먹어주지는 않는 거네요~. 그렇다면 왕도까지 오는 동안 지저분하고 추잡한 눈빛으로 저와 어머니를 실컷 구경했던 거기 당신에게 제일 먼저 맛볼 기회를 드리도록 하죠."

"히익……!!"

생글생글 웃는 미나리스가 포식자의 눈으로 여전히 차꼬에 묶여 있는 노예 남자 한 명의 눈을 응시했다. 마력이 고조되는 한편 미나리스의 짙은 황갈색 눈동자에서 쓱 색채가 빠지더니 번쩍번쩍 엷고 흐릿한 빛을 발하고 백색 안개의 눈동자로 변화했다.

"홀리고 먹어 치워라, 『환염독귀(幻炎毒鬼)』."

마치 마녀의 속삭임처럼.

다정하고, 달콤하고, 녹아내리는 공허의 목소리.

"히익, 흐아아아앗! 뭐야, 이게! 멈춰, 아아아아아아아악!!"

목소리와 함께 형태를 이룬 마력이 하얀 안개가 되어 남자에게 달라붙었다.

주위의 노예들과 노예상은 차마 손을 뻗치지도 못하고, 그렇다고 시선을 돌려 외면하지도 못한 채 미지에서 비롯된 막연한 공포감에 젖어 얼굴을 핼쑥하게 굳히며 단지 지켜보기만 할 뿐이었다.

"끄아앗, 아아아아아아악!! 밥, 밥을 내놔라아아아아아아앗!!"

안개가 남자에게 달라붙었다가 훅 빨려 들어가면서 사라지자 남자는 미친 사람처럼 울부짖었다.

수갑을 차고 있다는 사실조차 머리에서 사라진 듯 달려 나가려고 하다가 다리가 꼬여 넘어지고는 마치 다시 몸가눔하여 일어설 틈도 아깝다는 기세로 짐승처럼 기어 나아간다. 김이 피어오르는 요리를 손에 퍼 담아 입속으로 욱여넣더니 얼굴을 처박고 걸신들린 듯이 삼키는 꼴에서는 인간의 마땅한 존엄 따위는 흔적조차 찾아볼 수가 없었다.

"으음~. 예상보다 이 독이요, 효과가 강하네요. 공복감을 심는 목적은 잘 달성됐는데요, 이게 정도를 조절하는 게 많이 어려워요."

깔깔 웃으면서 미나리스는 요리를 탐식하는 남자의 꼬락서니를 바라봤다.

그렇다 해도 꼴은 우스울지언정 결국 하는 짓은 요리를 먹는 게 전부이다. 미나리스의 분노와 증오가 쏟아졌을 때 훨씬 더 비참한 꼴을 맞이하리라는 두려움에 떨고 있었던 복수 대상들은 오히려 고작 이런 수준의 분풀이로 그치는 것인가 하여 당황하는 모습이었다.

"자, 다른 분들도 같이 식사를 하자고요. 이번에는 괜찮아요. 천천히, 차분하게 이성을 잃지 않도록 공복감을 잘 조절해드릴게요. ……눈을 가리고 흔들어라, 『환염독귀』."

"으읍! 크."

"아아……. 윽, 으으."

"으앗, 으흑!"

또다시 출현한 엷은 안개가 주위에 있던 인간들을 감싼 뒤 스며들었다. 다만 이번에는 첫 번째 남자처럼 이성을 잃고 요리에 돌진하는 그런 사태가 벌어지지는 않았다.

그럼에도 금세 몇 사람이 주뼛주뼛하면서 요리에 손을 대기 시작했고, 잠시 후에는 점점 더 심해지는 공복감을 못 견디고 전원이 요리에 손을 가져갔다. 이윽고 아슬아슬하게 이성을 남기면서도 식사에 열중하는 모습이 됐다.

미나리스는 싱글벙글 웃으면서 자애에 가득 찬 눈빛으로 그들을 바라본다. 뭐랄까, 마치 흙에 심은 꽃씨에 물을 주고, 그 씨앗이 싹트기를 기다리는 시선.

마침내 씨가 싹트는 때는 이제 곧 온다. 그리고.

"으윽……? 아아, 끄아아아아아아아아아아아아?!"

"앗, 싹텄다♪"

가장 처음에 싹을 틔운 자는 맨 먼저 공복감을 심어 놓았던 남자.

미나리스가 손꼽아 기다렸다는 듯이 사악함이 묻어나는 미소를 지은 그 순간이었다.

"끄윽, 끄아악! 꾸워어어, 으게에에에엑!!"

먼저 변화가 나타난 부위는 팔. 평범한 살색에 근육질이었던 팔이 오그라들더니 **점점 녹색으로 물든다**. 그렇다, 마치 **고블린**의 팔처럼.

조금씩 더 요리에 열중하던 사람들은 그 광경을 보고 눈이 휘둥그레져서 굳어버렸다.

몸에 치닫는 격통에 잠시 자세를 웅크렸던 남자는 몰라보게 변한 제 팔을 보고 당황하면서도 금세 또 들이닥치는 공복감 때문에 재차 요리에 손을 뻗었다.

“자요, 많이 많이 드세요. 먹으면 먹을수록 고블린에 가까워지겠지만 아무 문제 없겠죠? 머지않아 그런 게 신경 쓰이지 않을 만큼 배고파질 테니까요. 후후, 풋, 우후후.”

“싫어! 싫어어어어어어!”

“우웨에에에엑, 꺼헉, 끄웨엑!”

“끄으윽, 구웩, 꾸어억, 커허헉!!”

그 말을 들은 대다수가 서둘러 요리를 토해 내려고 했다.

그러나 뒤늦은 저항을 비웃는 것처럼 공복감은 언덕 아래로 굴러 떨어지는 눈덩이처럼 거대해지면서 기세를 불려 나갔다.

“아아, 끅, 안 되는데! 그런데, 꺼억, 못 참겠어어어어어어!!”

“흐읍, 흐읍, 흐읍, 이제 됐어. 아무래도 좋다고오오오오!!”

아무리 거부한들 마술로 강화된 공복감에 견딜 재간이 없었기에 둑이 무너지는 것처럼 다시 또 요리를 탐식하기 시작한다. 그렇게 잠시 시간이 지나자 고블린으로 화하는 인간이 잇따라 나타났다.

“아아, 비참하네요~. 꼴사납네요~!! 당신들이 업신여겼던 수인 이하의 마물로 전락한 기분은 대체 어떤가요? 저기요? 도대체 어떤 기분인가요? 어서요, 대답을 좀 해주세요~. 제가 섭섭하잖아요! 후후, 우후후후후후후!!”

“끄기이이이이익!!”

감옥의 철창살 너머로 그 꼴을 바라보던 미나리스가 가까운 곳에 있던 고블린의 팔을 창살 틈으로 짓밟았다. 한때는 노예상이었던 자의 팔이다.

다만 통각에 휩싸이면서 일순간 식사를 하던 손이 멈췄을 뿐 곧 요리에 정신없이 달라붙는다.

"우후후후, 손을 아예 못 놓을 만큼 제 요리가 맛있나 봐요~. 그래요, 잔뜩잔뜩 드세요. 요리는 아직도 많이 많이 남아 있으니까요."

"꺼걱, 끄갸아아아아아아아아아아아아아앗!!"

그렇게 아득바득 요리를 입으로 욱여넣는 소리만 울려 퍼지던 중 문득 유난히 커다란 고통의 목소리가 솟았다.

신체 일부가 변이될 때도 들린 적 없는 처참한 고통의 목소리.

"어머나, 이제 완전히 고블린이 되어버렸네요. 그렇게 제 요리를 잔뜩 드셔주시다니 기뻐요. 후후."

가장 먼저 요리에 달라붙었다가 맨 먼저 고블린으로 온몸이 뒤바뀌고 만 남자가 흉한 얼굴을 더욱 흉하게 짓구기면서 제 몸을 쥐어뜯었다. 다만 그럼에도 요리를 먹는 손은 멈추지 못했다. 고통에 신음하면서도 요리에 얼굴을 들이박다시피 하여 정신없이 먹어 치웠다.

"아, 맞다. 제 요리는요, 마물이 잔뜩 먹었을 때는 격통에 시달리면서 죽는 치사성 독이 된답니다? 풋, 죽을 줄 뻔히 알면서도 식욕을 못 참는 기분은 어떤가요? 저기요? 들리나요? 앗, 대답해 봤자 고블린은 그갸그갸밖에 말이 안 나오니까 저는 못 알아듣겠네요~."

이미 대부분의 인간은 고블린으로 꼴이 바뀌었고, 이성 따위야 싹 날아간 채 걸신들려서 요리를 먹고 있었다. 먹으면 먹을수록 고블린에 가까워지고 고블린에 가까워질수록 요리에 숨겨져 있는 독약,

즉 마물을 죽이는 치사성 독이 격통을 불러일으키면서 몸을 갉아먹는다.

그 사실을 찌꺼기처럼 남아 있는 이성으로 깨달아 알면서도 거침없는 식사는 멈출 줄을 몰랐다. 얼마간 남은 이성마저도 곧 부스스 허물어지면서 사고는 오직 본능에 각인된 식욕으로 물들게 된다.

한때는 노예였고 노예상이었던 고블린들의 비참한 꼬락서니. 울화가 조금이나마 가시면서 미나리스의 마음에 난 빈자리를 흐뭇한 청량감이 채워주었다.

"우후후, 아하하하!! 죽어, 죽어, 죽엇!! 괴로워하고 허덕거리면서, 그래도 결국 거역하지 못한 채 실컷 괴로워하다가 죽어버려!! 어머니가 죽었을 때처럼, 줄칼에 살점이 떨어져 나갈 때처럼, 비참하고 꼴사납고 추잡한 꼴로 죽엇!! 아하하, 아하하하하하하!!"

이미 본래 모습을 전혀 알아볼 수 없도록 변한 고블린이 괴로워하면서도 요리에 고개를 처박고 있는 꼴을 보고 미나리스가 놈의 뒷머리를 꽉꽉 짓밟았다.

"손을, 입을, 움직여! 더 많이 먹을 수 있잖아!! 후후, 우후후, 아하하하하!!"

광희와 유열에 푹 젖은 미나리스의 홍소는 그 후에도 한동안 계속 울려 퍼졌다.

고블린들의 비명이 멎고 침묵이 찾아들 때까지 줄곧.

감옥 안에서 생물의 호흡 소리가 사라지는 데 그리 긴 시간이 걸리지는 않았다.

겹쳐서 널브러진 고블린의 시체로 화한 인간들. 미나리스의 복수 일부는 분명 이루어졌다. 복수를 마친 미나리스의 내면에서 이글거리는 열기가, 이제는 내 마음속에도 있는 그 열기가 환희와 갈채와 황홀경의 외침을 내질렀다.

마물로 전락하여 죽는 길인 줄 알면서도 요리를 탐식하는 꼴은 뱃가죽이 빠근해지도록 즐거운 광경이었다. 노예상과 노예들이 신체 변이의 격통에 울부짖으면서도 요리를 먹고 마물용 독에 절어서 고통에 찬 비명을 지를 때마다 오싹오싹한 쾌감이 등줄기를 치달렸다.

"멋지네, 정말 멋져, 미나리스. 공복감을 심어 놓고, 요리에는 마물화와 마물용 독을 동시에 집어넣었군. 크하핫, 역시 내 눈은 틀리지 않았어……!!"

무심코 진심 어린 찬사가 입 밖으로 흘러나왔다.

기쁨을 주체할 수가 없다. 어떻게 해야 더한 고통을 가할 수 있는가, 이 소녀는 제대로 연구를 할 줄 알았다.

미나리스는 제 말이 큰소리가 아니었음을 더할 나위가 없는 **연출**로 내 눈앞에서 확인해줬으니까.

이렇듯 또 다른 기쁨이 미나리스의 복수 하나가 완료됨으로써 가져다준 쾌감에 한데 섞여서 내 몸의 곳곳을 자극하고 있었다.

"아아, 이제 하나. 이제야 하나예요, 어머니."

감옥 안, 고블린으로 화한 시체가 나동그라져 있는 그 중심에서 미나리스는 두 손을 포개어 가슴께로 가져갔다.

어디인가 신성한 기운마저 느껴지게 하는 기도자와 같은 저 평온

한 얼굴은 이제야 하나 꺾을 수 있었던 복수의 열매를 음미하는 장면이었다.

분명 이것이 올바른 복수귀의 모습. 결코 저 여운을 방해할 수는 없었기에 그저 묵묵히 미나리스를 지켜봐줬다.

그날 빈민가의 한편에 있었던 노예상이 아무도 모르게 무너졌고, 노예가 사라졌다.

며칠 지나서 인기척이 나지 않는 노예상으로 도둑질을 하러 들어간 누군가에게 발견되기 전까지 그 건물은 사람 없는 채 방치되었다.

도둑질을 하러 갔던 인간 본 광경은 감옥 속에 잔뜩 쌓여 있는 시체들 살짝 썩어서 강렬한 이취(異臭)를 퍼뜨리는 산더미 같은 고블린 시체뿐이었다.

“자, 그러면 슬슬 갈까?”

한동안 감미로운 여운을 반추했지만, 마냥 그러고 있을 수도 없는 노릇이었기에 미나리스의 어깨를 두드리고 말을 건넸다.

“……네, 감사합니다. 주인님께 받은 힘 덕분에 이리도 멋진 복수를 할 수 있었어요.”

“별거 아니야, 주기만 하는 관계가 아니니까. 기브 앤드 테이크.

너에게 바라는 게 있고, 게다가 미나리스가 복수를 선택했던 순간에 나랑 너는 이미 똑같은 복수를 짊어지게 된 거야. 네가 한 복수는 나의 복수이기도 하고, 나의 복수는 네 복수이기도 하지. 분명히 말했잖아? 이런 계약이라고. 그러니까 우리는 공범자가 될 수 있어."

이렇게 말하자 미나리스는 완고하게 고개를 저었다.

"선택지는 제게 있었지만, 결정권은 주인님께 있었는걸요. 그 덕분에 저는 당신을 선택할 수 있었고, 그러니까 더더욱, 저의 복수심과 같은 크기의 감사를 올리겠어요. 저는 당신 덕분에 복수의 기회를 얻게 된 셈이니까요. 증오에 몸을 불사르면서도 결국은 죽음을 기다릴 수밖에 없던 게 저예요. 당신과 동화한 복수심만큼은 제 것이기도 하죠. 그러니까 다른 전부를 주인님께 바치겠어요. 몸도 마음도 시간도, 복수심이 아닌 전부는 주인님의 소유물로 거두어 가도 괜찮답니다?"

"아니, 그런 건 별로 필요 없거든. 일단은 진정 좀 하자."

"아이♪ 역시 심술쟁이 주인님이네요……♪"

대놓고 몸을 바짝 갖다 붙이는 미나리스를 적당히 밀어냈다.

나보다 머리 하나만큼 작은 너저분한 넝마 차림의 소녀. 그녀의 묘하게 상기된 볼과 촉촉하게 젖은 눈동자에서 뭐라 말할 수 없는 색기가 느껴지고 있었다.

우후후, 요염하게 웃는 얼굴에서 먹잇감을 발견한 짐승과 비슷한 분위기를 발견했을 때는 묘한 오한이 치달렸다.

아마도 MP 고갈로 인한 취기가 아직 남아 있나 보다. MP 회복과 소비를 급격하게 반복한 탓에 이성이 억압되어서 수인의 본능이 강하게 발현되는 듯했다.

'시간이 좀 지나면 원래대로 돌아올 테고, 차분해지면 묘한 색기도 가시겠지.'

주정뱅이는 무시해야 문제가 되지 않는다. 굳이 상대를 하려고 들기 때문에 귀찮아진다.

"자, 가자고. 네 복수를 마쳤다지만 겨우 하나뿐이잖아. 나와 네 복수는 이제 막 시작한 참이고 다 끝나려면 아직 멀었어. 감사 인사는 모든 복수를 마칠 때까지 간직하고 있어. 복수의 열기가 사그라들 때까지 훨씬 더 많은 제물이 필요할 테니."

"네, 주인님의 말씀이 옳아요. 이번에는 힘을 활용하는 방법이 많이 부족했어요. 제일 달콤한 열매를 더욱 맛있게 요리할 수 있도록 노력할게요! 후후, 킥, 벌써부터 망상이 멈추지를 않네요!!"

'……이 녀석, 원래대로 돌아오겠지? 평소에도 이런 식이면 여러모로 지장이 생길 텐데…….'

미나리스의 언동에서 약간 불안감을 느끼는 한편 건물을 나왔다. 점심때를 넘긴 뒤 시간이 그런대로 지난 듯싶었다. 시계가 귀한 세계에서는 교회가 하루에 세 번 울리는 종소리, 혹은 태양의 위치로 시간을 가늠할 수밖에 없다.

미나리스가 옆에 잘 따라붙는지 확인하고 먼저 옷을 사주고자 번화가를 목적지로 걸어 나아갔다.

"아, 귀랑 꼬리는 숨길 수 있겠어? 힘들면 빈민가에서 가릴 만한 옷을 산 다음에 번화가에 나가도록 하자."

"아녜요, MP는 꽤 회복됐으니까 환술로 숨기면 돼요."

미나리스가 자연스럽게 마력을 다루자 토끼 귀도 꼬리도 휙 사라지더니 더는 보이지 않게 되었다.

『환술 마법 Lv 3』의 효과를 감안해도 난이도가 훌쩍 뛰는 무영창 마법을 완벽하게 발동한 솜씨는 꽤나 대단하다.

“…….”

“햑?! 주, 주인님?!”

방금 전까지 토끼 귀가 있었던 주변을 꾹꾹 쥐어봤더니 폭신폭신하고 분명한 감촉이 손바닥에 느껴졌다.

“으응, 아앙, 싫어요, 이런 데서…….”

“앗, 아니, 미안해. 나도 모르게 신경 쓰여서.”

미나리스가 내지른 살짝 요염한 목소리에 정신 차리고 손을 놓았다.

첫 번째 때는 빨리 마왕을 쓰러뜨리고 본래 세계로 돌아가겠다는 마음이 전부였던 탓에 모처럼의 값진 판타지 요소를 대부분 즐기지 못하고 통과했었다. 그 무렵에는 전혀 여유가 없었다지만 어쨌든 꽤나 아쉽다는 마음이 든다.

“그러고 보니까 우리 계획에 대해 아무것도 얘기를 안 했던가. 오늘 중에 이 도시를 떠날 테니까 그렇게 알고 있어.”

“후유, 후유, 오늘 중에요?”

호흡을 가다듬은 미나리스는 하늘을 살펴보다가 살짝 의문이 어린 목소리로 물었다.

이해되지 않는 반응은 물론 아니었다. 하늘빛을 보면 이제 한 시간만 지나도 해가 떨어질 테니까. 도시의 출입을 관리하기 위해 동서남북에 하나씩 둔 대문은 해가 떨어지는 때부터 굳게 닫아버리는 까닭에 도시에서 나가기는 사실상 불가능하다.

한마디 더 하자면 왕도의 어느 문으로 나간다 한들 다음 도시까지 꼬박 한나절은 걸리는지라 점심을 지나서 도시 바깥으로 나가는 사람은 거의 없었다.

"아까 전 추체험으로 알게 됐겠지만 내 복수 상대는 숫자가 많아. 이 나라의 왕녀에 왕, 왕비와 기사 떨거지까지 죄다 원수잖아? 뭐, 왕녀랑 기사 중 일부는 어제 벌써 가볍게~ 인사를 마치기는 했지. 아마도 내일 지금 무렵이면 걔들도 말이 나올 만큼 회복했을 테니까 오늘 중 도시 바깥으로 나가고 싶어. 아직은 힘이 좀 부족하거든. 한가롭게 시간을 때울 순 없지. 아, 그러고 보니 내 추체험의 마지막 기억은 어땠어?"

【복수의 성검】이 모든 기억을 추체험시키지는 않는지라 두 번째가 시작된 다음의 기억은 아마 모를 것이다. 두 번째 세계에는 복수의 이유가 될 만한 기억이 없기도 하고. 다만, 그렇다면…….

"그게요, 어라? 그러고 보니, 주인님은 설마 유령이에요? 아니면, 용사? 세계의 적?? 저기, 이 기억은 대체……."

"애고, 역시나. 마지막에 죽은 데서 끝났나 보군. 뭐, 내가 추체험한 기억도 요소요소뿐이어서 짐작은 했지. 어쨌든 나중에 이것저것 설명해줄 테니까 일단 알아만 둬."

내 대답을 듣고 미나리스는 혼란스러워하면서도 고개를 끄덕여줬다.

"알겠습니다. 그러면 당장 필요한 식량 약간과 의복만 사서 빨리 도시를 떠나죠."

"응? 아, 아니야. 아주 서둘러서 떠날 필요는 없어. 나는 이 도시에서 **밤늦게 떠날** 계획이니까. 그나저나 왕족이 적이라는 말을 예상외로 선뜻 받아들이네."

왕족이 절대자로 군림하고 있는 나라에서 왕족은 내 적이라고 선언했다. 즉 나라 전체를 적대시하겠다는 말과 거의 똑같은 뜻이었다.

"그야, 확실히 조금 놀라기는 했어요. 그렇지만 추체험 때 이미 적이라는 사실을 알게 됐으니까요. 상대가 누구이든 복수 상대라는 게 달라지지는 않는 데다가 어떤 앞날을 맞이하든 간에 저희는 복수를 달성하겠다고 결심했잖아요? 그러면 왕이나 왕비, 왕녀나 기사, 그 누구라 해도 이제 와서 할 일은 달라질 것이 없으니까요."

나라를 상대하겠다는 말에 전혀 위축된 기색이 없이 미나리스는 자연스럽게 미소 지었다.

"……그래, 내가 졌다. 쓸데없는 질문을 했군. 정말이지 너를 공범자로 만들기를 잘했어."

항복의 표시로 살짝 손을 들어 보였다.

나는 이 소녀를 은근슬쩍 얕봤나 보다. 설령 언제나 아까처럼 흥분 상태일지라도 미나리스는 그 단점을 보충하고도 남을 만큼 내 공범자에 적합한 인물이었다.

"아! 그럼요, 저도 주인님의 공범자로 선택받았다는 게 정말 기쁘답니다."

일순간 수줍음 담긴 표정을 지었던 미나리스는 곧 시치미를 떼고 미소 지었다. 아무래도 MP취기는 다 가셨나 보다.

"일단 네 옷부터 어떻게 해야겠다. 수인의 특징을 감출 수 있는 여행용 옷과 전투용 무기, 그리고 식량을 사자."

"그럼 어떻게 밤에 도시 바깥으로 나가나요? 이제 곧 문이 닫힐 텐데요?"

"응? 아, 문을 지나가지는 않을 테니까 안심해. **성벽에 뚫려 있는 구멍을 지나 도시 밖으로** 나갈 거야."

"성벽에, 구멍이요? 하지만……."

미나리스가 어리둥절해서 반문했다.

성벽은 마물의 침입을 막기 위한 최후이자 최대의 보루인 만큼 거기에 구멍 따위가 뚫려 있다면 큰 문제가 된다. 그 때문에 왕도의 성벽에는『자기 수복』과『열화 방지』의 마법을 걸어 놓았고, 사람이 지나다닐 만한 구멍이 뚫리게 되는 가능성은 몹시 낮았다. 물론 평소 상태일 때나 그렇겠다만.

"안심해도 돼. 지금 시기라면 저 성벽은 살짝 찌르기만 해도 무너질 거야. 내가 잘 알아."

나는 자신 있게 말하고 미나리스를 보면서 씩 웃어줬다.

제4장 왕도 탈출과 고블린의 소굴

"이렇게 좋은 옷을 정말로 제가 입고 다녀도 되는 거예요?"

이곳은 차츰 석양에 물들어 가는 왕도의 거리. 넝마에다가 머리와 팔을 넣을 수 있도록 대충 구멍만 뚫어 놓은 노예 옷은 내버린 뒤 헌 옷 상점에서 움직이기 편한 복장을 구입하고 갈아입은 다음에 미나리스가 꺼낸 말이었다.

다만 좋은 옷이라고 해 봤자 실상은 일반 주민들이 흔하게 입는 복장에다가 공을 살짝 더 들였을 뿐 부담 없이 걸치고 다닐 수 있는 평상복이었다.

미나리스가 말한 좋은 옷이란 노예가 입는 복장을 기준으로 두고 한 발언이었고, 일반 주민이 입고 다니기에 어색할 만큼 호화로운 옷은 아니다. 덧붙이자면 나 또한 지금은 평범한 주민처럼 보이도록 복장을 새로 갖췄다.

"물론 괜찮아. 네가 좀 미인이잖아. 이 나라에서 귀와 꼬리를 숨긴 채 노예라고 당당히 드러내 놓고 다니면 귀족과 양아치가 꼬이거든."

불쾌한 기억이 떠오르는 바람에 조금 거친 말이 나왔다.

노예는 일반적으로 「물건」 취급을 받는다.

그 때문에 「좋은 물건」을 일반인이 데리고 다니는 광경을 보면 재력이며 권력 따위를 과시함으로써 강제로 제 수중에 취하려고 하는 귀족과 폭력으로 제 욕심을 채우고자 공갈 비슷한 짓을 하는 양아치가 나타나고는 한다.

첫 번째 때도 그런 식으로 저열하게 욕망을 채우려고 들던 일당과 시비가 붙은 적이 있었다. 그때는 그쪽 방면의 욕망을 전혀 숨기려고도 하지 않는 주제에 자기 보신만큼은 아주 능숙했던 귀족이 상대였다.

다시 본론으로 돌아가서 양아치의 경우, 번화가에는 거의 서식하지 않는 데다가 빈민가에서 본보기를 보이기도 했고, 아마 문제 될 일은 없을 터이다. 다만 전자와 얽힐 때는 문제가 된다. 지금 쓸데없이 시선을 끄는 것은 바람직한 처신이 아닐뿐더러 귀족과 난투극을 벌이는 짓은 아예 어불성설이다.

포션을 먹여 억지로 회복시킨 덕분에 온몸에 딱할 지경으로 가득했던 멍은 사라졌고, 눈 주변의 거뭇거뭇한 자국도 수습됐다. 이제 미나리스는 뺨이 다소 여위고 몸이 상당히 축난 듯 보이는 점을 감안해도 누구든 쉬이 동의할 수 있을 만한 미인이었다.

수인이라는 편견 요소를 숨기고 노예 신분을 공공연히 드러내고 다녔을 때 귀족이 꼬일 가능성은 충분히 높았다.

"……미인요? 제가, 미인……!! 우훗! 우후후후!"

"응? 왜 그래? 역시 포션을 먹여 억지로 회복시킨 탓에 좀 힘든가 봐?"

갑자기 걸음을 멈춘 미나리스가 얼굴을 돌린 채 부들부들 떨고 있는 모습을 보고 말을 건넸다.

포션으로 HP를 회복하면 몸의 활력이, MP를 회복하면 기력이 되살아난다. 그럼으로써 『체력』은 물론 회복이 된다. 다만 미나리스의 쇠약 상태는 마법이나 독 부류의 피해를 받아 발생한 것이 아닌 열악한 환경에 오래 노출된 데서 기인했다. 당장에 상태 이상 해제 포션을 먹인다고 회복되지는 않는다.

이렇듯 쇠약한 몸을 회복하려면 제시간에 충분한 수면을 취하면서 영양가 많은 음식을 먹거나 해야한다. 그렇지 않으면 쇠약 상태 이상은 풀리지 않는다. 신체 능력이 우수한 수인이라면 사흘쯤이면 쇠약 상태에서 벗어날 수 있을 것이다.

"미안한데 도구상에 도착할 때까지는 참아줘. 상태 이상 해제 포션은 효과가 없을 테지만, 영향력을 떨어뜨리는 완화 계열의 포션을 쓰면 조금이나마 몸이 편해질 거야. 이 도시에 있는 동안은 느긋하게 쉴 틈이 없으니까."

흔히 포션이라고 한 단어를 써서 말하지만 실제 효과는 꽤 다양했다.

HP 및 MP를 회복시키는 종류가 대표적이고, 능력치를 일시적으로 올려주는 종류, 반대로 내리는 종류, 일정 시간 동안 상태 이상을 무효화하는 종류, 감각 기관을 강화함으로써 스킬의 보조 역할을 하는 종류, 위에 언급한 효과가 복합되는 종류.

개중에서도 상태 이상과 관련된 포션은 원인을 제거함으로써 상태 이상을 치료하기 위한 특효약으로 쓰이는 『회복 계열』의 포션, 그리고 상태 이상의 영향력을 완화해서 급한 대로 증상을 덜어주는 『완화 계열』의 포션이 있다.

그러한 완화 계열의 포션이라면 미나리스에게도 당장 효과가 나타날 것이다. 응급 처치에 불과하지만 어쨌든 움직이는 데는 제법 도움이 되겠지.

이런 생각으로 한 말이었는데 미나리스는 손사래와 함께 고개를 저어 보였다.

"아녜요, 꼭 포션을 마셔야 할 만큼 몸 상태에 문제가 있지는 않은걸요. 물론 몸이 살짝 무겁기는 하지만요, 고블린을 해치운 걸로 판정이 났나 봐요. 방금 레벨도 올랐으니까 이제 하루쯤 지나면 지장 없이 움직일 수 있어요."

그렇게 말한 뒤 미나리스는 엷게 웃었다. 그러나 표정과 달리 얼굴은 미묘하게 붉은 기를 띠고 있었다.

상태에 모종의 변화가 일어났음은 분명한 듯싶다만, 이리 단호한 태도를 보건대 포션을 쥐여준다고 한들 소용없을 것이다. 최악의 상황이 닥치면 냅다 입속에 들이부어야겠군. 내심 다짐을 한 뒤 미나리스와 가능한 한 보조를 맞춰 발걸음을 옮겼다.

힐끔힐끔 미나리스의 상태를 살피면서 걷다 보니까 확실히 큰 문제가 있는 듯 보이지는 않았다. 여전히 내가 시선을 보낼 때면 완벽에 가까운 미소를 짓고 마주 봐준다. 안색은 원래대로 돌아갔다. 딱히 힘든 걸 참고 있는 것 같지도 않다.

도시에서 나가면 곧장 휴식을 취할 수 있는 상황도 아닌지라 역시 상태 이상을 완화해주는 포션은 구입하고 곧장 복용시키고, 예비 포션도 조금 넉넉하게 사들이는 게 좋겠다고 생각하던 때에 도구상이 시야에 들어왔다.

그곳에서 HP포션, MP포션과 각종 상태 이상 회복 · 완화 포션, 며칠 분량의 식량과 물, 대량의 조미료를 매입했다.

"자, 쇠약 완화 계열의 포션이야. 어서 마셔."

"아, 아뇨. 저는 괜찮아요. 이렇게 비싼 포션을 제가 마시기는 좀."

"……그냥 좀 마셔라. 아니면 내가 따라다가 바칠까?"

아니나 다를까, 미나리스가 포션을 받으려고 하지 않아서 처음으로 못된 주인처럼 명령했다.

몸이 안 좋은 미나리스에게 노예 문장을 써서 강제할 수도 없는 노릇이고, 애당초 고통을 줘서 억지로 복종시키는 방법은 절대로 쓸 마음이 없었다. 그렇다 해도 괜한 억지를 받아주면 내가 난감하니까 눈을 찡그리며 목소리를 낮추고 다소 위압감 있게 말함으로써 내가 진지하다는 것을 전달했다.

이제 와서 서로의 공범자가 되어 복수심을 공유하고 있는 미나리스가 티끌만 한 적의도 없는 으름장을 무서워하지는 않겠지만, 다소나마 위엄을 보였다고 믿고 싶다.

"아, 아니에요. 제가 잘못했어요. 감사히 마시겠습니다."

이제야 겨우 미나리스가 포션을 받아 들었다. 별로 대단한 것도 아니건만 미나리스는 꽤나 공손하게 포션을 들이켰다.

일단 미나리스의 스테이터스로 열람했더니 상태 표기가 쇠약(약)으로 바뀌었다. 또한 능력치도 절반만큼 감소돼 있던 수치가 3분의 2가량으로 회복됐다. 안색에 아직껏 약간 붉은 기가 돌았지만, 다음 목적지로 이동하면서 살펴보니 문제없는 듯했다.

다음으로 향하는 곳은 무기 · 방어구점이다.

나는 심검을 주 무기로 싸우니까 괜찮다. 그렇지만 미나리스의 무기, 아울러 두 사람 몫의 방어구도 필요했다.

수인의 마력 성질상 미나리스는 기본적으로 근접전 특화의 방향으로 강해지는 것이 최선이겠지만, 굳이 맨손으로 싸우게 할 작정은 아니었다.

수인의 스테이터스라면 그것도 가능은 할 테지만, 미나리스가 획득한 고유 능력은 이름만 봐도 독 따위의 상태 이상을 부여하는 타입의 힘이 명백했다. 그렇다면 타격 중심의 주먹보다는 참격 중심의 예리한 무기를 쓰는 편이 전투 시의 밸런스가 잘 잡힐 것이다.

"미나리스, 뭔가 쓸 줄 아는 무기가 있어?"

스킬로 획득하지는 않은 듯싶지만, 다소나마 무기를 쓸 줄 안다면 고유 능력과의 상성을 포함해도 그쪽을 우선적으로 고려할 여지는 있다. 타격보다는 참격이 낫다고는 했지만 흠, 주먹에 갈고리 따위를 덧붙이는 식의 선택지도 있다. 전투 방식은 익히고 구사하기 나름이니까 맨 처음에는 쓰기 편리한 무기를 고르도록 두고 싶었다.

"아니요, 그게, 가끔 상인들의 호위로 마을에 같이 오는 모험가분들에게 놀이 삼아서 검 휘두르는 방법을 배운 게 고작이라서요. ……죄송합니다."

"응? 별로 사과할 일은 아니야. 성장 가능성은 충분히 높아 보이고, 애당초 강한 무력을 바라서 너를 샀던 게 아니잖아. 나의 공범자가 될 수 있는 조건을 만족시킨 것만으로도 충분해."

거기까지 대화를 나누던 중에 무기 · 방어구점에 도착했다.

번화가와 빈민가의 경계 부근에 위치하는 그 가게는 외관만 보면 살짝 어지럽기는 해도 정겨운(의역, 너덜너덜한) 분위기가 느껴졌고, 나무를 깎아 『리샤르 무기 · 방어구점』이라고 쓴 간판이 걸려 있었다.

"오, 어서 옵쇼! 아, 미안한데 슬슬 가게 문 닫을 참이거들랑. 천천히 고를 시간은 없을 테니까 내일 다시……."

상점 앞쪽에서 수습생으로 보이는 소년이 가게를 보고 있었다.

확실히 주위를 보면 땅거미가 졌다는 말이 나올 만큼 어느덧 해가 꽤 떨어졌고, 드문드문 주점이 불빛을 밝힌 뒤 영업을 개시하는 분위기였다.

"아니, 살 물건은 이미 정해서 왔어. 좋은 걸 찾아서 고를 일이 없으니까 시간도 안 걸릴 테고, 사정이 있어서 오늘 중에 꼭 구입을 마쳐야 하는데 어떻게 안 될까?"

"그렇다면야, 뭐, 흠흠……. 아버지!! 손님 왔어! 나와 봐!!"

미나리스가 신기해하면서 두리번두리번 주위를 둘러보는 가운데, 가게 닫을 준비를 하고 있었던 소년은 큰 목소리로 외쳐서 가게 주인에게 어떻게 하겠느냐고 물었다.

"뭐라고?! 귀찮다, 쫓아버려! 무기든 방어구든 이제 와서 꾸물꾸물 고르게 놔뒀다가는 우리가 언제나 돼야 밥을 먹겠냐는 말이다!!"

"그게 말이야, 이 손님이 살 물건을 정해서 왔다고 했거든!!"

"그럼 후딱 팔아버리면 되잖냐!! 팔고 얼른 가게 문 닫아!!"

가게의 주인아저씨는 매장 안쪽에서 작업 중인 듯했다. 큰 목소리로 대화를 나눈 뒤 소년은 이쪽을 다시 돌아보면서 물었다.

"좋아, 뭘 사러 오셨나?"

"초급 모험가용 방어구 두 벌, 손질 도구를 네 세트, 그리고 양산품으로 장검과 검집을 열 자루, 적당한 걸로 숫자만 잘 맞춰줘."

"그렇게 잔뜩? 미안한데 손님, 돈은 좀 있고?"

소년이 살짝 수상쩍어하면서 쓱 쳐다봤다. 지금 말한 물건을 다 사려면 한 달의 평균적인 수입(대체로 대은화 두 장)을 가볍게 넘는 금액이 필요했다. 평범한 마을 주민처럼 차려입고 있는 지금은 다소 미심쩍은 반응이 돌아온들 어쩔 수 없겠다.

옆쪽에 있던 미나리스에게서 발끈하는 기척이 느껴졌기에 미리 달래기 위해서 내가 말을 꺼냈다.

"걱정하지 마, 여기."

쓱 받아치고 금화를 한 장, 주머니에서 꺼내 보여주자 소년은 눈이 휘둥그레지면서 사과했다.

"그거, 금화잖아?! 죄, 죄송합니다! 내가, 실례되는 말을 지껄, 드려서 그만……."

"아, 마침 임시 수입이 들어와서 주머니가 든든해졌다 뿐이지 귀족이나 부잣집에서 보낸 심부름꾼은 아니니까 격식 차리지 않아도 돼."

시원스럽게 금화를 꺼내 든 모습 때문에 귀족, 혹은 부호의 심부름꾼(차림새를 보건대 귀족이나 부호 본인이라고 여기기는 어려울 테고)이라고 착각을 했나 보다.

그쪽 부류에는 자기 주인의 권력을 믿고 거들먹거리는 인간도 있는 데다가 문제시되는 태도를 취했을 때는 그 주인에 해당하는 귀족 및 부호에게 밉보일 수도 있는 까닭에 가능한 한 저자세로 응대하는 것이 상인의 지혜였다.

"저, 정말?"

"정말 정말로, 진짜로 진짜."

익살맞게 대답해주자 소년은 안심한 듯 후유, 하고 긴장을 풀어내면서 숨을 쉬었다.

"아, 그래도 의심한 건 진짜 미안해. 금방 갖고 올 테니까 좀만 기다려. 초급 모험가용 방어구 두 벌, 손질 도구를 네 세트, 양산품 장검이랑 검집을 열 자루씩. 이렇게 맞지?"

"그래, 부탁할게."

소년은 가게 안에서 급히 필요한 물건을 날라다가 계산대 위에 올려놓고 말했다.

"여기, 초급 모험가용 방어구 두 벌, 손질 도구 네 세트, 양산품 장검이랑 검집을 열 자루. 전부 가져왔어. 은화 다섯 장이 두 개이고 대은화 한 장이랑, 대동화 두 장이 네 개이고……. 일곱, 아니, 여덟 장이고, 은화 한 장이랑 대동화 다섯 장이 열 세트니까, 어라, 음, 대은화 한 장이랑 은화 다섯 장. 그러니까, 으으……. 억?! 아프잖아!!"

손가락을 접어 구부리면서 골몰히 머리를 움직이고 있는 소년의 머리에 떨어진 울툭불툭한 주먹이 쿵, 둔탁한 소리를 울렸다.

"언제까지 꾸물꾸물할 셈이냐! 그리 간단한 계산은 냉큼 좀 끝내란 말이다, 이 굼벵이 녀석!"

"아, 거참! 꼭 때릴 필요는 없잖아!! 자꾸 퍽퍽 얻어맞으니까 머리가 더 멍청해진다고!!"

"뭔 웃기는 소리를 하고 있어, 이 꼬맹이가!"

"아프다니까!!"

느릿느릿한 움직임으로 가게 안쪽에서 나온 사람은 그야말로 고지식한 기질을 지니고 있을 법한 장인풍의 남자였다.

기골장대라는 표현이 딱 어울리는 우람하고 투박한 풍모에 우락부락한 안면. 수염이 싫은 까닭은 드워프의 피가 4분의 1쯤 들어 있기 때문이리라.

"주인님? 무슨 일 있으세요?"

내 얼굴에 아주 살짝 떠오른 표정, 슬픔과 기쁨이 한데 섞여 있는 복잡한 감정의 편린을 눈치 빠르게 알아차린 미나리스가 묻는다.

이들은 첫 번째 세계에서 내 잘못 때문에 왕녀에게 살해당해야 했던 인물들이다. 첫 번째 때, 자국의 인간을 제외한 모두를 철저하게 멸시했으면서도 그 태도를 숨기고 있었던 왕녀에게 내가 이들 부자가 드워프의 피를 이어받았다고 말한 까닭에 내게는 알려지지 않도록 살해했던 것으로 알고 있다.

고향에 돌아갔다는 말을 곧이곧대로 믿었던 내가 진실을 알 수 있었던 것은 왕녀 본인의 입으로 그 이야기를 직접 들려줬기 때문이었다.

드워프는 본래 수염과 땅딸막한 체구 말고는 특징이 없고 쿼터에 해당하는 가게 주인과 거기에서 또 불과 절반의 피가 흐르고 있는 소년은 평범한 인간과 구별이 되지 않을 만큼 드워프의 피가 옅었다.

어안이 벙벙한 내게 왕녀는 덕분에 숨어 살던 쓰레기를 찾아냈다면서 웃는 얼굴로 고맙다 말했었다.

사실은 아예 가게에 찾아오지도 않는 게 옳다고 생각했지만, 그럼에도 나는 두 사람의 안부를 꼭 확인하고 싶었다. 싸구려 감상인 줄은 잘 알고 있다. 혹시 그때 살아 있었을지라도 과연 주변 사람들을 다 거스르면서까지 내 결백을 믿어주었을지 어떨지도 알 수 없다. 하지만 어쨌든 저번 세계에서 이들은 나를 배반하지 않았다.

이 나라는 아주 질색이지만 명백한 나의 실책으로 배반하느냐 마느냐 이전 단계에서 살해당해야 했던 이들에게는 죄스러운 심정밖에 들지 않았다.

그런 감정을 태도에 크게 드러낼 의도는 없었는데도 옆에서 보고 알아차릴 수 있었던 이유는 복수심을 공유한 결과일까? 아니면 미나리스가 본래부터 이러한 감정 표출에 민감했기 때문일까. 잘 모르겠다.

"응? 아, 아무것도 아니야."

한마디로 미처 다 설명할 수 없었기에 짧게 답한 뒤 고개를 가로저었다.

"거기 탁자에 올려놓은 것들. 도합 대은화 두 장, 은화 다섯 장, 대동화로 여덟 장이다. 방어구 부속 중 가죽 갑옷은 걸쇠 부분으로 어느 정도는 사이즈 조정이 가능하다만, 아예 안 맞을 경우는 은화 한 장만 받고 내가 손봐주마. 검은 또 뭐 때문에 열 자루나 사려는지 모르겠군. 아무튼 손질 도구를 써도 답이 안 나올 만큼 날이 빠져버리면 손상 상태에 따라 달라지기는 해도 다시 벼려줄 테니까 갖고 와라. 역시 수리비는 대체로 은화 한 장쯤 나올 게다. 뭔가 또 질문은 있나?"

"아니, 괜찮아. 방어구는 여기에서 착용하고 가도 될까? 그게 좀, 다른 가게에서 산 짐이 꽤 있거든."

금화 한 장을 탁자에 내려놓은 뒤 대은화 및 동화로 주는 거스름돈을 받아 들면서 말했다.

"괜찮다. 착용 방법은 아나? 가르쳐주랴?"

"나는 잘 아니까 괜찮아. 이 녀석은 내가 직접 가르쳐줄게. 뭐, 아주 어려운 것도 아니고."

방어구 세트의 내용물은 평균적인 가죽 갑옷, 같은 재료를 쓴 허리 보호대, 역시 가죽과 철로 만든 레깅스(무릎 보호대)와 건틀릿(장갑)이었다.

재빨리 내가 쓸 장비를 착용한 다음 미나리스의 장비도 알기 어려운 부분을 거들어줬다.

가게 주인의 도움을 거절한 이유는 미나리스의 귀나 꼬리가 환술을 걸어 안 보이는 상태이기는 해도 사라진 것은 아닌지라 괜히 수인이라는 사실이 발각되는 일을 예방하기 위함이었다.

그때 가서 이 부자가 태도를 바꿀 만한 인간이라고 여기고 싶진 않다만, 이런 사실은 아예 안 들키도록 조심하는 것이 최선이다. 친하게 알고 지냈기에 그런 짓을 할 리 없다고 믿었던 인간마저도 상황이 바뀌면 적으로 돌아선다는 것을 나는 잘 알고 있었으니까.

"으응, 주이, 카이토 씨, 가슴이, 살짝 죄여요."

"앗, 미안. 힘을 너무 줬나 봐."

깜빡 딴생각을 한다고 가죽 갑옷을 조이면서 힘을 과하게 줬다. 큰 가슴이 압박되면서 더욱 강조된 모양새가 되어버렸다.

허둥지둥 힘을 빼내자 옆쪽에 서 있던 가게 주인이 내 어깨에 손을 얹더니 반대쪽 손으로 엄지손가락을 척 세워 보였다.

"자네, 뭘 좀 아는군!"

"시끄러워, 이 색골 아저씨야!! 아들내미 앞이니까 체면 좀 차리라고!"

"엉? 엉엉? 뭔 소리야? 내가 앞에 있는데 그게 왜?"

아들이 바로 앞에 있는데도 첫 번째 때와 마찬가지로 이 아저씨는 전혀 체면을 차리지 않았다. 그 덕분에 빨리 사이가 좋아졌던 것은 분명 하기는 한데, 이런 부분만 제외하면 완벽하게 멋있는 전문 장인이라는 점을 생각하면 정말 아쉬운 마음이 든다.

그렇게 미나리스의 장비를 갖추고 열 자루 검 중 두 자루를 검대(劍帶)에 매달아준 뒤 나머지 검은 검집에 달려 있는 끈으로 휙 묶어서 들어 올렸다.

"가게 닫을 시간에 찾아와서 미안했어. 아, 맞다. 폐를 끼친 김에 한 가지 충고해줄게. 이유를 다 알지는 못하는데 조만간 해독약의 값이 급등할지도 모른다고 들었어. 여윳돈 써서 사들이면 재미 좀 볼 수 있을 거야."

"응? 그래? 뭐, 기억에 담아는 두마."

"하핫, 뭐, 그 정도면 괜찮겠지. ……첫 번째 때는 미안했어."

"앙? 뭔 소리야?"

"아니, 아무것도 아니야. 내 나름의 매듭이랄까. 이만 간다, 잘 살아."

그리 말하자 의아해하는 표정을 짓는 가게 주인을 놓아둔 채 미나리스를 데리고 가게에서 나왔다. 바깥은 이제 해가 거의 다 떨어지려고 하는 시간이었다.

"제가 노예니까 짐은 이리 주세요."

"아니, 지금은 네가 노예라는 게 알려지면 안 된다니까."
"노예가 아니더라도 짐은 들고 다닐 수 있잖아요……."
"아니지, 여자애한테 무거운 짐을 들려주고 나만 빈손으로 다녀 봐. 얼마나 눈에 띄겠어. 게다가 식량 따위가 든 자루는 미나리스에게 들려줬으니까 이제 딱 균형이 맞아."
그리 말해도 미나리스는 조금 갈등하는 기색이었지만 못 본 척 무시했다.
사소한 부분마다 노예와 주인이라는 관계를 존중해서 적극적으로 움직이려고 해주는 마음 씀씀이는 기특하지만, 언제나 내 아래에 있겠다는 의식이 뿌리박혀도 곤란했다.
미나리스는 단순한 노예가 아닌 공범자이니까. 복수를 계획하는 단계에 들어섰는데도 시키는 대로 따르기만 하는 **꼭두각시** 노릇이나 한다면 아깝지 않겠는가.
그 훌륭한 복수를 몸소 목격했던 만큼 더더욱 주의를 기울여야 하는 사안이었다. 그쪽을 유지하기 위한 거리감은 앞으로 신경 써서 조정해 나갈 수밖에 없겠지.
"일단 이걸로 필요한 물건은 갖춰졌어. 상황을 봐서 도시 바깥으로 나가자."

해가 완전히 다 떨어진 달밤.
가난하기에 태양에 맞춰 생활할 수밖에 없는 변경의 농촌이라면 벌써 전부터 어두움에 감싸인 채 바람 소리나 벌레 소리만 은은히

들려오고 있을 시간대, 그럼에도 왕도의 번화가는 여기저기에서 주점의 불빛이 새어 나온다.

수많은 사람들이 오가는 한낮 때만은 못하지만, 해가 떨어지는 아슬아슬한 시간까지 사냥을 나갔던 모험가 및 거래를 다 마무리 지은 상인 등등이 흥청거리는 주점에서는 떠들썩한 목소리가 들려왔다. 이제 한두 시간쯤 더 지나면 저런 소리도 없어질 테지만, 지금이 어둠에 숨어들기에는 딱 좋은 시간대였다.

그렇게 향한 곳은 북쪽 문에서 조금 동편, 빈민가와 다른 지역의 경계 부근에 해당하는 성벽이었다. 눈에 띄지 않도록 헌 옷 상점에서 구입해 둔 검은 로브를 머리까지 푹 뒤집어쓴 우리는 인기척이 전혀 없는 그곳까지 다다른 뒤에 후드를 내려 얼굴을 드러냈다.

"좋아, 여기야."

성벽을 살짝 만지자 밤의 공기에 열을 빼앗긴 싸늘한 감촉이 돌아왔다. 대리석과 같은 백색이면서 까칠까칠한 질감의 표면 위에 달빛을 받아 반짝반짝 빛나는 모래 비슷한 뭔가가 섞여 있었다.

성광석(星光石)이라고 불리는 이 재질은 공기 중에서 마력을 흡수하는 성질을 갖고 있었고, 그렇게 흡수된 마력은 성벽에 걸려 있는 갖가지 마술을 유지해준다.

"주인님? 구멍은 전혀 안 보이는데요……."

미나리스는 난처한 기색으로 성벽을 둘러보면서 말했다. 미나리스의 눈에는 구멍은커녕 노후화된 듯 보이는 부분 한 곳도 보이지 않았을 테니.

"아니, 아니야. 슬쩍 보고 한 번에 알아차릴 만한 구멍이 뚫려 있다면 당연히 곧장 대처했겠지. 내가 말했지? 성벽은 이제부터 무너뜨릴 거야."

"성벽을 무너뜨린다고요……? 저기, 실례되지만 아무래도 무리가……."

지성을 지닌 자들에게 있어서 도시의 성벽이 절대적이라고 말해도 될 만한 강도를 자랑한다는 것은 상식이었다.

게다가 왕도의 성벽쯤 되면 설령 하늘을 날지 못하는 대신 강력한 돌진력을 위험시하여 A급으로 지정한 지룡(地竜)의 몸통 부딪치기마저도 거뜬히 견뎌 낼 만한 강도를 갖고 있음은 아이들에게 들려주는 옛날이야기에서도 곧잘 언급되는 이야기였다. 실제로 지룡급은 아니었지만 극히 드물게 발생하는 강력한 마물의 공격을 막아내고도 꿈쩍을 하지 않았다는 기록 또한 남아 있다.

결코 개인이나 단체가 어떻게든 넘볼 만한 구조물이 아니라는 것이 일반적인 인식이다.

그 성벽을 개인의 힘으로 무너뜨린다? 어느 도시든 잔뜩 술에 취한 모험가가 주점에서 떠들어 대는 괴담 속에도 차마 나오지 못할 허풍이겠다.

혹여 성벽이 무너지는 사태가 벌어진다면 그 도시에 사는 인간들에게는 경천동지의 재난일 테지. 그런 재난은 일어나지 않는다고 믿고 있기에 한 걸음만 성벽 바깥으로 나가면 마물이 득실거리는 숲과 초원, 바위산과 설원 등등이 있는 줄을 알면서도 편히 잠들 수 있는 셈이니까.

그런 재난을 혼자 힘으로 일으키는 존재가 혹시 있다면 설화 속의 존재로 다루어질 수밖에 없을 것이다.

……영웅, 혹은 괴물. 둘 중 무엇일지는 모르겠다. 전번에 나는 후자로 취급받았었다만.

“미나리스, 기본적으로는 그저 단단한 돌을 가공해서 쌓아 올리기만 한 성벽이 상위 마물의 돌격에도 견딜 수 있는 이유가 뭐일 것 같아?”

“그야, 성벽에 마술이 잔뜩 걸려 있으니까…….”

“맞아. 어느 도시에서든 성벽에는『자기 수복』,『열화 방지』,『강도 강화』를 걸어 놓았고, 왕도에서는 추가로『충격 흡수』,『마술 감쇠』의 마술을 덧붙였지. 그 마술에 대량의 마력을 주입함으로써 최고 수준의 강도를 쭉 유지하는 거야. 이때 마력 공급을 담당하는 것이 이 빛 입자, 성광석이 주위의 대기에서 흡수한 마력이지.”

물론 이토록 상세하게 내막을 알고 있는 사람은 이른바 특권 계급에 위치하는 일부뿐이다.

이유야 뭐, 일반 주민들에게는『마물이나 적국이 쳐들어와도 무너지지 않는 굉장한 벽』수준의 인식이면 충분하니까.

“즉 정작 마력이 부족하게 되면 이 벽의 강도도 떨어진다는 거지. 이 녀석이 단순한 돌벽으로 전락하는 거야. 단순한 돌벽이라면 무너뜨리지 못할 이유가 없겠지? 게다가…….”

그렇게 말하고 옅게 웃은 뒤 아무 특수 능력도 없는 대신 마력을 주입함으로써 강도를 끌어올릴 수 있는【시초의 심검】으로 석재를 일섬했다.

“이 녀석이 먹는 것은 **마력이 전부가 아니니까 말이야.**”

"세상에……."

무른 상태인 줄은 알고는 있었지만, 그럼에도 상상 이상으로 간단히 허물어지는 성벽의 일부.

부슬부슬 벗겨져 떨어지면서 벽이 아닌 돌 부스러기로 전락한 저 자갈과 함께 땅바닥에 추락한 것은, 적색과 갈색과 녹색이 한데 뒤섞인 색을 띠고 있는 투명하고 작은 구더기 몇 마리.

지면에 닿아 끽끽 울면서 투명한 점액을 몸에 두른 채 달빛을 반사하여 번들번들 빛나는 몸을 꾸물거리고 있다.

그리고 무너져 내린 벽 안쪽에서는…….

『쟈갸쟈갸쟈갸쟈갸쟈갸쟈갸쟈갸쟈갸쟈갸
쟈갸쟈갸쟈갸쟈갸쟈갸쟈갸쟈갸쟈갸쟈갸
쟈갸쟈갸쟈갸쟈갸쟈갸쟈갸쟈갸쟈갸쟈갸.』

……훤히 드러난 석재를 다 덮도록 가득한 수백 마리의 구더기, 구더기, 구더기.

구더기가 문질러 비비는 점액이 돌벽을 마치 살아 있는 마물 의 내장 벽과 같은 질감으로 싹 바꿔버렸다.

점액에 침범당한 석재는 본연의 흰 빛깔을 잃고 흙처럼 칙칙한 적갈색으로 변색되고 말았다.

"혹시 얘네가, 먹는 건가요?"

"맞아. 별칭, 마력 포식자라고 불리는 D급 지정 마물『매직 이터』의 아종『월 이터』. 마력을 띤 광물을 특수한 점액으로 녹여 마력째

잠식하면서 번식하고, 결국에 가면 싹 먹어 치운 뒤 모래로 바꿔 놓지. 신종이니까 지금은 **아직 이름이 붙어 있지는 않을 거야.**"

성벽 내부의 석재는 이미 흐슬부슬한 상태였다. 스펀지처럼 뚫린 구멍을 대신 채우고 있는 구더기들이 돌을 마구 먹어 치운다.

눈뜨고 봐도 못 알아볼 속도로 조금씩 시간을 들여, 최고의 성벽을 건드리면 무너져버릴 모래 벽으로 바꿔 나간다.

"이대로 두면 평범한 돌벽보다 압도적으로 허술해지겠지. 가장 단단한 표면만 무너뜨리면 이런 식으로 쉽게 구멍이 뚫리잖아?"

그리 말하고 심검 끝으로 살짝 벽을 찌르자 끽끽 소리를 내면서 웜 이터와 함께 석재가 허물어졌다. 구멍이 깊어지면 깊어질수록 웜 이터의 밀도가 높아지는 터라 석벽인지 구더기 벽인지도 알아볼 수가 없을 지경이었다.

"……."

그 광경을 바라보던 미나리스는 아무 말도 하지 않았다.

적색과 녹색이 뒤섞인 마블 문양으로, 내부의 장기 같은 기관이 비쳐 보이는 구더기 수천수만 마리가 밀집해서 득시글거리는 광경은 남자인 나도 눈을 돌리고 싶을 만큼 섬뜩했다. 하물며 여자인 미나리스가 이 광경을 마주하고 질겁하는 것은 극히 당연한 반응…….

"주인님, 이 구더기를 채운 구멍에다가 밀어서 떨어뜨리는 건 좋은 복수 수단이 되지 않을까요?"

진지한 얼굴로 나를 돌아보면서 미나리스가 꺼낸 말이었다.

……아무래도 나는 미나리스에게 매겼던 점수를 다시 한 번 올려줘야 될 듯했다.

이 공범자는 내게 얼마나 더 높은 점수를 받아낼 작정일까. 기뻐서 웃음이 나오려고 한다.

“흠, 좋은 방법이기는 한데 휙 떨구는 게 전부라면 조금 미묘하지 않을까? 아예 이 녀석들을 몸속에 번식시켜서 안쪽으로부터 물어뜯게 만든다든가 하면 어떨까?”

“역시 대단하세요! 그리고 몸 안을 파먹히는 감각이 가능한 한 또렷하게 느껴지도록 신경 써주면 더욱 좋겠네요!”

“그럼 차라리 바깥쪽도 동시에 뜯어 먹을 수 있도록 만들어주는 게 좋지 않겠어? 아, 아니지, 그러다가 덜컥 죽으면 시시하니까 살점이 조금씩 썩어 들어가게 손을 봐줘야겠어.”

“내장 말고 살점에 번식하도록 제한하면 긁어서 떼어 낼 때마다 자기 몸에서 구더기가 솟아나는 체험을 시킬 수 있을 거예요. 오늘 죽였을 때는 독을 능숙하게 쓰지 못해서 곧장 이성이 날아가 버렸지만요, 이성은 유지시켜서 완전히 미치지는 못하도록 어떻게 조절이 가능할지 시험해보고 싶네요.”

“죽으면 언데드 좀비 비슷하게 만들어다가 멀쩡한 녀석이랑 입술 박치기를 시켜서 벌레를 옮겨 넣는 그런 연출도 괜찮겠군! 그렇다 해도 기생의 주체가 덜컥 죽어 나가면 곤란하니까 그 부분을 잘 조정해야 오래도록 재미를 볼 수 있을 텐데 말이지…….”

갑자기 고문 토론이 벌어지면서 우리는 흥분에 들떠 목소리를 높였다.

역시 혼자 궁리하기보다는 둘이 머리를 모아 고민하면 더욱 좋은 방안이 만들어진다. 모름지기 타인의 시점이란 좋은 의견이든 나쁜 의견이든 괜찮은 자극이 되는 법이었다.

이렇듯 화기애애하게 뒤숭숭한 대화를 웃는 얼굴로 나누는 한편 심검 끝으로 성벽을 깎아 무너뜨려서 말 한 마리가 족히 드나들 만한 크기의 구멍으로 넓혀 놓았다.

지면에는 심검에 베여 동강이 난 다음, 발에 밟혀서 뭉개진 월 이터의 점액과 송장에다가 거의 모래와 다를 바 없는 상태로 변화된 석재 따위가 뒤섞여서 어지럽게 널려 있었다.

"혹시 주인님께서 이 벌레를?"

"유감스럽게도 아니야. 전해 들었을 뿐 실물이 어떻게 생겼는지 본 적도 없었고. 자, 이제 도시 바깥이군."

마치 놀이터 모래밭에서 만든 모래 산에다가 터널을 뚫는 기분으로 성벽에 뚫린 구멍을 지나 바깥에 나왔더니 나무들이 우거지게 자라난 숲이 펼쳐졌다.

엷은 달빛이 비추이는 숲은 어딘가 섬뜩하고 오싹오싹하면서도 신비로운 분위기를 자아낸다.

"으음, 말기로군."

얼떨결에 중얼거리는 말. 도시 밖으로 나왔더니 불쑥 안도감이 느껴졌으니까.

스스로도 좀 뭐하다는 기분이 들기는 한데, 지난 1년 사이에 도시 내부가 바깥보다 더 위험하다는 인식이 마음 밑바닥에 각인돼버렸나 보다. 범죄자의 심경이란 바로 이런 걸까.

"이런, 아차차. 잊어버릴 뻔했네. 잠깐만 기다리고 있어."

그렇게 말한 뒤 다시 한 번 구멍을 지나가 대충 방치돼 있던 폐자재 더미를 끌고 와서 벽에 난 구멍을 가리고자 했다.

“주인님, 도와드릴게요. 폐자재로 입구를 숨기면 되는 거죠?”

“응? 아, 고마워. 근처에 사는 사람들이 깨지 않도록 조심하고.”

이곳이 본래 무너지는 날은 며칠은 더 지난 나중이었다. 지금 발견되면 아직 영향력이 **약하다**.

게다가 나는 첫 번째 때의 갖가지 귀한 정보를 알고 있지 않은가. 그렇다면 이번 두 번째에서는 사태가 더욱 흥미로워지도록 연출에 힘쓰지 않아선 **아깝잖은가**.

“폐자재를 다 옮겨다 놓고 물어보기는 좀 민망한데, 음, 환술로 구멍을 가리면 얼마나 오래 유지될까?”

“……죄송합니다, 저는 수인이잖아요. 제 자신에게 걸면 얼마든지 길게 유지가 가능하지만, 거리가 멀리 떨어지면 전력으로 써 봤자 기껏해야 하루쯤 지나서 환술이 풀려버릴 거예요. 매일 몇 번씩 데려와주신다면 아마도 계속 유지되도록 관리할 수는 있는데요…….”

“아니, 너를 줄곧 붙여 놓을 여유는 없어. 게다가 어차피 폐자재로 가리기만 해도 문제는 없고.”

혐오를 듬뿍 담아 조용하게 잠들어 있을 주민들을 비웃는다.

저 주변에서 사는 주민은 빈민가로 떨어질까 말까 하는 경계에 서 있는 부류였다. 폐자재 더미가 옮겨졌다는 사실을 알아차린다고 한들 하루하루의 생활에 쫓기는 저들은 굳이 주의를 기울이지 않을 것이다.

자기를 정당화하기 위한 핑계와 생활이 편안해질 정도의 먹(돈)이만 주어진다면 설령 한때는 은인이 어쩌고저쩌고 감사치레를 늘어놓았던 상대마저 대뜸 팔아먹을 만큼 결코 빈민가로 밀려나고 싶지 않다는 절박함밖에 머릿속에 없는 족속들이다.

벽이 곧 허물어지겠다고 뻔히 보였었던 첫 번째 때와 달리 폐자재로 적당히 가려 놓기만 해도 심각하게 악화될 때까지 분명 알아차리지도 못할 것이다.

"흐흠, 뭐. 우리가 여기를 지나온다고 몇백 마리나 죽여버렸잖아. 고작 며칠 더 벌레가 성벽 먹을 시간을 가질 수 있게 **약간의 도움**을 주는 정도는 당연하다고 봐야하지 않을까?"

"그렇죠, 주인님의 말씀이 옳아요. 입만 그럴싸하게 놀려서 감사하는 척하는 쓰레기보다는 이 벌레들이 훨씬 더 제대로 된 생물이니까요. 저따위 쓰레기들, 지금 당장에 목 졸라 죽여버리고 싶은걸요."

"여기에서 소란을 일으킬 수도, 죽여버릴 시간도 없어서 지금은 내버려 둬야 하지만 말이야. 뭐, **애네** 덕분에 다소나마 고통 속에서 죽는 인간들이 나올 테지. 그렇게 생각하면 내 속도 조금은 후련해지는 기분이네."

이런 대화를 나누면서 성벽에 뚫린 구멍을 폐자재 더미로 막는 작업이 완료됐다. 굳이 여기를 조사하겠다고 폐자재를 치운 뒤 들여다보지 않는 한 발견될 가능성은 없지 않을까.

"아, 맞다. 이 녀석들, 일단 좀 챙겨 놓자고."

문득 생각이 나서 살아 있는 웜 이터를 몇 마리씩 채취용 빈 병에다가 적당히 주워 담았다. 그다음은 바깥쪽에서도 가까이 접근하지 않으면 못 알아보도록 나뭇가지와 잎사귀를 얹어서 안 보이게 구멍을 가렸다.

"자, 우선은 숲 안쪽으로 들어갈 거야. 조금 걸어가면 아무도 쓰지 않고 방치되어 있는 사냥꾼 오두막이 있거든. 일단 그리로 가자."

"네, 주인님."

이 왕도 주변의 숲은 첫 번째 때 몇 번이나 잠복한 경험이 있는 탓에 지형이 대강 머릿속에 들어 있었다. 망설임 없이 목적지로 나아가는 한 걸음을 내디뎠다.

"일단 오두막에서 태세를 정비할 거야. 당분간은 미나리스가 쇠약 상태를 벗어날 수 있도록 요양부터 해야지. 능력치가 절반으로 뚝 떨어진 것도 난감하고, 이렇게 예쁜 얼굴을 축나게 두기는 아깝잖아."

아름답거나 귀여우면 여러모로 편리하다. 전투에서도 교섭에서도 이러한 요소는 제법 유리하게 작용하는 경우가 많다. 자존심을 내버리고 심검으로 여장, 아니, 여체화를 했을 때 직접 체험한 바다. 가능하면 잊고 싶은 기억이기도 하고.

뭐, 그 이야기는 넘어가고, 지금도 미나리스는 지금 봐도 미인이다. 푹 자고 영양가 많은 음식을 섭취해서 건강 상태가 회복되면 틀림없이 더한 미인이 될 것이다.

"흣, 저를 아무리 치켜세운들 아무것도 안 나오거든요? 이런 식으로 안 꼬셔도 저는 이미 당신의 노예잖아요."

"아니, 꼬시려고 한 말이 아닌데. 사람을 껄떡남 취급하는 말은 삼가줘라."

"껄떡남? 껄떡남이 뭐예요?"

얼굴이 살짝 빨개져서 미나리스가 궁금해하는 표정을 지었다. 마력 취기 때문에 이성이 억제되어 있던 때도 살짝 느꼈다만, 미인이라든가 예쁘다고 치켜세우는 말에 약한 모양이다.

아무튼 간에 지금은 미나리스의 질문에 대답을 해줘야 할 텐데.

"음, 그게, 뭐냐……. 껄떡껄떡하는 남자를 가리키는 말인데……. 애당초 껄떡껄떡을 뭐라고 설명하면 된담……? 일단 말이야."

어떤 식으로 설명을 하면 이해가 될까 고민하면서 달빛이 비추이는 밤의 숲을 둘이 함께 헤치고 들어갔다.

"하앗!!"

"기이이이이이!!"

빠각, 뼈째 딱딱한 살덩이가 베여 나가는 감촉이 손에 느껴졌다.

몸길이가 2미터는 될 법한 커다란 멧돼지의 모습을 지닌 마물에게서 고통에 내지르는 울음소리가 터져 나왔다. 단 겉이 닮았을 뿐 명백하게 멧돼지와는 다른 생물임을 선명한 녹색으로 물들어 있는 털과 머리에 난 주먹 하나 정도 크기의 검은 외뿔이 나타내준다.

『그린 보어』라고 불리는 동물형 마물, 고블린과 나란히 신출내기 모험가의 밥줄이 되는 마물이었다. 고블린보다 개체 수가 적고(정확하게 말하면 고블린이 너무 많이 번식해서이지만) 일격의 힘은 고블린을 가볍게 상회하지만 기본적인 공격이 직선 돌진뿐이기에 사냥하기 쉬운 상대로 손꼽혔다.

무엇보다도 고블린과 달리 이 녀석들의 고기는 식용이다.

물론 맛이 없는 데다가 뭔 수를 써도 최하급 고기라는 위치를 못 벗어나는 고기이긴 하지만, 건육으로 가공하면 상당히 오래 보존되기 때문에 벌이가 적은 신출내기에게는 제법 든든한 비상식량이 된다.

"갸아아우, 갸아아!!"

엇갈려 지나가는 순간에 베어 날려버린 오른쪽 앞다리의 공백 때문에 못 일어서는 그린 보어의 목을【시초의 심검】으로 깔끔하게 쳤다. 붉은 피가 뿜어 나오길래 문득 뒷다리를 잡아 들어서 피 빼기를 하고 싶어졌지만, 이미 충분하고도 남을 만큼 그린 보어의 고기를 확보한 터라 군이 나무에 매달지 않고 지면에 가만 방치해 뒀다.

이렇게 몇 시간 지난 다음에 돌아오면 견형(犬型) 마물 가룸이 피 냄새에 이끌려서 떼 지어 모여들었을 테지. 그 녀석들은 머리가 별로 좋지 않아서 주변 경계 따위는 하지도 않는 터라 무턱대고 그린 보어의 고기를 먹어 치울 것이다.

그때 후방에서 놈들을 기습하면 편하게 경험치를 획득할 수 있다는 작전이다.

"후유, 이제 간신히 3천을 넘겼군……."

이제 한 차례 미나리스가 기다리고 있는 거점으로 돌아가려고 마음먹은 나는 지나왔던 길을 되밟아 가면서 방금 전 전투 때 획득한 경험치를 스테이터스 보드로 확인했다.

도시 성벽을 뚫고 밖으로 나온 지 이틀째.

나는 왕도를 둘러싼 숲에 서식하는 고블린이나 그린 보어, 가룸을 닥치는 대로 사냥했다.

물론 경험치를 쌓아서 전투력을 증강하기 위함이었다.

소환 때 왕녀의 근위 기사 자격으로 주위에 있던 녀석들 수준이라면 두 배가 되는 인원수에 정면으로 포위당한들 빠져나올 자신이 있다. 다만 기본적으로 볼품과 지위를 중시해서 스테이터스만 그럴싸한 장식용 기사 놈들과 달리 기사단장이 이끄는 실전 부대는 그리 만만하지 않았다.

전자는 귀족 부모를 두거나 해서 종자에게 둘러싸인 채 안전하게 레벨만 올린 부류였다. 이른바 민중 계층에 광대처럼 내보여줄 「동경하는 기사님」을 연출하기 위한 장식품에 불과하겠다.

후자는 전투를 위해 존재하는 무력 집단이자 진짜 기사였다. 마물 토벌 및 전쟁 시에 선진을 맡아 달려 나아갈 뿐 아니라 생사의 경계선상에서 사신과 왈츠를 추며 살아가는 역전의 기사. 당연히 온몸 이곳저곳에 상흔이 새겨져 있고, 민중의 영웅으로 선전하기에는 거부감 드는 용모를 지닌 경우도 적지 않았다.

다만 그들이 지닌 무력만큼은 진짜였다.

지금 이대로는 정면으로 열 명 이상에게 포위당하는 경우 다소의 피해를 각오하는 전제로 도망치는 방법밖에 없다. 그렇게 하지 않으면 단지 무참한 주검으로 나자빠지게 될 테지.

레벨을 올리기 위해 경험치를 분배하든 심검을 해방하는 쪽에 경험치를 분배하든 우선은 어서 예전의 힘을 다시 확보하는 것을 최우선 목표로 잡아야 할 필요가 있었다.

"그렇다 쳐도……. 마이너스 2만은 아무리 그래도 너무 많잖아요, 신님아……."

나도 모르게 한숨이 새어 나왔다.

덧붙이자면 요 이틀 사이에 고블린, 그린 보어, 가름을 도합 오십 마리 가깝게 죽였는데도 그렇게 획득한 경험치는 대략 2천가량.

배분하지 않은 몫도 더해서 할당 가능한 경험치는 대략 3천 남짓이 고작일 뿐 2만에는 훨씬 못 미쳤다. 게다가 이틀 동안 오십 마리 가깝게 많이 죽일 수 있었던 것도 몇몇 무리를 운 좋게 발견한 덕분이지 꾸준히 이 숫자를 사냥하기는 버겁기도 했다.

"젠장, 뭐가 「강해져서 뉴 게임」이야. 육성 난이도는 두 번째가 더 심한 하드 모드잖아?"

왕도 주변의 마물은 꽤나 약해서 평균 레벨이 20가량이었다. 이 정도면 성벽에 있는 도시 안쪽에서 태어났고, 일거리도 도시 안쪽에서 전부 완결하는 것을 기본으로 여기는 직업을 갖고 있는 성인 남성과 거의 비슷한 레벨이었다.

레벨이 동일하다고 전투력 또한 동일하란 법은 물론 없었다. 같은 레벨이어도 기본적으로 마물이 능력치는 더 높았고, 전법 역시 본능에 깊이 각인되어 있기 때문에 딱히 전투 훈련을 받지 않은 평범한 인간이 일대일 정면으로 맞붙는다면 같은 레벨의 고블린을 상대해도 패배하리라.

그러나 이때 중요한 것은 획득 가능한 경험치는 레벨 차이가 아닌 스테이터스의 격차에 따라 보정을 받는다는 점이었다. 아무리 레벨이 차이 날지라도 스테이터스로 뒤지는 상대를 해치워선 많은 경험치를 얻을 수 없었다.

또한 지금의 나는 레벨 1이었지만, 심검은 물론 확인은 아직 못하고 있기는 해도 **【칭호】**의 효과로 상당한 추가 능력치를 받아서 편중을 고려하지 않는다면 대략 50레벨 정도의 스테이터스에 준했다.

아무리 같은 레벨이면 인간에 비해 강력하다고는 하나 이곳 주변의 마물은 틀림없이『하수(下手)』에 불과했다.

"레벨 업은 한동안 보류해야겠군. 우선【팔목(八目)의 투본검(透本劍)】부터 해방하자."

스테이터스 보드를 표시하고 심검 항목에서【팔목의 투본검】을 탭했다.

스테이터스

【팔목의 투본검】

습득 조건 : 만물을 꿰뚫어 본다고 일컬어지는『팔목 수정』을 소지하고 있는 어느 하나의 심검으로 절단할 것.

습득 효과 : 대상의 정보를 보다 상세하게『감정』할 수 있다.

한 차례 감정했거나 해치운 마물, 아이템의 정보를 축적하여 추후 열람이 가능하다.

열람 허가를 받지 못한 상대의 스테이터스 보드를 훔쳐볼 수 있다.

《패시브 효과》
항마 +50
필요 해방 경험치 : 0 / 3000
분배 가능 경험치량 : 3011

경험치를 분배하고 나서 윈도를 닫고 오른손에【팔목의 투본검】을 만들어 냈다.

그렇게 손에 잡힌 것은 서바이벌 나이트라고 불리는 형태의 심검이었다. 살짝 곡선을 띤 대형 나이프는 칼날의 반대쪽에 들쑥날쑥한 요철이 있고, 두툼한 도신 부분에는 엄지손가락 정도 크기의 둥근 구멍이 여덟 개 뚫려 있었다.

구멍이 뚫린 곳에는 무지개와 같은 일곱 빛깔로 엷은 색을 띤 수정과 검게 물든 수정이 장착되어 있었다.

칼자루의 머리 부분에는 책(本)의 형상이 떠올라 있는 투명한 수정이 부착돼 있고, 거기에 금속의 테를 끼워 놓았다.

그 금속 테를 4분의 1만큼 빙글 회전시키자 덮여 있었던 책의 형상이 펼쳐지는 형태로 바뀌었다. 그와 동시에 떠오른 것은 스테이터스 보드와 비슷한 녹색 반투명 판, 데이터 보드였다.

스테이터스

감정 목록 • 마물 검색 ________

고블린 류

고블린

소드 고블린

아처 고블린

매직 고블린

몽크 고블린

세이지 고블린

레드 고블린

블루 고블린

옐로 고블린

그린 고블린

블러드 고블린

니들 고블린

머슬 고블린

트래시 고블린

………………

…………

……

“오호라, 첫 번째 때의 데이터는 사라진 게 아니었군.”

일단 화면을 탭해서 아이템 쪽의 데이터도 확인해봤더니 이상 없이 목록이 표시됐다.

검의 파멀(pommel)에 부착된 금속 테를 또다시 회전시켜서 데이터 보드를 닫고, 칼집이 없는 터라 칼날 부분을 가죽끈으로 둘둘 말아서 검대에 매달았다. 아예 없애 버리면 감정을 못 쓰게 되는 데다가 꺼내 놓기만 하면 MP를 소비하지 않는 부류의 심검인지라 항상 꺼내서 지니고 다닐 작정이었다.

“스테이터스 오픈, 『감정』.”

다음은 내 스테이터스 보드를 열고 거기에 【팔목의 투본검】의 효과에 해당하는 『감정』을 사용했다. 그러자 푸른색 스테이터스 보드에서 쓱 떠오르듯 녹색의 데이터 보드가 나타났다.

스테이터스

우케이 카이토

Ukei Kaito

히든 스테이터스

기교 : S S S

사고 반응 속도 : S S

신체 회복 속도 : F

상태 : 건강

마법 적성

염(炎) 계통 적성 : 0　광(光) 계통 적성 : 0

수(水) 계통 적성 : 0　암(闇) 계통 적성 : 0

풍(風) 계통 적성 : 0　무(無) 계통 적성 : 0

지(地) 계통 적성 : 0　계통 외 적성 : 0

획득 칭호

이세계인　용사　심검의 구사자　준족의 패자

철벽의 수호자　마왕 토벌자　세계의 적

기교의 극한에 이른 자　도망자　복수를 맹세한 자

복수자의 주인

자, 이제 모든 스테이터스 요소의 파악을 마친 셈이기는 한데, 각종 스테이터스에 대해 다시금 짚고 넘어가도록 하자.

『HP』

히트 포인트.

생명력을 나타내는 수치이고, 부상을 당하거나 독 혹은 병에 걸리면 감소한다.

이 수치가 0이 되면 사망한다.

『MP』

매직 포인트.

체내에 존재하는 마력을 나타내는 수치이고, 마법을 쓰거나 『위압』, 『마인(魔刃)』 등등 일부 스킬을 사용할 때 감소한다.

『근력』

발휘할 수 있는 신체적인 힘의 상한치.

『체력』

발휘 가능한 신체적인 힘의 지속력.

『내구』

물리적인 공격을 받을 때 HP에 받는 영향을 얼마나 억제 가능한지 나타내주는 수치.

『민첩』

순간적으로 낼 수 있는 신체 속도의 상한치.

『마력』

마법 및 스킬이 발동하는 최소 수치 이상의 마력을 주입할 때 낼 수 있는 출력.

『항마』

마법 및 마력 자체에 의한 공격을 받았을 때 HP에 받는 영향을 얼마나 억제 가능한지 나타내주는 수치.

여기까지가 일반적인 스테이터스 보드에 표시되는 능력치였다. 스테이터스 보드는 타인이 들여다볼 수 없지만, 누구든 자기 보드는 볼 수 있을뿐더러 본인이 허락하면 남에게 스테이터스를 보여줄 수도 있었다. 노예상에서 허락도 안 받고 미나리스의 스테이터스를 볼 수 있었던 것은【복수자의 주인】칭호의 효과 덕분이다.

다만 이 세계의 인간에게는 알려져 있지 않지만, 실제로는 이 밖에도 스테이터스로서 존재하는 능력치가 있었다. 바로 현재 표시되어 있는 데이터 보드의 히든 스테이터스였다.

이쪽은 다른 능력치와 달리 숫자가 아니라 위는 SSS부터 아래는 G까지 단계를 구분하여 표시된다. 각각에 대해 설명하자면 아래와 같다.

『기교』

신체 조작 등등 스테이터스의 기술 수준.

스테이터스로 존재하는 항목을 얼마나 능숙하게 다룰 수 있는가 나타내는 위계.

『사고 반응 속도』

오감 및 스킬, 마법 따위로 얻는 정보를 처리하는 속도.

특히 전투에 임할 경우의 사고 속도를 나타내는 위계.
『신체 회복 속도』
HP, MP 등의 자연 회복 속도에 대한 위계.
상태 이상의 자연 치유, 결손 부위의 수복 속도에도 영향을 미친다.

이쯤으로 보면 되겠다.

각각의 항목은【팔목의 투본검】이기에 표시되는 것이고『감정』효과를 지니는 마법을 사용한들 딱히 표시되지 않는다.

마법 적성은 마도사 길드가 제작 · 소유하고 있는『적성 수정』으로도 대강 판단이 되기는 한다. 꽤 많은 돈이 들기 때문에 여유가 없는 사람은 시험도 하지 못한다만.

이러한 마법 적성은 마력과는 별개로 해당 계통에 속하는 마술 레벨을 얼마나 수월하게 올릴 수 있는가, 또한 마력을 마법으로 변환하는 과정이 얼마나 수월하게 이루어지는가 가늠하는 근거가 된다.

간단하게 말하면 적성이 높은 계통의 마법일수록 스킬이 빨리 성장할 뿐 아니라 마력으로 마법을 사용할 때 마력 조작이 쉽게 진행된다. 예를 들어서 염 적성이 높다면『화술 마법(火術魔法)』스킬이 빨리 성장하고, 어려운 마법도 적성이 낮은 사람보다 훨씬 편하게 사용할 수 있다는 뜻이 되겠다.

참고로 무 계통은『포스 업』이나『피지컬 업』따위의 강화 마법이 해당되고, 계통 외 마법은 주술, 환술, 정령 마법 및 의식 마법 등등 특수한 마법이 해당된다. 이러한 계통 외 마법에는 그 밖의 염, 수, 풍, 지, 광, 암, 무의 일곱 계통과 거의 중복되는 효과의 마법도 많고 자세한 관계가 어찌 되는지는 아직껏 해명되지 않았다.

이상의 마법 적성은 오직 타고난 재능으로 결정될 뿐 살면서 변화하는 경우는 거의 없었다.

자, 이쯤 됐으면 알아차렸을까. 내 마법 적성은 전부 제로다.

즉 나는 마법을 쓰지 못합니다. 애당초 마력을 마법으로 구성할 줄도 모른다는 말이죠.

그렇다 해도 심검의 특수 능력은 마법과 거의 비슷할뿐더러 스스로 마력을 가공할 필요 없이 주입만 해도 사용이 가능하기에 딱히 문제 되지는 않았다. 대부분의 특수 능력이 마력을 무식하게 먹는 데다가 위력도 높은 것들뿐이라 유틸성이 별로 안 좋다는 결점도 있다만, 질과 규모를 딱히 고려하지 않는다면 마법과 비슷한 결과를 만들어 낼 수 있었다.

마지막으로 칭호다.

이쪽은 나 자신도 잘 알지 못하는 부분이 있었지만, 패시브 계열 스킬과 마찬가지로 모종의 조건을 달성하는 것이 획득으로 이어지는 듯했다.

칭호에 따라 효과는 제각각인데 가령『이세계인』칭호는 고유 능력『타 언어 이해』를 주고『용사』칭호는 경험치 획득과 스킬 숙련도에 성장 보너스를 준다.『기교의 극한에 이른 자』는 훈련을 거르면 떨어지는 기교의 랭크가 SSS에서 고정된다.

이러한 칭호 역시【팔목의 투본검】의 감정이 아닌 한 열람이 불가능하기에 기본적으로 알고 있는 인물이 없다. 게다가 획득 조건이 표시되지 않을뿐더러 추측 가능한 요소도 스킬 이상으로 난이도가 높은 데다가 애당초 칭호를 갖고 있는 인간 자체가 드문 판국이었다.

"역시 칭호도 전부 남아 있었나……."

감정이 없었기 때문에 확인을 못 했었다만, 능력치를 보면 해방된 심검의 효과를 감안해도 내구, 민첩, 항마의 수치가 많이 높았던 터라 어쩌면 칭호가 계승된 것이 아닌가 하는 생각은 들었는데 이제야 정확하게 확인할 수 있었다.

몇 가지 사안의 확인을 마친 뒤 데이터 보드를 닫았을 때 마침 거점으로 쓰고 있는 사냥꾼 오두에 도착했다.

"앗, 주인님. 어서 오세요."

"……이봐, 잠이나 푹 자라고 말했을 텐데."

이마의 땀을 슬쩍 훔치는 미나리스에게 얼굴을 약간 찌푸린 채 툴툴거렸다.

외출 전 분명히 정했던 자라고 했던 말은 잊어버린 듯 토끼 머리가 사냥꾼 오두막 앞의 조금이나마 트인 공터에서 허공에 대고 검을 휘두르고 있었다.

지금은 사람들의 시선이 존재하지 않아서 환술을 풀고 폭신폭신 토끼 귀와 팔랑팔랑 꼬리가 흔들거리는 모습이다.

"이제 괜찮아요. 한 시간쯤 전에 쇠약 상태 이상이 완전히 풀렸거든요. 마냥 잠만 자면서 보내는 게 오히려 몸에 안 좋은걸요."

천연덕스러운 얼굴로 받아치는 미나리스는 완전히 건강한 상태로 돌아온 듯 보였다.

일단 방금 입수했던 감정을 사용해보자.

스테이터스

미나리스

Minnalis

히든 스테이터스

기교 : F

사고 반응 속도 : E

신체 회복 속도 : D

상태 : 건강

마법 적성

염(炎) 계통 적성 : 20　광(光) 계통 적성 : 89

수(水) 계통 적성 : 61　암(闇) 계통 적성 : 85

풍(風) 계통 적성 : 22　무(無) 계통 적성 : 38

지(地) 계통 적성 : 11　계통 외 적성 : 118

획득 칭호

복수의 종속자　환염독귀의 소유주

생명을 개변한 자

과연 수인답게 회복 속도가 보통이 아니었다.

참고로 회복 속도는 일단 마법이나 스킬 따위로 올릴 수 있기는 한데 일반적인 전투 경험을 지닌 인간 중 베테랑 전사의 평균이 E 랭크였다.

"확실히 쇠약은 이제 다 풀렸군."

그나저나 미나리스는 광 · 암 · 계통 외 적성이 상당히 높았다. 일반적으로 마법 적성이 40을 넘긴다면 그 계통 마법의 마술사를 목표로 하는 것이 바람직하다는 말들을 하니까. 마력이 금세 안개처럼 흩어지고 마는 수인 특유의 성질만 아니라면 고정 포대 역할을 담당하는 후위로 육성해도 발군의 마술사가 될 만한 수준이었다.

마력을 마법으로 구축해도 특유의 무산성(霧散性)은 변함이 없는 터라 그쪽 방향은 고려할 수가 없겠다만.

"뭐, 알겠어. 일단 밥이나 먹자."

"네, 준비는 제가 해 뒀어요."

"응, 고마워."

"노예의 당연한 본분이죠."

마력 취기에 시달릴 때는 칭찬하면 쑥스럽다고 얼굴을 붉히더니만, 지금은 그림 같은 포커페이스로 쓱 받아치고(설마 칭찬이 질려 버린 건 아니겠지) 천연덕스럽게 여유 넘치는 표정을 지어 보이는 미나리스와 오두막 안에 들어갔다.

오두막 안쪽에는 침대가 둘(하나는 사냥꾼이 수렵물을 잡아 쌓는 위치에 천을 덮어서 만든 즉석 침대였다), 작은 탁자, 그리고 작은 난로가 하나 놓여 있는 것이 전부였다.

이틀 전 처음 찾아왔을 때는 먼지투성이에 몇 년은 사용한 적이 없음을 짐작할 수 있었던 사냥꾼 오두막을 대강 청소한 뒤 쇠약 완화 포션의 효과가 다한 미나리스를 침대에 눕혀 재웠고, 그다음은 줄곧 식사와 수면의 반복이었다.

수인의 높은 회복 속도도 보탬이 된 덕에 앙상하게 마르고 여위었던 몸은 완전히 회복된 상태.

피부와 머리카락에는 다시 윤기가 감돌고, 눈자위에 깊숙이 파여 있었던 자국도 이제 찾아볼 수가 없다.

다만 가슴만큼은 예전의 크기로 안 돌아왔다는 듯(그렇다 해도 명백하게 평균 이상의 크기였지만) 본인은 미묘하게 침울한 기색이었다.

그리고 요 이틀 동안 서로의 복수심을 고백하기도 했다.

계약 시 이루어졌던 추체험은 이른바 다이제스트와 같은 느낌으로, 감정 및 간단한 경위는 확실하게 각인됐음에도 거기에 이르는 상세한 흐름까지는 미처 다 파악할 수 없었다.

먼저 처음으로 들었던 말은 미나리스가 목표로 하는 복수의 이유와 그 상대.

목숨을 구한 상대에게 배반당하거나 자기편이라고 믿었던 상대가 적으로 돌아선다.

복수의 이유 따위야 어느 사람이든 비슷비슷한 구석이 있는 줄은 알고 있었지만, 실제로 이렇게 듣게 되자 복수의 이유가 나와 비슷했던지라 가슴이 먹먹해졌다.

이야기를 듣는 동안에도 들은 다음에도 미나리스에게 아무런 말을 건네지 않았다.

많이 괴로웠겠다고도 절대로 용서 안 하겠다고도 어떤 위로의 말을 건넬 수 없었다.

동정 따위, 얕잡아 보는 인간에게 아무 관계도 없는 인간이 던지는 멸시 발언에 불과하다. 설령 선의에서 비롯된 말일지라도 본질은 다르지 않다.

바로 그 때문에 비슷한 감정을 품고 있는 인간은 괜한 동정이 얼마나 굴욕적인 말인지 사무치도록 잘 아는 만큼 함부로 발언하지 않는다. ……그따위 발언을 대뜸 입에 담는 사람은 필시 복수의 열기에 몸을 불살랐던 경험이 한 번도 없을 터이다.

한마디를 더 하자면 이 복수는 미나리스의 사명인 동시에 이미 나의 사명이기도 했다. 유감스럽게도 나 자신의 처지를 스스로 동정할 만한 시기는 벌써 옛적에 지나갔다.

그렇게 어젯밤 사이 나와 미나리스가 만나게 된 시점까지 이야기가 끝났고, 이번에는 내 차례였기에 나의 출신까지 다 이야기했다.

이세계에서 소환된 용사라는 것. 한 차례 이쪽 세계를 체험한 뒤 왕녀 및 옛 동료에게 배반당하여 복수를 맹세했던 것. 두 번째가 시작된 직후, 왕녀와 주변의 근위 기사 놈들을 때려눕히고 도망쳤다는 것.

얼추 이야기를 끝냈을 때 미나리스는 내 말을 기껏해야 절반밖에 이해가 안 되는 눈치였지만, 추체험을 경험하기도 했고 몇 번 더 자세하게 설명을 반복한 끝에 간신히 이해시킬 수 있었다. 잘 생각해 보면 이 세계의 기준으로 본래 평범한 마을 소녀에 지나지 않는 미나리스는 읽고 쓸 줄을 안다는(가끔 방문하는 행상인 및 호위 인원에게 배웠다고 한다) 것만으로도 충분히 우수했다.

아마 미나리스는 지능이 상당히 높은 게 아닐까 짐작된다.

미인이고 머리가 좋고 운동도 잘하는 소녀. 지구에 있던 무렵이라면 쉽게 말도 건네기 힘들었을 상대와 이렇듯 공범자라는 별난 관계가 되다니 세상일은 참 알 수가 없다.

"주인님, 여기요. 식기 전에 드세요."

"아, 응."

탁자에 팔꿈치를 대고 통나무를 싹둑 잘라서 만든 의자에 앉아 잠시 회상에 잠겨 있던 때에 미나리스가 그린 보어의 고기와 소량의 말린 야채수프를 가져다줬다.

따뜻하게 김이 피어오르는 소금 베이스의 수프는 무척 맛있어 보였다. 적어도 내가 미나리스에게 만들어준 음식보다는 틀림없이 맛있을 테지.

"어라, 이 스푼은 어디서 났어?"

도시에서 준비했던 것은 포크뿐이고 스푼은 따로 마련을 하지 않았다. 그런데 수프를 담아서 내어놓은 다소 깊숙한 목제 식기의 앞쪽에는 목제 스푼이 놓여 있었다.

"제가 나뭇가지를 깎아서 만들었어요. 포크보다는 식사가 편할 테니까요."

확실히 수프에 작게 썰어서 넣은 고기며 야채를 보면 포크는 식사가 조금 불편하겠다는 생각이 든다.

"와, 손재주가 좋네. 마을에서도 이렇게 뭘 만들고 했어?"

"네, 겨울 동안에 나무 조각품을 만들어서 살림살이에 보태곤 했었거든요. 그래도 이건 별로 잘 만들지 못했으니까 나중에 다시 만들려고요."

"그래? 나는 충분히 쓰기 편리한 스푼이라고 생각하는데……."

내 눈으로 보면 충분히 훌륭한데도 미나리스의 안목에는 부족한 점이 더 남아 있었나 보다.

뭐, 내가 잘 만들었다고 칭찬한들 완성도를 가늠하는 사람은 미나리스 본인이니까 당사자가 납득을 하지 않겠다면 더 공을 들여 봐도 좋지 않을까.

그렇게 매듭짓고 어서 수프를 먹기 위해서 손을 움직였다.

"입맛에 맞으셔야 할 텐데 말이죠, 어떠세요?"

"응응, 맛있어. 미나리스, 요리를 잘하는구나."

잘 생각해보면 첫날 만들었던 요리(마물화 독&마물용 독이 들어 있기는 했지만)도 겉보기엔 평범하게 맛있어 보였다는 기억을 새삼 떠올렸다.

맛이 잘 스며든 고기며 야채를 한두 숟가락 뜨다가 보니 어느 틈에 정신없이 수프를 다 먹어 치웠다.

"잘 먹었습니다, 맛있었어."

"입맛에 맞으셨나 봐요, 다행이다. 그런데 그, 손을 마주 대시는 동작은 무슨 뜻인가요……?"

"아, 내가 원래 살았던 세계에서 쓰는 인사 중 하나야."

그리 말하자 미나리스가 살짝 불안한 표정을 지었다.

"주인님께서 원래 살고 계셨던 세계……. 저기, 주인님은 언젠가 원래 세계로 돌아가려는 마음이신가요?"

"아니, 안심해. 무슨 일이 있어도 복수를 마칠 때까지 이 세계를 떠날 일은 없을 테니까."

확답을 들은 미나리스는 조금 안심해서 얼굴이 풀어졌다.

"게다가 아마 모든 복수가 끝나고 여러모로 내 안에서 매듭이 지어진 다음, 무리하지 않고 안전하게 돌아갈 방법을 발견한다고 해도 나는 분명히 여기에 남을 거야. 더는 돌아갈 수도 없고 돌이킬 수도 없으니까."

말을 마친 뒤 다 먹어서 빈 식기를 미나리스의 몫과 함께 들고 일어섰다.

"자, 쓸데없는 생각은 복수를 전부 완수한 다음에 하면 되겠지. 그보다 지금은 눈앞의 문제를 먼저 해결하기 위해서 움직이도록 하자."

"주인님, 식기는 제가 정리할 테니까 놓아두세요."

"우선 제일 급한 목표는 전투력 증강이겠군."

"주인님, 식기는 제가 정리할 테니까 놓아두세요."

"……저기, 미나리스 씨? 내 말, 듣고 있어요?"

"주인님, 식기는 제가 정리할 테니까 놓아두세요."

"……."

나는 가볍게 미소를 띠고 어서 식기를 내놓으라는 듯 두 손을 내민 채 고집스럽게 물러나지 않는 태도로 수수께끼의 박력을 자아내고 있는 미나리스에게 위축되고 말았다. 방금 전 내가 보았던 불안감 서린 표정은 전부 환상이었을까.

"주인님, 식기는, 제가, 정리할게요."

대체 무엇이 이 소녀를 몰아세웠을까, 단지 미소 지을 뿐 추호의 표정 변화조차 없이 미나리스는 가만히 선고한다.

수수께끼의 박력을 못 이기고 미나리스의 손에 식기를 건네주자 만족스럽게 한 차례 고개를 끄덕이더니 자기 앞쪽으로 식기를 끌어 놓았다.

“네, 그럼 이다음은 구체적으로 무엇을 할 계획이신가요? 주인님.”

“아, 응. 그게 말이야.”

마치 아무 일도 없었던 것처럼 묻는 미나리스 때문에 일순간『어라, 뭔 말을 하려고 했더라?』라는 기분이 잠시 들었으나 헛기침을 한 번 하고 머릿속의 생각을 다시 정리했다.

“으음. 이제부터 열흘간, 여기에서 조금 떨어진 곳에 있는 미발견 던전에 진입해서 안쪽의 마물을 **전부 소탕할 거야.**”

“……네?”

오두막 안을 침묵이 한 차례 지배한 뒤 미나리스가 얼떨떨하게 흘린 목소리가 조용히 울려 퍼졌다.

거점으로 썼던 사냥꾼 오두막에서 북동쪽으로 수 킬로미터.

그 던전은 발생하고 곧 무너진 바위가 입구를 막는 바람에 누구에게도 발견되지 않은 채 시간만 흘렀던 동굴형 던전이었다.

본래는 이제 1개월쯤 뒤에 일어나는 지진에 의해 막혀 있었던 입구가 트이고, 때마침 모험가들의 승급 시험을 인솔하던 베테랑 모험가에게 발견된 뒤에 비로소 던전 공략의 수순을 밟게 될 장소였다.

던전이란 던전 코어라고 불리는 자연 발생적으로 나타나는 골렘 비슷한 성질을 지닌 금속 구체가 주위 환경을 거둬들여서 만들어 내는 미로와 같은 구조물이다.

그 안쪽에서는 바깥보다 활발하게 마물이 발생하는데 시간이 지나면 지날수록 미로는 더욱더 확대되고, 발생하는 마물은 보다 강해지고 많아진다.

가장 안쪽의 방에는 던전 코어가 설치되고, 그곳을 지키기 위해 던전 코어의 마력을 받아 더 강력한 장비를 갖춘『수호자(가디언)』이라 불리는 마물이 침입자를 맞이하고자 대기하고 있다.

그렇게 마지막으로 던전 코어를 파괴하면 던전의 기능이 정지되고 그다음은 단지 광대하기만 한 미궁이 홀로 남게 된다.

온 세계에 흩어져 있는 수많은 던전과 비교했을 때 이 던전은 몹시 **젊은** 축이었다. 사람으로 비유하자면 거의 갓난아이라고 말할 수 있는 단계랄까.

동굴형 던전은 어디든 전부 바깥의 빛이 들지 않는 대신에 벽에 자라나는『반짝 이끼』덕분에 시야가 불편하지는 않다. 통풍구라도 뚫려 있는지, 던전 안에서 산소 결핍증에 시달리는 일도 없었다.

문제라면 동굴 내부 특유의 음침하고 축축한 공기 정도를 꼽을 수 있는 장소로, 우리가 이 던전에 진입한 지 오늘로 마침 여드레째가 된다.

"큭, 하아아아아앗!!"

"갸에에에엑!!"

연달아 수 합을 맞부딪친 금속과 금속의 충돌은 녹슨 검을 휘두르던 『소드 고블린』의 손목이 베여 날아가는 것으로 막을 내렸다.

공격을 성공시킨 미나리스는 칼날의 이가 꽤나 심하게 빠진 상태의 일곱 자루째 검을 내려뜨린 채 무의식중에 뒷걸음쳤던 고블린의 품속으로 한 발자국 뛰어서 파고 들어갔다.

“그륵, 갸아아아우우우우웃!!”

“이제 끝이에요!!”

검과 손을 동시에 잃고 안 그래도 추악했던 얼굴을 고통으로 일그러뜨린 채 고블린은 한칼에 베여 몸통과 목이 절단되고 말았다.

단말마조차 못 내지르고 절명한 고블린이 녹색의 피를 뿜으면서 허물어진다.

“후유……. 윽!!”

슉, 희미하게 바람 가르는 소리와 함께 미나리스를 향해 화살이 날아들었다. 마치 긴장을 푼 한순간의 틈을 꿰뚫어 쏜 일격 같았다.

이미 회피 가능한 거리가 아니었기에 하다못해 급소를 피해서 맞으려고 몸을 비트는 것이 한계였다.

“거봐, 방심하지 말랬지.”

조금 떨어진 위치에서 『비각』을 써서 그 속도를 살려서 화살을 아래에서 위로 쳐냈다. 거리를 두고 바위 뒤쪽에 숨어 있었던 아처 고블린이 두 번째 화살을 메기는 모습이 보였다.

“거기 늑대 놈들의 상대, 잠깐만 맡기겠어.”

“앗, 네!”

내가 상대하고 있었던 대여섯 마리의 『그레이 가름』들은 비각의 속도에 따라붙지 못한 채 혼란에 빠진 양상이었다. 다만 잠깐의 혼란은 잿빛 몸털을 지닌 늑대들 가운데 무리를 이끌고 있는 단 한 마리, 검은색 몸털을 지닌 상위 개체『블랙 가름』이 지른 하울링 한 번으로 수습됐다.

분주히 이쪽으로 달려오는 무리를 시야 한쪽에 담아 두면서 가름 떼를 미나리스에게 맡긴 뒤 다른 방향으로 지면을 박찼다.

"어림없어."

아처 고블린이 화살을 쏘는 것보다 더 빨리『비각』으로 거리를 좁히고 상단에서 하단으로 일도양단했다.

"갸으아악!!"

"시끄러워."

곧바로 검을 되돌려 휘둘러 올린다. 차라리 철 덩어리라는 표현이 들어맞을 법한 두툼한 대검과 맞부딪친 심검에서 불꽃이 터져 나왔다. 불쑥 나타난 놈은 큰 바위 그림자에 감쪽같이 숨어 있었던『하이 소드 고블린』, 맨 처음에는 열 마리에 가까웠었던 고블린 무리를 통솔하는 개체였다.

"갸르르륵!!"

노림수대로 흘러가지 않은 상황이 마음에 안 들었을까, 고블린이 짜증스럽게 으르릉거리면서 고함질렀다. 고블린과 같은 모습인데도 기골 장대하다. 놈의 몸체는 높이가 2미터 가까이 됐다. 보통 고블린의 두 배 가까운 크기다.

"살기 때문에 벌써 다 들켰다고. 게다가 뭐냐, 기습할 만한 머리가 있는데도 왜 소리를 지르는 거야?"

"그으윽!! 그가아아!!"

고유 능력『타 언어 이해』는 상대의 말이 전달되고 내 말도 정확하게 전달해준다. 그럼에도 불구하고 인간에 속하는 대상이 아닌 한 기능을 하지 않았다.

수인 및 엘프, 마족에게는 효과가 있음에도 마물을 필두로 하여 동물 및 곤충처럼 의사소통을 나누기 위한 수단을 지녔으나 이른바『인간 아닌 것』인 상대의 말은 통 이해가 되지 않는다.

눈앞의 고블린도 마찬가지였고, 고블린 또한 내가 하는 말을 이해하지 못할 것이다. 그럼에도 분위기로 바보 취급당하고 있다는 것을 알아차린 듯 위태위태하게 코등이싸움을 벌이던 상황에서 억지로 힘을 실어 날려버리고자 크게 고함지르면서 대검을 휘둘러 댔다.

"쳇, 무식하게 힘만 세잖아……!!"

상상 이상으로 강한 힘에 놀라면서 욕설을 내뱉었다.

날려 가면서도 재빨리『천구』를 이용하여 공중에서 자세를 가다듬었다.

힐끗 미나리스의 방향을 보니 포위당하지 않도록 잘 돌아다니면서 그레이 가름 상대로 조금씩 대미지를 주는 견실한 전법을 구사하는 듯싶었다. 기본에 충실하니 몹시 바람직하다.

미나리스가 제대로 싸우고 있건만, 내가 꼴사나운 모습을 보일 수는 없는 노릇이었다. 거리가 벌어진 틈을 이용하여 강한 힘의 원인을 찾기 위해서 스테이터스를 들여다보자 그 이유를 정확하게 알 수 있었다.

"상태가 양호에 저주 부여, 그러면 저주받은 무기인가."

고블린이 허리에 두르고 있는 넝마가 딱히 대단한 장비일 가능성은 희박하니까 대검에 감정을 걸었다.

스테이터스

하이 소드 고블린 Lv77

남 마물

HP : 1121/1212 MP : 256/256(511)
근력 : 1321(521) 체력 : 524
내구 : 347(695) 민첩 : 527
마력 : 0(531) 항마 : 248(497)

고유 능력 : 없음
스 킬 : 『검술 Lv 4』『대검술 Lv 3(부여)』
상 태 : 양호, 저주받음

【원념의 대검】
수많은 중검사의 저주받은 원념이 담겨 있는 대검.
장비자는 오직 굳세게 검을 휘두르는 데 특화하는 존재가 된다.
《패시브 효과》
근력 +800, MP −50%, 마력 −100%, 내구 −50%
항마 −50%, 스킬 『대검술 Lv 3』을 부여

예상했던 대로 손에 들고 있었던 대검이 저주받은 무기였다. 완전히 머릿속까지 근육으로 된 바보나 쓸 법한 무기였지만, 대부분의 고블린은 전투에 마력을 활용하는 법이 없기에 상성은 잘 맞는 조합이었다. 이 무기를 입수한 덕에 소드 고블린에서 하이 소드 고블린으로 진화했을 테지.

"던전 보스도 아닌 주제에 이렇게 강한 이유가 저 무기인가, 귀찮군."

저주가 붙은 장비는 꽤나 드물기 때문에 첫 번째에서 4년 가까이 이 세계를 여행하고 돌아다녔던 나 또한 손에 꼽을 정도밖에 본 적이 없었다. 강력한 힘을 주는 대신에 난점도 많은 장비여서 효과만 따져도 아무나 사용할만한 것이 못된다. 더욱이 저주받은 무기는 강력한 사념이 담겨 있기 때문에 적성 없는 자가 다루려고 들었다가는 의식을 **잡아먹힌다**.

자아를 잃은 채 오직 파괴를 실행하는 괴물로 전락해버리는 것이다.

그런 의미에서는 이 고블린은 적성이 있었나 보다. 스테이터스의 상태에 양호라고 표시되었다 함은 휩쓸리지 않았다는 뜻이다. 이성적인 움직임을 취하는 모습에서 알 수 있지만, 저주받은 무기를 제대로 지배하고 있었다.

"그가아아악!!"

"제길, 조금 골치 아프군."

주술이나 저주가 걸린 장비로 실력을 끌어올린 상대와 싸운 경험이 물론 없지는 않다만, 첫 번째 때는 동료 중 성녀가 있던 데다가 상성이 좋은 강력한 심검도 해방된 상황이었다.

저주가 서린 상대는 성녀가 특기로 하는 계통 외 마법 중 신성 마법과 철저하게 상성이 나쁜 데다가 나 자신 역시 상당히 강력해졌던 시기였던 터라 별 고생을 한 기억은 없다. 그러나 지금 성녀는 복수 상대 중 하나이고, 나는 아직껏 강력한 심검을 해방할 만큼 경험치를 쌓지 못했기에 힘 대 힘으로 찍어 누르기는 버거웠다.

"갸으으으, 가악!!"

"윽!! 후유, 흡!!"

들이닥치는 검날에 맞서 심검을 쓱 뻗으면서 발놀림으로 피한 뒤, 놈의 검이 궤도에 오르기 전에 후려쳐서 위력을 둔화시켰다.

다행히도 내『기교』와『사고 반응 속도』는 첫 번째 때 그대로 계승됐기에 여전히 레벨 1이었지만 절망적인 능력치의 격차를 메울 수는 있었다. 다만 대검술 스킬 때문일까, 내가 발휘할 수 있는 능력치로 찌를 만한 커다란 빈틈은 발견하지 못했다.

내게도 딱히 결정타가 없는 까닭에 전투는 장기전으로 흘러갈 분위기였다.

그때였다, 사고를 펼쳐 나가던 중에 문득 떠오른 발상.

"……시험해볼까?"

솜씨 좋게 충격을 억제하면서 정면으로 직접 검을 맞부딪친다. 얼굴을 구기며 힘으로 압살하려고 드는 고블린을 응시하다가 검이 세차게 휘둘러지는 타이밍에 맞춰 스스로 뒤쪽 방향으로 뛰었다.

거리가 벌어진 틈에 포션을 마셔서 애써 절약했음에도 자꾸자꾸 소모되고 마는 마력을 회복시켰다. 또한 이제껏 휘둘렀던【시초의 심검】은 나의 내면으로 돌려보내고 그 대신 【불거미의 다리 검】을 손에 만들어 냈다.

한편 고블린은 어쩌고 있었느냐면 검에 단단히 힘을 실어서 날려 버렸음에도 불구하고 내게 이무런 타격도 가하지 못한 결과에 다시 또 짜증스럽게 얼굴을 구기는 모습이었다. 그러나 겉모양은 일반적인 롱 소드쯤 되어 보이는【시초의 심검】에서 기껏해야 단검의 길이 밖에 안 되는【불거미의 다리 검】으로 무기를 바꿔 든 것을 보고 유리해졌다고 판단했을까, 고블린 다시금 우월감에 젖은 표정으로 추한 웃음을 지었다.

"그갸아아아아, 우아아악!!!"

재차 거리를 좁힌 고블린이 아래에서 위로 대검을 쳐올렸다.

그 일격을 비스듬하게 돌아서서 피하자 바람 가르는 굉음과 함께 불어 닥친 검풍에 앞머리가 흔들거렸다. 번쩍 휘둘러 올렸다가 곧장 연격을 떨어뜨리고자 상단에서 내려 떨어지는 대검을 역수로 쥔 【불거미의 다리 검】으로 막아 냈다.

"크……!!"

"겍, 갸아아아!!"

새된 소리가 요란하게 울려 퍼지고, 고블린의 대검과 내 심검이 빠득빠득 소리를 냈다.

그야말로 첫 번째 충돌의 재현이었으나 이번에는 내가 뒤쪽으로 날려 가는 사태가 벌어지지는 않았다.

"그갸악?!"

"잘 먹혔군. 역시 이 녀석, 제법 우수하잖아."

첫 번째 때는 떠올리지 못했던 전법인데 저주받은 무기도 또한 **금속**이잖은가.

고블린이 들고 있는 대검의 칼날과 칼날이 맞부딪쳤던 부분이 서서히 녹아 끊어지고 있었다. 반쯤 녹아들었을 때 이변을 알아차린 고블린이 급히 대검을 회수하지만 **이미 늦었다**.

"에라!"

입꼬리를 들어 올리고 심검에서 손을 놓는 동시에 『천구』로 공중에다가 발판을 만들었다.

삼각 뛰기의 요령으로 중간에 몸을 비틀면서 살짝 깊숙이 틈이 파여 있는 대검의 등 부분에다가 마력 조작으로 각력을 강화한 뒤 중력에 기세를 더한 발뒤꿈치로 전력을 다해 내리찍었다.

"그갸아악?!"

끄드득, 단단한 물체가 꺾여 나가는 둔탁한 소리와 함께 저주받은 대검은 중앙에서 절단됐다.

제 무기에 절대적인 신뢰를 두고 있었을 고블린이 어리둥절하는 낯빛으로 손에 든 부러진 검을 쳐다본다.

"빈틈투성이잖냐."

"그윽, 가아아……."

그 빈틈을 내가 가만히 두고 볼 리 없었다. 재빨리 만들어 낸 【시초의 심검】에 상당히 많은 양의 마력을 주입해서 일격 필살의 의지를 담아 휘둘렀다. 숨통을 싹둑 베이게 된 고블린은 몸에서 힘이 쭉 빠져 뒤쪽으로 나동그라졌다.

지면에는 죽어도 놓지 않겠다는 듯이 강하게 쥐고 있었던 저주받은 대검이 부러진 잔해가 되어 굴러다니고 있었다.

"……후유."

경계를 늦추지는 않은 채 재빨리 미나리스가 싸우고 있을 방향을 확인했더니 마침 그녀도 거의 마무리를 지어가는 것이 보였다.

검에 독으로 작용하는 마력을 둘러 거듭거듭 베어낸 걸까. 그레이가름 무리가 고통스럽게 신음을 흘리면서 지면에 누워 몸부림치고 있다. 이제 남은 적은 무리를 통솔하던 『블랙 가름』뿐이었고 역시 위축된 모습을 보이고 있었다.

미나리스는 방심은 하지 않고, 그럼에도 전법을 바꾸지 않고 회피를 최우선적으로 두고 차근차근 블랙 가름에게 상처를 입혀 독이 스며들도록 싸웠다.

"우후후, 자, 어서요. 춤춰보세요. 우후, 우후후후!!"

"……아니, 방심하지 않고 싸우는 게 아니라 단지 괴롭히고 있을 뿐인가. 『환염독귀』를 너무 많이 썼군."

물론 경계하면서 싸운 까닭에 비롯된 결과이겠지만, 힘을 너무 쓰는 바람에 MP취기가 솟구쳤나 보다.

아무래도 미나리스는 MP취기를 쉽게 겪는 체질인 듯『환염독귀』를 과도하게 쓰면 전투의 흥분에 휩쓸려서 이성이 하늘 저편으로 휙 날아가버린다.

지금도 투쟁심이 흡사 가학심으로 변화한 모습이었다.

"자, 자요. 더 멋진 소리를 내며 울어보라고요! 극상의 독으로 보내줄……. 앗, 너무해요, 주인님!!"

"말해도 소용은 없을 테지만, 잠시 머리 좀 식혀라."

후유, 한숨 쉬고는 거의 움직임을 멈춘 지경이었던 블랙 가름의 몸체를 꿰찔러서 지면에 붙박았다.

“가로채기는 나빠요~. 사과의 뜻으로 키스해주세요, 키스, 키스!”

“엉뚱한 말 하지 말고 어서 이놈 목이나 따. 안 죽이면 금방 부활한다고, 이 녀석.”

“으으, 알겠습니다~.”

휙 안겨 들려고 하는 미나리스의 얼굴을 한쪽 손으로 밀어 제지했더니 곧 물러나려고 하기에 손을 놓아줬다.

주변의 그레이 가름 무리는 이미 중독돼서 숨이 끊어졌다.

미나리스는 검을 들어 올렸다가 블랙 가름의 목을 침으로써 전투에 마침표를 찍었다.

“자, MP포션.”

“주인님, 입 · 맞 · 춤 · 은 · 요?”

“…….”

“흐걱!! 꾸꺽, 꾸꺽.”

묘하게 아양 부리면서 눈을 치뜨고 지분거리는 미나리스를 무시한 채 억지로 포션을 입속에다가 밀어 넣고 마시게 했다.

이제 몇 분 지나면 안전 운행을 기본으로 하는 쿨한 미나리스 씨로 직업이 바뀔 것이다. 미나리스도 점점 MP취기 자체에는 익숙해지고 있으니까 전투 상태가 끝나고 MP가 회복되면 곧 평소 상태로 돌아오겠지.

“푸핫! 에잇, 입으로 먹여주기는 아니지만 이것도 나름대로 좋은 기분이에요.”

"아, 그래그래. 너는 좀 쉬어. 전리품은 내가 챙겨 놓을 테니까."

미나리스의 발언은 싹 무시하고 새로 해방한 심검【둥글 다람쥐의 주머니 검】을 검대에서 뽑아냈다. 이 심검은『벤다』라는 기능을 사실상 수행하지 못할 듯싶은 외견과 질감을 갖고 있었다. 자루도 포함해서 50센티미터에 못 미칠 만큼 짤막한 심검. 도신 전체는 연갈색 몸털로 덮여 있을 뿐 칼날이라고 부를 만한 부분이 존재하지 않았다. 아니, 애당초 전혀 뼈대가 들어 있지 않아서 흐물흐물 꺾이기 때문에 막대 모양의 모피라고 하는 게 차라리 맞는 표현이겠다.

효과는 흔히 말하는 아이템 박스. MP의 상한치를 5퍼센트 깎는 대신 제한 없이 물품을 수납 가능하다.

대부분의 심검은 나 아닌 다른 사람의 손에 건네줘도 내 내면으로 돌아오도록 되어 있지만, 이 심검만큼은 예외였다. 소유자가 대가를 지불하면 내가 허락하는 한 다른 사람이 들고 다녀도 사라지지 않고 남기 때문에 미나리스 역시 자기 최대 MP의 5퍼센트를 대가로 본인의 심검을 하나 들고 있었다.

【둥글 다람쥐의 주머니 검】에 마력을 흘려 넣자 막대 모양이었던 도신이 풍선처럼 둥글둥글 부풀어 오르더니 그 끝부분의 절반에 방울처럼 틈이 벌어졌다.

이 상태에서 심검을 적당히 옆에 내려놓은 뒤 도구점에서 구입한 개박(開剝)용 나이프를 한 손에 들고 첫 번째 때의 기억을 더듬으면서 마물 토벌을 증명하기 위한 부위와 쓸 만한 소재를 잘라 휙휙 집어넣었다.

던전의 마물은 죽고 잠시 시간이 지나면 던전에 빨려 들어가는지라 일찌감치 챙겨 두지 않으면 어느 틈에 사라지고 없다.

마물 무리에게 협공을 받아 도구를 소모하면서 싸운 끝에 별 소득을 못 거두면 아쉽잖은가.

"이 녀석도 일단 가지고 갈까."

하이 소드 고블린이 사용했던 저주받은 무기 『원념의 대검』도 두 동강 났던 위아래 부분을 주머니 속에 집어넣었다.

모든 작업을 마칠 무렵에는 전투 시작 즈음에 해치웠던 마물들이 마침 지면에 빨려 들어가려고 스륵스륵 가라앉고 있는 참이었다.

미나리스가 있는 곳으로 돌아왔을 때는 MP취기도 거의 가셨고 이성이 날아간 뒤 고양감에 휩싸였을 때의 묘한 색기도 안개처럼 흩어져 있었다.

"저기요, 죄송합니다, 주인님. 또 폐를 끼쳐서……."

"아냐, 괜찮아. 취했을 때도 최저한의 전술 판단은 문제가 없었고. 그나저나 역시 마물 떼 둘을 동시에 상대하려니까 좀 피곤하네."

그렇게 말하고 미나리스가 앉아 있는 바위 옆쪽에 주저앉았다.

본래 싸우려고 했던 대상은 블랙 가름을 리더로 하는 그레이 가름 떼였다. 미나리스가 장해물 많은 지형의 전투를 경험할 수 있도록 큰 바위가 여기저기에 널려 있는 이 장소로 유인했건만, 막상 전투가 벌어졌을 때 다른 출구에서 때마침 고블린들이 나타나고 말았다.

던전의 마물은 바깥 마물과 달리 전혀 다른 종족일지라도 근처에서 인간을 보면 그 인간을 최우선 목표로 행동한다. 상성이 잘 맞는 마물끼리 연계까지 해서 덤벼들기도 한다. 그리고 고블린과 가름은 상성이 꽤 좋다.

그런 까닭으로 적을 둘로 떨어뜨리고자 미나리스와 각각 한 무리의 마물들을 상대하면서 전투를 진행했었다.

“잠시 휴식 겸 식사나 할까? 오후부터는 던전 코어가 있는 보스 방에 가서 이 던전을 공략할 거야. 이제는 햇살이 조금 그립기도 하고.”

말을 마친 뒤【둥글 다람쥐의 주머니 검】에서 말린 고기와 딱딱한 흑빵, 물을 꺼내 들었다. 반짝 이끼 덕분에 밤낮 관계없이 적당히 밝기는 해도 역시 태양 아래의 따뜻한 햇살은 절로 그리워지는 법이었다.

그 부분은 꽤 오래 감옥에 갇혀 지내야 했던 미나리스도 공감하는지 고개를 살짝 끄덕였다.

아마도 쇠가죽으로 만든 가죽 수통에 입을 대고 전투의 분주함으로 말라붙은 목을 적신다. 이 물은 던전에 진입하고 경험치를 쌓아 제일 먼저 해방했던【물 요정의 물방울 칼】이라는 심검으로 만들어 냈다.

이 녀석은 도신이 없고 자루만 존재하는 심검으로, 직접 물을 거두어들이거나 마력을 주입하는 방법으로 예리한 물 칼날을 생성해 내는 검이었다.

MP의 상한치가 아직은 많이 낮기에 물이 흐르지 않는 곳에서는 무기로 사용하기에는 무리가 있겠으나 마력을 주입하면 그 자리에서 몹시 맛있는 물을 만들어 낼 수도 있었다. 이 녀석만 있으면 여행 중 겪는 식수 문제는 단번에 해결이다.

마물 떼를 통째로 둘이나 다 소탕한 다음인지라 금세 또 마물이 덮쳐들지는 않을 듯 여겨지지만, 한가롭게 쉴 만큼 시간에 여유가 있지는 않다. 그 점을 던전에 진입하고 최근 여드레 동안 철저하게 체감했던 미나리스도 역시 재빨리 식사를 끝마쳤다.

"자, 슬슬 보스 방으로 가자. 던전 안 마물은 돌아다니면서 대강 다 해치웠고, 여기 구조도 얼추 떠오르니까."

첫 번째 때에 이 던전을 클리어한 인원은 이 세계로 불려온 지 얼마 되지 않았던 나를 리더로 하는 용사 파티였지만, 유감스럽게도 실제 체험으로 4년도 넘는 과거에 공략했던 던전을 세세한 구조까지 기억할 수는 없었다.

그렇다 해도 1주일 이상 돌아다니다 보면 기억이 나기 마련이다. 희미한 기억에 의지해서 보스 방으로 이어지는 최단 루트를 골라 전진했다. 도중에 고블린 및 가름이 산발적으로 나타나서 덮쳐들었지만 대충 죽이기만 하고 방치한 채 발길을 재촉했다.

그렇게 도착한 곳은 유난히 이질적인 외관이 눈에 띄는 좌우 여닫이식의 거대한 금속 문이었다.

"주인님, 혹시 여기가……."

"맞아, 던전의 최심부, 코어가 있는 『수호자의 방』이야."

걸음을 멈춘 뒤 문에서 풍겨 나오는 기묘한 위압감에 미나리스가 꿀꺽 침을 삼켰다.

"던전 최심부를 지키는 가디언은 던전 안을 배회하는 다른 마물과 비교도 되지 않을 만큼 강하다고 들었는데요. 정말 저희가 단둘이 도전하는 건가요?"

미나리스가 불안한 표정으로 물었다.

불안해하는 반응은 극히 당연했다. 애당초 던전 자체가 여섯 명 이상의 파티로 진입하는 것이 정석이었다. 파티 구성원 중 식량과 물을 운반하는 짐꾼이 전담 인원으로 포함된다는 점을 감안해도 전투원이 달랑 둘이어서는 상당히 적다.

그리고 던전 코어를 지키는 가디언을 쓰러뜨리는 것은 애당초 파티 하나에게 맡기는 임무가 아니었다. 실력을 갖춘 파티가 열 개 가깝게 연합을 결성하여 만전의 준비를 갖추고 전력으로 가상 전투 훈련을 거듭한 끝에 교대로 전투에 임하고도 끝끝내 전사자가 나올 가능성마저 각오한 뒤에 토벌한다.

이상이 던전에 드나드는 모험가들이 떠올리는 『가디언 토벌전』의 양상이었다.

그토록 강한 가디언에게 단둘이 도전한다고 하면 자살 지망자, 혹은 가엾은 정신 이상자 취급을 받을 것이다. 뭐, 첫 번째 때는 이 세계를 다 통틀어도 정신 나간 수준까지 강해진 상태였기에 나를 포함하여 네댓 명이서 후딱 공략하는 것이 기본이었지만.

"그래, 가디언을 죽일 거야. 던전 코어의 잔해는 대량의 마력을 지닌 광물이지. 재료로 써서 장비를 제작하면 어떤 종류든 최상급의 무기가 나올 거야."

던전은 나라의 중대한 자원이 될 수도 있다. 따라서 발견 뒤 나라의 관리를 받는 던전은 코어 파괴가 금지되는 경우도 있었다. 코어를 파괴해버리면 마물이 발생하지 않고, 그로 인하여 재료 수급이 안 되기 때문이었다.

그래서 더더욱 아직 나라에 알려지지 않았고 존재 자체가 발견지지 않은 이 던전의 코어는 꼭 확보할 작정이었다.

"그런가요……. 주인님, 제발 생각을 달리해주세요!! 여기에서 죽어버리면 저희의 복수가……."

"거참, 누가 정면으로 덤비겠다는 말을 했어."

결사적인 표정으로 호소하는 미나리스의 머리를 쿡 찔렀다.

"안심해라. 나 역시 정면에서 맞상대하려는 마음은 티끌만큼도 없으니까. 지금 우리가 단둘이 도전해 봤자 승률은 기껏해야 5퍼센트 남짓이겠지. 코어는 갖고 싶지만 그따위 물건과 함께 천칭에 올릴 만큼 우리의 복수는 가볍지 않아."

"그러면, 저기, 어떠한……?"

"먼저 말해줄 걸 그랬네. 가디언은 던전 코어를 지키려고 하는 성질상 이곳『수호자의 방』에서 나오지 않아. 가디언으로 설정된 마물은 던전 코어에게 강력한 장비를 부여받는 대신 의사를 빼앗긴 채 코어를 지키라는 명령에 사로잡히니까. 그럼 상대의 공격이 닿지 않는 바깥에서 일방적으로 공격을 펼치면 다 해결되잖아?"

"바깥에서요? 그래도 문을 열면 그 시점에서 이 광장까지는 나온다고 전에 모험가분들에게 들었는데요."

"맞아. 문을 열면『수호자의 방』앞쪽의 광장, 이 던전으로 말하면 지금 이 장소겠지. 여기까지 쫓아온다는 사실은 확인이 됐어. 그리고 문을 닫으면 문을 굳이 열어서 또 쫓아오지는 않는다는 사실도 확인이 됐고. **그럼 문을 닫아 놓은 채 해치워주면 되는 거야.**"

그렇게 말한 뒤【불거미의 다리 검】을 꺼내 들었다. 그리고 검에 마력을 주입한다.

"바깥에서……? 앗, 그렇군요. 역시 주인님은 대단하세요."

"뭐, 성공 가능성은 반반이고 실패한다면 순순히 포기할 거야. 이번에 여기 온 이유는 경험치를 벌기 위한 목적이기도 했지만, 그 이상으로 미나리스가 전투 방법을 몸소 경험하고 익히는 게 주목적이었으니까."

나라를 적으로 돌린 이상 언제 어디에서 누가 적이 되어 나타날지 모른다.

불의의 습격에도 견딜 수 있고 살해당하지 않는 기술을 갈고닦겠다면 수많은 적을 상대로 하여 난전에 가까운 전투를 반복하는 것이 가장 빠른 지름길이었다. 눈에 띄는 활동을 삼가야 하는 지금, 이곳은 최적의 사냥터라고 할 수 있겠다.

"그러니까 이 녀석 하나 잡자고 굳이 위험을 무릅쓰고 모험할 필요는 없어. 전투 방법은 현장에서 충분히 익혔고, 이 녀석에게는 경험치만 받아 내면 충분히 만족이야."

그렇게 말한 뒤 【불거미의 다리 검】으로 문 일부를 녹이고자 했다.

과연 던전의 최심부를 지키는 문답게 몹시 튼튼했다. 저주받은 무기보다도 저항이 더욱 격렬하다.

"문에 구멍이 뚫리면 그리로 네가 『환영독귀』를 써서 방 안에다가 지속 시간이 긴 독연을 흘려 넣도록 해. 아, 맞다. 알아차린다고 한들 어차피 안 움직일 테지만 혹시 모르니까 색깔, 냄새, 맛이 전부 다 없는 투명한 독으로 부탁할게."

그렇게 말하면서 녹기 시작했을지언정 아직껏 강하게 저항하는 문을 상대로 심검에다가 더욱 마력을 주입했다.

그러자 간신히 【불거미의 다리 검】이 파묻혀 들어가면서 문에다가 폭 5센티미터 정도의 세로로 가느다란 구멍을 뚫는 데 성공했다.

“좋아, 목적 달성이군. 아, 아아?”

문득 세계가 출렁, 흔들리는 감각이 솟구쳤다.

머릿속 한쪽 구석의 냉정한 부분이 『음, MP취기로군』 하고 알려줬지만, 역시 어디인가 다른 사람의 말처럼 들린다.

“미안, 미나리스. 뒷일은, 부탁 좀 하자……. 아마 문제는 없을 테니까, 조금만 쉴게.”

실낱같은 이성을 총동원해서 꼴사납게 취한 꼴을 내보이지 않도록 벽에 등을 기댄 채 털썩덕 주저앉았다. 문을 열지 않는 한 보스가 튀어나오지는 않을 테고 『수호자의 방』 앞쪽 광장에는 던전의 몬스터가 접근하지 않는다.

입구도 일단 바위로 위장을 마친 뒤 진입했으니까 다른 모험가가 입구를 발견해서 이곳까지 따라 들어오는 상황도 일어나지 않을 것이다.

“네. 뒷일은 제게 맡겨주세요, 주인님. 잠시나마 편히 쉬시고요.”

돌아다보니 미나리스가 녹은 문의 구멍에 물을 끼얹어 식히고 『환염독귀』로 마력을 독으로 바꿔 구멍에 들이붓고 있는 참이었다.

미나리스가 평범한 독 마법을 사용했다면 수익의 마력 특성상 독은 금세 안개처럼 흩어졌겠지만, 미나리스의 고유 능력 『환염독귀』로 만든 독은 그리되지 않는다.

지금껏 알아낸 범위에서 『환염독귀』의 효과는 우선 갖가지 효력을 발휘하는 독을 마력으로 만들어 낸다는 것. 그리고 『환염독귀』로 만든 독은 아무리 시간이 흘러도 자연적으로 흩어지거나 사라지지 않고 사용자의 의지가 아닌 한 없애기가 불가능하다는 것.

그 밖에도 몇 가지 능력이 더 있는 듯싶지만, 현시점에서 활용 가능한 특성은 이 정도로 짐작됐다.

감정으로 조사해보면 확실히 이 두 가지 능력 말고도 다른 능력이 있는 듯했지만, 다른 능력에 대한 정보는【???????】라는 표시가 전부였다.

이 고유 능력에는 다른 스킬과 마찬가지로 성장하는 타입의 요소도 있는 듯싶고 레벨이라는 체계는 없을지언정 능력이 해방되려면 모종의 조건과 스킬 숙련도 양쪽을 달성할 필요가 있다고 추측됐다.

아마도 이름으로 짐작하자면 환술 계열의 능력이……. 거기까지 생각을 떠올렸을 때 갑자기 피로감과 졸음이 확 밀어닥쳤다. 전투를 거듭하며 흥분으로 줄곧 팽팽했던 긴장의 끈이 MP취기로 풀어졌는가 보다.

저항할 틈도 없이 잔잔한 물 밑바닥에 가라앉듯이 내 의식은 어둠에 사로잡혔다.

제5장 용사와 절망의 꿈

“이봐, 들었냐? 용사님, 아니, 용사 놈, 사실은 몰래 마족과 결탁해서 마왕을 죽인 다음은 자기가 직접 마왕이 됐다더라. 이제까지 좋은 소문만 돌았지만 말이야, 실은 남몰래 악랄한 짓도 꽤나 저질렀다더군.”

“아무렴, 들었고말고. 전에 일어났던 빈민가의 폭동도 실은 용사님, 아니, 지금은 마왕인가? 에이, 귀찮으니까 용사라고 부르자. 아무튼 그 용사가 『빈민가의 주민 따위는 쓰레기나 마찬가지니까 노예로 만들어버려라』라고 임금님에게 부득부득 우긴 결과라더라. 임금님도 참 불쌍하시지. 상대가 마왕을 쓰러뜨린 용사인 데야 뭔 요구를 하든 강하게 거절할 수가 없었을 게야.”

“그 용사가 마왕이 되어버려서야 고심 끝에 결단을 내린 임금님이나 노예로 전락한 빈민가 녀석들은 얼마나 원통하겠나. 노예로 전락한 녀석들도 딱히 범죄라든가 뭔 짓을 저지른 게 아니잖아. 단지 물가 폭등 때문에 살길이 막막해졌던 녀석들도 잔뜩이었다고. 정말 빌어먹을 놈이야.”

“맞아, 그따위 놈에게 님 자를 붙여서 불렀던 것을 떠올리면 구역질이 나는군.”

밤의 왕도, 번화가에서 조금 떨어진 허름한 주점.

먹색 하늘에서는 물동이를 뒤엎었다는 말이 딱 들어맞을 만큼의 비가 지면을 때리고 있었다.

'젠장, 아주 못하는 소리가 없군…….'

눈매까지 가려지도록 깊숙이 후드를 뒤집어쓰고 도수가 낮은 술에다가 레몬 비슷한 과일의 즙과 물을 넣어 희석한 음료를 홀짝홀짝 마시면서 주위의 목소리에 귀를 기울인다.

다만 들려오는 말은 비 때문에 사냥을 나가지 못했다는 둥 마누라가 용돈을 안 올려준다는 둥 불평이 전부. 취할 만큼 술기운이 돌지는 않았지만, 그 대신 사고는 나의 내면을 향해 들어갔다.

……그날, 마왕을 내 손으로 죽인 그날부터 반년 가까운 시일이 흘렀다. 어디를 가봐도 용사였던 내 평판은 최악이라고 말할 수 있는 지경으로 바뀌었고, 내용도 날이 지날수록 더욱 악화되었다.

이세계에서 가장 긴 기간을 지냈던 왕도 역시 지금은 완전한 적지였다. 영웅이 어쩌고저쩌고 온갖 성원을 받으면서 여행길에 올랐던 그날이 마치 꿈같이 느껴진다.

【둔갑 도깨비의 거울 칼】로 성별과 외모를 바꿔서 아무도 나를 못 알아보게 하지 않으면 길을 걸어 다닐 수조차 없었다. 그뿐 아니라 내 편이 되어주는 사람이 없었다면 애당초 도시 안으로 들어오지도 못했을 테지.

이곳에 오는 동안에도 몇 번이나 동료였던 놈들에게 습격 받았다. 공격하는 이유도 나로서는 이해할 수 없는 말뿐이었다.

대범한 성격의 호탕했던 전사는 내가 살아 있으면 제일의 영웅이 되겠다는 자기 꿈을 이룰 수 없으니까 내가 방해물이라고 말했다.

일행을 잘 돌봐주는 누나 같은 느낌이었던 무희는 남편으로 둔 전사의 꿈을 이루는 것과 나에게 걸려 있는 고액의 현상금을 원한다고 말했다.

서투르게나마 여행 도중 내 안부에 관심을 가져줬던 마술사는 자기 연구를 성공시켜서 후세까지 이름을 남기기 위해 나를 실험체로 쓰고 싶다고 말했다.

현대 지식으로 상품 개발을 도와줬던 상인은 정작 내가 지니고 있는 현대 지식이 다른 상인에게 퍼져 나가서 독점 상태가 무너지면 곤란하다고 내 목숨을 노렸다.

무사 수행의 여행 중이었던 무뚝뚝하지만 동물을 좋아하는 무투가는 나를 죽여서 레벨을 올리겠다고 공격에 나섰다.

왕가에서 파견되어 뛰어난 첩보 능력으로 여러 차례 위기에서 구해줬던 전직 암살자는 왕명이니까 죽이는 데 망설임은 없다고 싸늘한 눈동자로 내뱉었다.

여행 도중에 구해줬던 마을 주민들은 단지 밀고만 해도 상금이 나오니까 용서해 달라면서 탐욕에 흐려진 눈으로 나를 보고 있었다.

언제나 누군가를 격려하고 기운을 북돋아줬던 마음씨 고운 성녀에 이르러서는 나를 『신의 적이다』, 『마왕이 된 자다』라고 선언한 이후, 물어봐도 나를 배신한 이유에 대해서 이야기하려고 하지 않았다.

왕국도 제국도 수인국도 법국도, 내가 지킨 줄 알았던 나라들이 전부 적으로 돌아섰다. 대다수 인간은 나라의 선언을 의심하지 않고 받아들인 채 나에게 돌을 집어 던졌다.

지금도 아직 배반당했다는 사실을 믿고 싶지 않았다. 그따위 이유 때문이냐고 울부짖고 싶었다.

범죄자처럼 몸을 숨기고 적의의 바다에 잠겨 몸이 타오르면서도 가까스로 이곳 왕도까지 다다랐다. 괴롭고 슬퍼서 몇 번이고 포기하고 싶었다.

그럼에도 허물어지려고 하는 마음을 붙들어준 것은 소녀와, 마왕과 나눈 약속.

『반드시, 고향으로, 가족의 곁으로 돌아간다』

……내게 스스로 죽는 길을 선택했던 그 소녀와 나눈 약속.

주문이 많은 소녀였다.

거짓말쟁이에 겁쟁이에 소심하면서도 강한 척 고집이나 부리고.

깔깔거리면서 잘 웃는 주제에 또 울보이고.

오만불손한 태도로 생떼를 부리면서도 내 기분에 민감했고.

얄밉도록 막무가내로, 단색으로 제작된 무대의 배경 같았던 이곳 이세계에 색을 칠해준 소녀.

목 아래로 걸어 놓은 자그마한 주머니를 잡아 쥐었다.

여기에 든 물건은 마왕이 지닌 방대한 마력이 담겨 있는 소녀의 마핵(魔核). 마족에게는 인간의 심장에 해당한다.

용사 소환 마법에는 막대한 마력이 필요했다. 내가 불려왔을 때에는 왕가에 전해 내려오는 옛 비보 다수가 품고 있었던 마력을 전부 토한 뒤 잡동사니가 되었다고 했다.

그 마력을 감당하기 위해 소녀가 목숨과 바꿔 내게 건네준 것이 이 마핵이었다. 내가 본래 세계로 돌아가고자 쭉 찾아다녔던 수단.

이기든 지든 서로 원망하기 없다는 말을 해 놓고 마지막 최후의 순간에 가서 일부러 살해당했던 소녀의 심장.

『유감이지만 나는 네 세계에 따라갈 수는 없겠구나. 뭐, 그래도 좋다. 카이토에게는 언제나 받기만 하였고 줄곧 빚을 만들었으니. 이제는 전부 갚은 셈이잖느냐. 전에 말했지, 나는 진 빚을 제대로 갚는 여자라고』

“언제나 도가 지나치다고, 너는.”

『꼭, 원래 세계로, 고향으로, 가족의 곁으로 돌아가거라. 아, 그래도, 금세 잊어버려서는 괘씸히 여길 테니 한동안은 울면서 지내고.

아주 끝내주게 내 묘지를 만들고, 내 추억만 떠올리면서 흐느껴 울거라. 카이토, 너는 언제나 원래 세계의 가족들 안부만 염려하지 않았더냐. 얼마 동안은 내가 카이토를 독점해주마! 쿡쿡, 그래, 이리 생각한다면 죽음을 맞이하는 것이 뜻밖에도 기대가 되는구나』

"뭘 기대한다는 거야. 겁쟁이 주제에, 어설픈 거짓말이나 하고."

『맞구나, 그리고 또, 마지막으로 하나 더. 언젠가 죽을 때는 이루어야 할 목표를 남기지 않고 떠날 수 있도록 살거라. 내 목숨을 주었잖느냐. 도중에 포기하고 대충 살아가는 인생을 남긴 채 온다면 절대로 용서하지 않을 테다. 철저하게 감독할 테니 각오하거라. 얼빠진 꼴을 하고 다니거든 다시 태어나서 한 대 때려주러 가든가, 네 앞에 귀신이 되어 나타나련다.』

"다시 태어나든 귀신이 되든 상관없으니까 네 얼굴을 보여 달라고, 응?"

귓속 깊숙이 각인되어 긴장을 늦출 때마다 메아리치는 소녀의 목소리.

마지막으로 나눴던 몇 마디 말이 머릿속을 스치고 지나간다.

마지막까지 제멋대로였던 소녀. 그리고 그러게 만든 나는 최악의 남자다.

게다가 기껏『마왕 토벌』이라는 의뢰를 달성했음에도 이번에는 언제 부탁했냐는 듯이 의뢰자들이 내 목숨을 노리고 있지 않은가. 소녀에게 자주 들었던 『바보 멍텅구리』라는 말도 이렇게 되면 그야말로 반론의 여지가 전혀 없었다.

정말이지 바보에 얼간이에 넋 빠진 놈이었다. 깨달음은 언제나 뒤늦게 찾아온다고 후회할 따름.

"……."

그래서 더더욱 마지막으로 나눈 약속만은 설령 어떤 고난을 무릅쓰더라도 반드시 지켜야 했다. 마왕과 나눈 약속을 지키고 가족과 꼭 재회하겠다. 그것만이 지금 나의 버팀목이었다.

정신을 차렸을 때는 컵에 든 술이 텅 비어 있었다.

"여~ 아가씨. 우울한 얼굴이군. 어때, 우리와 같이 한잔하지? 원한다면 사줄 테니까 말이야."

"……사양하지. 이봐, 술값은 여기에 두고 가겠어."

"엥, 어이!! 쳇, 뭐야. 튕기기는."

취기 때문에 뻔뻔해진 듯 보이는 남자의 제안을 거절한 뒤 술 한 잔의 대금을 놓고 주점에서 나왔다.

바깥에 나왔더니 비 막이를 겸한 로브에 굵은 빗방울이 부딪쳐서 터져 나갔다. 세차게 비 내리는 밤이기도 해서 돌아다니는 사람은 드물었다.

어쨌든 먼저【약탕 벌레의 날개 검】의 효과로 취기를 날린 뒤 빈민가 쪽으로 움직였다. 그곳에는 『월 이터』 때문에 무너져 뚫린 일부 벽으로 침입한 마물에게 구해줬던 사람들이 살고 있었고, 당시의 은혜를 갚고 싶다면서 내가 왕도로 들어올 수 있도록 길잡이와 은신처를 수배해줬다.

왕도에 돌아오고 이틀, 빠르면 내일 밤 당장 왕성에 침입해서 처음 소환됐던 그 방을 찾아갈 계획이었다.

왕과 왕비, 기사단은 마침 왕도를 비웠다고 했다.

왕국이 어째서 나를 배반했는가, 마왕을 토벌한 내가 다음 마왕이 되었다는 이야기를 어째서 믿고 있는가. 이것저것 묻고 따지고 싶은 심정도 적지 않았다만, 그보다는 본래 세계로 돌아가는 것이 우선이었다.

"……술기운을 다 빼놓았던 게 정답이었나."

몸을 숨기고 있는 집으로 돌아가던 도중 부자연스럽지 않도록 샛길을 골라 걸었다.

물론 본래의 행선지를 들키지 않도록 조심하면서.

"나, 저에게 무슨 용무신지요? 누가 쫓아올 만한 행동을 한 기억은 없습니다만."

일순간 여자로 둔갑했다는 사실을 잊은 채 남자 말투로 말할 뻔했다.

인기척 없는 골목길 안쪽까지 왔을 때 주점을 나오고 쭉 붙지도 떨어지지도 않은 채 미행하면서 따라왔던 인물에게 그렇게 물었다.

골목 안쪽에 침묵이 감돌았다.

시치미를 떼려는가 싶어서 내가 먼저 덤벼들까 마음먹던 차에 새까맣게 복장을 갖춘 2인조 남자가 모습을 드러냈다.

"당신께서, 용사님이 맞으십니까? 그러시다면, 윽!!"

『비각』의 최상위 스킬 『신각(神脚)』과 『천구』의 최상위 스킬 『축지

(縮地)』을 복합시켜서 눈 깜빡이는 속도보다 빨리 남자의 등 뒤로 돌아가【그림자 빛살의 쌍둥이 칼날】을 목 부분에 바싹 가져다 댔다.

"그 정보를 어디에서 알아냈지? 이 모습의 나를 용사라고 판단할 수 있는 인물은 이 도시에 없을 텐데."

"자, 잠시만 말을 들어주십시오! 저희는 왕녀님의 사자입니다!! 거리에서 용사님과 닮은 여인을 봤다는 말을 듣고 진위를 확인하기 위해 찾아뵈었을 뿐입니다!!"

그 말을 듣고 살펴보니까 분명히 낯이 익은 얼굴이었다. 아마 왕녀의 호위라는 명목으로 수발 비슷한 일을 하는 녀석들이었다.

"알레시아가? 나를 배반한 나라의 왕녀가 이제 와서 나에게 무슨 용무지?"

"와, 왕녀님 본인은 결코 당신을 배반하지 않으셨습니다!! 저희는 당신의 아군입니다! 당신의 소망을 알기에 처음 언약한 대로 본래 세계로 보내드리고자 굳이 위험을 무릅쓰면서 이렇듯 저희를 파견했으니까요!!"

"……."

"현 임금님과 왕비님은 이제껏 압정을 강제한 탓에 차오르게 된 민중의 불만을 전부 당신께 뒤집어씌우겠다고 법국에서 선포한『용사가 차기 마왕이 됐다』라는 말을 무작정 두둔했습니다만, 왕녀님은 이러한 처사를 몹시 가슴 아파하고 계십니다! 게다가 애당초 용사 소환 의식은 왕가의 비의(秘儀). 의식 마법은 특정 공물을 준비할 수 있다면 누구든 실행이 가능합니다만, 그 방법은 오직 구전으로 전해 내려옵니다!! 왕녀님의 조력은 당신께서 뜻을 이루는 데 필시 도움이 될 것입니다!!"

확실히 아픈 부분을 찔렀다.

나는 마법 자체에 해박하지 않았다. 나 자신은 마법을 쓸 수 없었고, 마법으로 실현 가능한 작용은 언제나 심검으로 대체만 했던 까닭도 있었다. 게다가 사태가 이리되지 않았더라면 나를 돌려보내기 위한 마법 따위야 왕가에 직접 물어봐서 진행할 수 있었을 테니까.

우선은 왕성 서고에 잠입해서 정보를 찾을 예정이었지만, 이자들의 말을 신용한다는 전제하에 내 계획은 어떤 의미도 없는 셈이다.

"……그래서, 너희들은 나를 어쩔 작정이지?"

"괘, 괜찮으시다면 지금 당장에라도 왕녀님의 거처로 안내하고 싶습니다만……. 우선 저희 은신처로 가시죠. 걱정 마십시오, 저희는 당신의 **아군**입니다."

……신용해도, 되는가?

마왕과 최종 결전에 임하기 전에 헤어졌기 때문에 그 뒤로 한 번도 왕녀와 만난 적이 없었다.

왕녀는 본인 입장상 왕과 왕비가 내린 결정을 공공연하게 거스를 수 없다는 말도 옳았다. 게다가 왕녀가 내 편이라면 나는 아마도 당장에 돌아갈 수 있을 것이다.

매일같이 흙탕물을 뒤집어쓰는 듯한 도망 생활을 마침내 끝낼 수도 있겠다.

"**믿어주십시오**! 왕녀님께서는, 용사님의 안위를 몹시 염려하고 계십니다. 그 때문에 이렇듯 신속하게 용사님과 접촉하기 위해 움직일 수 있었던 겁니다! 왕녀님은 용사님을 돕고 싶다고 말씀하셨습니다."

그 말에 저절로 숨이 막히는 기분이었다.

믿어 달라고, 몇 번을 소리치던 나 자신과 눈앞에 있는 남자들이 겹쳐 보인다.

"으음……. 알았어, 데려다줘."

심검을 목덜미에서 떼어 내고 없애자 남자들은 눈에 띄게 안도한 기색으로 긴장을 풀어냈다.

"그, 그러면, 이쪽입니다. 이제부터 용사님께서 소환됐을 때 계셨던 왕성 안의 건물로 이동하겠습니다. 그곳에 있는 전이석을 써서 은신처로 넘어간 뒤 용사 송환을 위한 의식 마술 준비가 끝날 때까지 보호해드리고자 합니다. 어디에 사람들의 눈이 있을지 모르는 상황인지라 직접 출입하는 모습을 보일 가능성이 있는 행동은 피하려고 합니다."

보통 작은 촌락이라면 모를까, 도시라고 부를 만한 규모의 거주 지역은 전이를 써서는 진입 및 탈출이 불가능했다. 국방의 관점에서 전이를 방해하기 위한 소형 마도구를 다수 파묻어 놓기 때문이다.

그리하지 않으면 전쟁이 벌어졌을 때 적이 마음껏 기습을 펼칠 테니까. 다만 왕도에서 딱 한 곳 전이 가능한 장소가 있다. 즉 내가 소환되었던 왕성 내부의 건물. 전이가 아예 불가능하면 용사 소환에도 지장이 있기 때문이었다. 따라서 그 건물의 효과 범위는 전이 방해용 마도구를 땅속에 파묻어 놓는 방법을 선택하지 않고, 절차를 밟아 손쉽게 마도구를 철거할 수 있도록 설치해 뒀다.

"그래, 알겠어."

나를 왕도에 숨겨줬던 사람들에게 감사 인사를 전하고 싶었으나 역시 포기하기로 했다. 나를 악(惡)이라고 낙인찍은 세상 풍조가 바뀌지 않는 한 나와 얽히는 것 자체가 위험한 행동이 된다. 그렇다면 꼭 필요한 만남은 아닌 만큼 굳이 찾아가지 않는 게 좋겠다.

새까맣게 복장을 갖춘 남자들의 뒤를 따라가서 왕도 변두리의 잡목림에 도착했다.

"이봐, 왕성으로 가는 거 아니었어?"

"예, 이 숲의 안쪽에 왕성의 내부, 게다가 소환의 방과 직접 연결되는 비밀 통로의 입구가 위치하고 있습니다."

그 말을 듣고 또다시 남자들의 뒤를 따라서 숲 안쪽으로 나아갔다. 그러다가 남자 둘이 지면을 살펴본다. 그렇게 10초도 걸리지 않아서 아까 말했던 비밀 통로의 입구를 찾아냈는지 석판이라고 불러야 할 만한 정방형 바위를 들어 올렸다.

드러난 구멍 아래에서는 세월의 흔적이 느껴지는 케케묵고 습한 공기와 두껍게 내리쌓여 있는 먼지 융단이 이쪽을 맞아주었다.

석조 계단과 주변 분위기는 그야말로 지하의 비밀 통로라는 말이 딱 어울리는 광경이었다.

"이쪽입니다. 넘어지지 않도록 조심하십시오."

남자들이 품에서 꺼내 든 촛대의 초에 불을 붙이더니 천천히 통로를 내려갔다.

그다음은 한동안 평탄한 길이 이어졌다. 무겁게 가라앉아 있는 공기 안으로 뚜벅뚜벅 세 사람 몫의 발소리만 울려 퍼진다.

그렇게 막다른 지점까지 도착한 뒤 안쪽에서 천장을 밀어 올리자 나타난 곳은 내가 처음 소환되었던 그리운 그 방이었다.

"아아, 용사님! 무사하셨군요!!"

목소리가 들린 방향을 봤더니 역시 소환됐을 때와 마찬가지로 꽃처럼 웃는 알레시아 왕녀의 얼굴이 눈에 보였다.

어깨까지 내려와서 흔들거리는 백은빛 머리카락과 가냘픈 인상의 눈빛은 처음 만났던 때와 거의 달라지지 않았다. 나보다 두 살 연하였던 왕녀는 지난 3년 반 동안 키가 자라고 그에 따라서 몸도 성장했지만, 전체적으로 전해지는 인상은 처음 느꼈던 바와 다름이 없었다.

"용사님, 다친 곳은 없으신가요?"

"아, 응. 문제없어. 그보다, 용케 한눈에 나인 줄……."

"외모를 말씀하시나요? 【둔갑 도깨비의 거울 칼】이 지닌 힘은 일전에 들려주신 적이 있으니까요."

그렇게 말하고 왕녀는 자주 보았던 웃는 얼굴로 미소 지었다.

예전과 무엇 하나도 다르지 않은 미소. 저 미소를 본 순간 저절로 안도의 한숨이 새어 나왔다.

믿고 따라오기는 했으나 막상 만났을 때 그 작자들과 마찬가지로 왕녀 또한 특기 분야의 광 계열 마술로 내 목숨을 노리는 것이 아닐까 불안했었다.

"여러모로 설명드리고 싶은 사안이 많습니다만, 지금은 시간이 없습니다. 우선은 이 전이석을 사용해주세요. 왕도에서 이 방만큼은 마력을 주입하면 발동합니다."

그렇게 말한 뒤 건네준 것은 반투명한 황색의 결정.

나 자신도 몇 번인가 쓴 적이 있는 물품이었다.

"일단 전이를 마친 뒤 그곳에서 이야기를 나누죠. 귀환을 위한 의식 마법의 수순도 가서 가르쳐드리겠습니다."

"알겠어."

받아 든 전이석에 마력을 주입하자 그 마력에 반응해서 빛을 발했다.

각인돼 있는 마법식에 마력이 흐르면서 방 안을 둘러싸는 형태로 전이 마법진이 바닥을 뒤덮었다.

그 순간.

"후후, 정말이지 대책도 없는 바보네."

귓가에 들린 말, 비웃음 어린 불길한 목소리.

내가 뭐라고 되묻기도 전에 시야를 뒤덮은 빛 속에서 마지막으로 목격한 것은 미소라는 가면을 벗어 던진 왕녀의 진짜 얼굴이었다.

전이 마법의 효과가 발휘된 순간, 거의 직감에 의존하는 반사 행동으로 비상 방어 수단 중 하나인【호봉(護封)의 절검(絕劍)】에 마력을 쏟아부었다.

콤마 몇 초 차이로 내리쏟아진 것은 대량의 마법.

길게 확장된 사고 속도가 내리쏟아지는 마법 하나하나를 세세하게 파악해 낸다.

활활 불타오르는 화염구를, 예리하고 뾰족한 얼음 고드름을, 눈에 보이지 않는 날카로운 바람의 칼날을, 무엇이든 으스러뜨릴 바위 덩어리를, 창의 형태를 띤 광탄을, 손 모양의 그림자 같은 어둠을.

백을 훌쩍 뛰어넘는 숫자의 살기 서린 마법에서 느껴지는 마력은 분명 어딘가에서 겪은 바가 있었다.

【둔갑 도깨비의 거울 칼】로 변장한 모습을 해제하고 전투태세를 갖췄다.

흩날리는 분진과 튀어 다니는 파편이 가라앉은 너머에 있는 인원은 실전에서 다수의 흉터를 얻어 험상궂은 면모를 지니게 된 이백 명을 넘는 기사들. 전장을 잘 알기에 내게 전투의 기초를 가르쳐줬던 기사들과 그들을 통솔하는 기사단장, 그리고 마법의 여파로 인해 제 백은빛 머리카락이 흔들거리는 와중에도 불만스럽게 얼굴을 일그러뜨리고 있는 알레시아 왕녀.

"기막혀라, 바보 주제에 튼튼하면 정말 감당이 안 된다니까."

주위를 재빨리 쓱 훑어보니 이곳은 기억에 남아 있는 콜로세움형 돔의 중앙, 마왕에게 도전하기 전 여행 도중에 공략했던 풍아(楓雅) 유적의 최심부에 위치하는『수호자의 방』.

물론 가디언은 이미 예전에 부활했어야 옳겠지만, 모습이 보이지 않는다 함은 또다시 토벌당했다는 뜻. 그 증거로 왕녀의 뒤에 있는 던전 코어는 마력이 서린 광채를 잃어버렸다. 이 녀석들이 해치웠을까, 아니면 모험가라도 고용했을까. 사정은 모르겠지만 내가 이곳의 보스를 공략했던 때는 기사단의 힘도 빌렸다. 약점도 공략 방법도 알고 있다면 이 녀석들끼리 해치우는 것도 수월했겠지.

"……아, 알레시아, 너도 나를 배반한 거냐!!"

"배반? 아니요, 배반이라는 말은 아군에게 쓰는 말이랍니다? 처음부터 어느 한 순간에도 아군이 아니었는걸요, 배반했다는 표현을 쓸 수는 없죠. 아무렴요, 내가 이세계인의 아군이 된다니요. 그따위 소름 끼치는 짓을 어떻게 하겠습니까. 아아, 불쾌해라. 이제야 연기도 끝이 났습니다."

그리 말하고 알레시아가 기쁘게 웃었다.

그늘 한 점도 없는 진실된 미소였다.

"어휴, 방금 당신이 죽어줬다면 그것으로 전부 마무리됐을 텐데요. 마치 시궁쥐 같군요. 뭐, 결국 이제 곧 끝나겠지만요."

"알레시아……. 너……."

"이 장소에서는 전이 계열의 힘이 발휘되지 않을 겁니다. 도시 안쪽이 아니기에 주변의 피해를 염려할 필요도 없죠. 당신이 제아무리 대단한들 출입구를 제압당한 채 이 많은 인원수에게 둘러싸이고도 살아 도망칠 가망은 없을 줄 아세요."

알레시아의 말이 옳았다. 『수호자의 방』에서는 전이 계열의 힘을 **발동**하기가 불가능했다. 전이로 진입은 가능하나 빠져나갈 수는 없었다. 이동 계열의 스킬을 구사한들 이 많은 숫자에다가 진짜 정예 수준의 실력을 갖춘 기사들 상대로 단 하나밖에 없는 출입구를 빠져나가기란 나에게도 무리였다.

졸병이나 경험 부족한 기사도 숫자를 맞추고자 데려왔다면 가능성이 조금 있었을 터이나 이곳에는 진짜 실력자밖에 없었다. 포위를 뚫고 지나갈 틈이 안 보인다.

"당신이 바보라는 게 정말 다행입니다. 대번에 속아 넘어오잖아요? 이리도 어리숙한 까닭에 빈민가로 나가떨어지는 평민에게도 속는 겁니다."

"뭐, 라고……. 설마!!"

"예, 당신이 이 도시에 발을 들여놓았을 때부터 이쪽으로 정보가 다 전해졌답니다? 고작 금화 두세 장을 받는 대가로 몹시도 수다스럽게 이야기를 들려주더군요."

"……큭!"

『이번에는 우리가 당신을 도울 차례다』

『은인에게 보답하는 것은 당연하다』

그런 말을 늘어놓던 왕도 주민들의 얼굴이 뇌리에 떠오른다. 그들도 또한 나를 배반했다는 말인가.

"……빌어먹을, 어째서 아무렇지도 않게 배반하는 거야."

느껴지는 감정은 배반당했다는 분노. 그리고 나 자신에 대한 실망.

어째서 의구심을 갖지 않았던가. 이 도시에 온 지 고작 이틀이었다.

타지방에서 오는 인물이 딱히 적은 도시도 아니었다. 오가는 사람이 많은 왕도에서 깊숙이 후드를 뒤집어쓴 채 거의 모습을 드러내지도 않았건만, 도대체 어디에서 용사와 닮은 모습의 여자가 있다는 정보를 입수했다는 말인가.

어째서 깨닫지 못했을까. 은신처는 또 어디를 두고 하는 말이었겠는가.

그 방은 전이 마법을 사용할 수 있다 뿐이지 그곳에서 도시 안쪽의 어딘가로 전이가 가능하지는 않건마는.

이 상황은 나 마음의 약한 부분이 초래한 추태.

끝없는 도피행에 지쳤기 때문이라고 말하자면 거짓은 아니었다. 다만 그렇게 긴장을 푼 결과가 지금의 상황이다.

“왜, 대체 왜 이토록 나를 죽이려고 하지!!”

“어머나, 시간이라도 끌어보려고요? 뭐, 별로 상관없겠죠. 이래봬도 말이죠, 시궁쥐치고 꽤나 분발했다는 것은 인정한답니다? 잠깐이라면 질문을 받아주도록 하죠.”

그렇게 말하더니 내가 처음 보는 조소 띤 얼굴로 쿡쿡 웃는다.

본래 세계로 돌아갈 때까지, 약속을 지킬 때까지 나는 죽을 수 없다.

어떻게든 상황을 바꿀 빈틈을 찾고자 시선을 움직이는 중에 보이는 것이 알레시아의 저 모습.

……정말, 이제껏 내가 봤던 왕녀는 저 여자의 연기였구나.

“마왕을 죽인 영웅, 그리고 그에 걸맞은 힘을 지닌 인간이 있어서는 왕국의 입장이 대단히 불편해지기 때문입니다. 당신이 살아 있기만 해도 독립이며 반란의 불씨가 남게 되지요. 그러니까 왕국을 위해 백성들의 불만을 그 한 몸에 끌어 모으고, 이제껏 억압당하면서 쌓여 온 불만을 단숨에 풀어내도록 만들 필요가 있는 겁니다.”

“그따위 이유 때문에…….”

"뭐, 이쪽은 아버님이나 어머님께서 내세운 명분이죠. 진짜 이유는 당신의 존재 자체를 허용할 수 없기 때문입니다. 아아, 역겨워라. 이세계에서 온 괴물이 우리와 비슷한 꼴을 하고 같은 말을 쓰면서 우리의 세계에 존재하고 있다니. 아인이며 수인도 더할 나위 없이 징그러운 생물입니다만, 그 이상으로 혐오감을 느끼는 존재가 당신입니다. 진심으로 역겨워. 줄곧 욕지기를 견디면서 상대했다는 걸 아나요?"

"……크!!"

저 발언에 묻은 감정은 고작 오한이 드는 멸시의 시선이 아니었다.

나를 아예 인간으로 보려고 하지도 않는 눈빛이었다. 기피하는 것이 마땅한 오물이나 밥찌꺼기를 보는 시선.

……진심으로 불쾌감을 느끼고 있음을 전해주는 시선이었다.

그러나 알레시아는 눈살을 찌푸렸다가 제 표정을 싹 바꾸더니 다시 **낯익은** 화사한 미소를 지어 보였다.

"그래도, 이제 됐습니다. 진짜 마지막인걸요. 약속대로 틀림없이 원래 세계로 돌아갈 수 있는 송환 마법에 관해 가르쳐드리죠."

그리 말한 뒤 알레시아는 재미있겠다는 듯이 웃었다.

급격한 태도 변화가 못내 당황스러우면서도 불쾌감과 비슷한 위화감이 솟는다.

"아, 물론 거짓 말씀을 드리지는 않아요. 흠, 이렇게 하죠. 진실임을 증명하기 위해서 『서약의 기원』을 발동하겠습니다."

『서약의 기원』이란 정령 마법을 구사 가능한 자가 스스로에게 부과하는 자기 증명의 수단 중 하나이다.

서약한 내용을 속이면 그자는 미리 선언한 대가와 함께 정령 마법 및 가호마저 잃게 된다.

"나는 이때에 용사 소환 · 송환의 의식에 대해 거짓 없는 진실을 말하겠노라고 스스로의 팔을 걸고 맹세한다. 『서약의 기원』."

팟, 엷은 빛이 알레시아의 몸을 감싸면서 서약이 이루어졌음을 나타냈다.

이제 『서약의 기원』의 빛이 신체를 감싸는 동안 알레시아는 거짓말을 할 수 없게 되었다.

용사 소환 · 송환의 마법에 대해 거짓말을 하면 그 시점에서 알레시아의 팔은 정령에게 바치는 공물로 사라지게 된다.

"자, 그러면 이야기를 나눠볼까요?"

그렇게 알레시아가 왕녀라는 입장상 결코 보인 적 없었던 가학심이 가득 들어찬 미소를 짓는다.

그 광경에 직감이라고도 말할 수 있는 감각이 경종을 울려 댔다.

굳이 서약의 기원까지 써서 거짓말을 안 하겠다고 증명하는 것은 어째서인가.

저승길 가는 선물 삼아서 말해주는 데 저런 짓까지 할 이유란 대체 무엇인가?

알레시아의 의도를 파악할 수가 없어서 의구심이 솟구쳤지만 어쨌든 좋은 기회이다.

뭔가 도망치기 위한 방법을 찾아야 한다는 것도 분명했지만, 돌아가는 데 필요한 의식 마법에 관한 정보는 내게 치명적인 유혹이었다.

『서약의 기원』을 사용하고 있는 이상 거짓말은 하지 못한다. 설령 거짓말을 해 봤자 알레시아의 팔이 그 진위를 증명해주리라.

"의식의 수순 자체는 그야말로 단순합니다. 다른 의식 마법과 마찬가지로 어떤 인물이 실행하든 의식 마법에 대응하는 공물을 제대로 준비한다면 용사 소환 · 송환 의식을 마칠 수 있죠. 이 의식에 필요한 공물은 어떠한 물체에 담겨 있는 방대한 마력과 어느 장소에 새겨 놓은 옛 마법진. 그리고 또 무엇이 필요할까요?"

"그리고, 또……?"

용사 소환의 의식 마법에 필요한 것은 역사적인 관점이 아닌 능력적인 관점에서 국보급으로 취급될 만한 다수의 마도구를 잡동사니로 바꿀 만큼 압도적인 양의 마력을 지닌 물체.

숫자를 갖춤으로써 대신하는 방법은 가능하지만, 그렇다 해도 일정 이상의 마력을 지닌 물체가 아닌 한 공물로 인정받지 못한다.

이상이 내가 예전에 들었던 용사 소환의 의식에 필요한 공물이었다.

어느 물체에 담겨 있는 마력은 그 물체의 질에 따라서 좌우된다. 무기나 방어구라면 소재에 무엇을 사용했는가, 가공 기술은 어떠한가, 만든 인물의 제작 관련 스킬은 어느 수준인가.

마력을 받아들여서 공물로 사용 가능할 만큼 위력적인 물체는 애당초 희소성이 높은 데다가 거기에 상응하는 마력이 사전에 담겨 있는 물품일 경우 가치는 더욱 상승한다. 그러한 공물을 조달하자면 나라 전체의 힘을 동원해도 준비를 갖추는 데 심한 고초를 겪을 것이다.

바로 이 때문에 내 가슴께의 주머니에 들어 있는 것, 마핵을 그 소녀가 내게 맡겨주었다.

"그 밖에도 필요한 것이 있단 말인가……!!"

"예, 바로 그렇답니다. 명색이 신의 영역을 침범하는 마법이 마력만 갖고 성립될 리가 없잖아요? 이만한 고찰도 안 해봤나요?"

생긋, 알레시아가 왕녀다운 미소를 머금었다.

그러고는 더한 사고를 용납하지 않으려는지 저 독이 묻어나는 목소리로 다시 입을 놀린다.

"이 의식 마법이 밟는 수순은 크게 네 가지가 있습니다. 하나는 이쪽 세계의 시공에 『구멍』을 뚫는 것. 다음으로 이세계의 시공에 『구멍』을 뚫는 것. 또한 두 구멍을 연결하는 『길』을 이어 붙이는 것. 그리고 마지막이 소환 대상이 된 인간을 『불러들이는』 것. 각각의 단계마다 공물이 필요하고, 마력은 의식 마법을 발동하기 위한 마중물과 『불러들이는』 데 필요한 공물에 지나지 않습니다. 그러면 나머지 수순의 공물은 무엇일까요? 짐작이 되나요?"

"……."

대체 의식 마법에 무엇이 필요한가. 나로서는 알 방도가 없다.

내가 공물을 알고 있는 의식 마법이라면 대량의 약초를 대가로 해독 마법을 걸어주는 부류가 고작이었다. 큰 위력의 의식 마법을 본 적은 있지만, 무엇을 공물로 바쳤느냐 하는 내용까지는 알지 못했을뿐더러 애당초 의식 마법에 대한 정보 자체가 별로 알려져 있지 않았다.

"쿡쿡, 그러면 한 가지 힌트를 드리죠. 우리 세계의 『구멍』을 뚫기 위한 대가는……."

오싹, 공포와 비슷한 한기가 등줄기를 타고 달렸다.

"『구멍』을 뚫을 그 장소에서……."

듣지 마라, 귀를 막아라, 직감이 부르짖는다. 어서 저 말을 막으라고 몸이 움찔거린다.

그러나 이성이 나를 멈춰 세운다. 제지에 나설 의미도, 실현 가능성도 이곳에는 없었다.

그러니까 저 말은 멈추지 않는다.

"……이백 명, 사람의 목숨을 바치는 것이랍니다."

싹, 얼굴에서 핏기가 가시는 감각이 느껴졌다.

내 반응이 마음에 들었을까, 악마와 같은 미소를 짓는다.

"자, 살짝 질문의 내용을 바꿔보죠. 당신을 소환했을 때 타국에서 확보한 수인 노예들을 써서 이쪽 세계의 시공에 구멍을 뚫었습니다. 그러면,

……『나머지 『구멍』과 『길』의 대가는 무엇이었을까요?』"

이게, 무슨, 말이야, 대체…….

이쪽 세계의 시공에 『구멍』을 뚫는 데 필요한 것이 『구멍을 뚫을 장소에서 이백 명의 목숨을 바치는 것』이라고 한다면.

당연히 내가 살았던 세계에서도 『구멍』을 뚫기, 위한, 공물은…….

"이보세요, 용사님? 예전에 말씀해준 적이 있었죠? 당신이 소환

되었을 때 주변에는 어떤 분들이 계셨다고 했죠? 자, 우선은『구멍』의 답을 말해볼까요?"

내가 있었던, 고등학교의 교실.

그렇다면, 공물이 된 인간이란, 그때, 나와 마찬가지로, 그곳에 함께 있었던.

……선생님과, 그리고, 친구들?

"거짓말, 이야……."

"거짓말이 아니랍니다. 그 증거로, 봐요, 내 팔이 멀쩡하잖아요? 그러니까 소환되었을 때 당신이 있던 장소에서 가까운 순서대로 이백 명이 제물이 된 거죠."

쩍, 마음속 어딘가에 균열이 나는 소리가 들렸다.

"이것들이이이이이이이이이이이이이이이이이이이이!!!!"

""""""『속박의 가시 쇠사슬』!!""""""

"끄헉!! 큭!!"

격정에 휩싸여 최고 속도로 공격 가능한 강력한 심검을 꺼내 들었다. 그러나 움직이는 사이에 마도구 사슬이 나를 묶는다.

먹색의 가시가 달린 사슬이 마법 기사들이 불어넣은 마력에 복종하여 지면 아래쪽에서 솟구쳐 나오더니 겹겹이 포개지는 그물처럼 감겨들었다. 착용 중이던【어둠 정령의 옷】덕분에 상처 하나 생기지 않았지만, 이 많은 수의 사슬을 두르게 된 이상 빠져나올 도리가 없었다.

"쿡쿡, 그러니까 거짓말이 아니라고 말했잖아요?"
"닥쳐!! 죽여주마!! 젠장, 방해하지 마라!!"
머리가 터져 나가는 분노에 사로잡힌다.
몸을 묶어 놓는 사슬을 억지로 잡아 뜯으려고 했지만, 사슬은 꺼걱꺼걱 소리를 울릴 뿐 풀릴 낌새가 없었다.
그런 나를 본 알레시아는 정말이지 유쾌하다는 듯이 입꼬리를 일그러뜨렸다.

"……게다가 아직 『길』을 여는 데 필요한 공물의 이야기가 남아 있잖아요?"

저 말이 얼음과 같은 싸늘함으로 목덜미를 핥아 올렸다.
"잠깐……. 잠깐만, 무슨 말이야. 아직도, 다른 게, 더 있다고……?"
떨리는 입술로 꺼내 놓은 말에서 묻어나는 감정은 또렷한 공포.
저 여자가, 여기에서 또 무슨 말을 할 작정인가. 저 기쁨 가득한 악마의 미소를 짓고 무슨 말을 할 작정인가.
"세계와 세계의 간극, 그곳은 신의 영역입니다. 그런 곳을 평범한 인간이 맨몸 하나로 무사히 건너오기란 어림도 없는 일이겠죠."
듣고 싶지 않아, 듣고 싶지 않아, 듣고 싶지 않다고.
나를 이 세계로 불러들이기 위해 저것들은, 대체 무엇을 더 제물로 삼았다는 말인가.
"식의 역장은 혼에 직접 힘을 새겨 넣는다고 합니다. 그 때문에 용사는 강력한 고유 능력을 가질 수 있죠. 다만 신의 영역에 혼을 침범당한 폐인이어서야 이용이 곤란해지기에 힘을 받아들이면서도 덜컥 망가지지 않도록 『길』을 마련해주는 겁니다."

내 친구를, 은사님을, 이백 명이나 제물로 삼고, 또 무엇을 제물로 바쳤는가.

이윽고 알레시아는 마지막 말을 입에 담았다.

앵두처럼 부드럽고 작은 유열의 열매를 베어 먹는 요염함을 내비치면서.

"길을 만들기 위한 『재료』가, 공물. 당신의 혼을 거절하지 않는 혼을 지니고 있는 인간이 혼과 함께 길로 바뀌게 된답니다. 많지 않아요. 기껏해야 다섯 명 정도? 예를 들자면, 그래요.

——……부모 및 형제자매, 조부모, 친척이라든가."

독조(毒爪)와 같은 왕녀의 손가락에 뿌직하고 나의 세계가 으스러지는 소리가 들렸다.

"무슨, 말이야. 아? 그럴, 아니, 어?"

입에서 뭔가 말이 떨어져 나왔다. 내가 지금 뭐라고 말을 했을까.

"모르겠습니까? 죽었다니까요? 당신의 가족, 당신의 주위에 있던 친구를 모조리 다 우리의 세계를 위한 제물로 써드렸답니다."

죽었다? 아버지는? 어머니는? 마이는? 스에히코, 켄타, 유토, 오오가네 선생님은?

어째서, 어째서어째서어째서어째서어째서, 이래서는 돌아갈 수가 없잖아.

그 소녀와 약속했다. 가족이 있는 곳으로 돌아가겠다고, 본래 생활로 돌아간다고, 돌아간다고돌아간다고돌아간다고오오오오오오오오오오오오오오오오?!

"아하하하하! 그 얼굴을 보고 싶었어!! 내가, 여태껏 쭉 그 얼굴을 보고 싶었다고요!! 아핫, 이보세요. 지금 기분이 어떤가요? 전에 말했잖아요? 원래 세계로 돌아가서 가족을 만나고 싶다고요? 그리고 또, 친구들? 모조리 벌써 옛적에 뒈진 줄도 모르고, 멍청한 작자!! 아하하하하핫!!"

까랑까랑 울려 퍼지는 비웃음 소리가 가깝게, 멀게, 예리하게 둔하게 내 마음으로 균열을 새겨 넣었다.

"당신에게 그 말을 들었을 때는 웃음을 참는다고 몹시 고생이었답니다? 그때만큼은 당신에게 애교를 떨어야 하는 혐오감을 잊을 수 있었죠."

빙글빙글 돈다. 세계가 돈다. 앞도 뒤도 왼쪽도 오른쪽도 위도 아래도 온통 뒤얽힌 채 극채색의 문양이 섞여 든다.

"그만, 이제 그만해……!!"

"『고향으로, 가족이 있는 곳으로 돌아가고 싶어. 다시 한 번, 친구들과 웃고 떠들고 가족끼리 함께 식사를 하는 일상으로 돌아가고 싶어. 나는 돌아갈 거야』 이런 느낌이었던가요? 마왕 토벌을 위해 떠나던 때에 당신이 했던 말을 따라 해봤는데 어떤가요? 나에게 흉내 내기의 재능이 있다는 생각은 들지 않나요?"

부서진다, 무너진다.

쩌적, 쩌저적, 꺽여 나가다가 와장창 갈라지면서 내 세계가 전혀 다르게 바뀌어 간다.

"돌아가고 싶다면 마음껏 해보시죠? 수인이라도 강제로 겁간해서 애를 낳아다가 다섯쯤 모으면 어쨌든 길은 만들 수 있지 않겠어요? 뭐, 그따위 역겨운 짓은 단연코 방해해드리겠지만요. 『재료』도 『아이』도 기필코 죽여드리죠. 이세계인 따위 괴물의 아이를 우리 세계에 태어나게 둘 수는 없잖아요? 설령 단 한 순간일지라도 역겹고 구역질이 나서 못 견디겠는걸요?"

"크!! 알레시아아아아아아아아아아아아아아아!!"

분노에 호응한 마력으로 한계까지 강화한 완력과 각력을 발휘해서 구속 상태의 쇠사슬을 잡아 뜯었다.

"지금이다! 화력을 집중하라!!"

"크아아악, 비켜! 방해하지 마라아아아아아아아아아!!"

기사단장의 호령에 따라 기사들이 마법을 날린다. 그러나 저따위 공격 때문에 잠시 시선을 돌리고 싶지도 않았다.

불에 타오르고, 물에 얻어맞고, 바람에 베이고, 돌에 치이고, 빛에 꿰뚫리고, 어둠에 들쑤셔지고, 그럼에도 오직 손에 쥔 검으로 알레시아를 꿰뚫겠다는 일념만이 머릿속을 온통 지배하고 있었다.

도망치기 위해서 틈을 찾아야 한다는 사고는 어딘가로 사라져 없어졌다. 움직여지기만 하면 충분하다, 기사들이 내리치는 검극의 틈 사이를 달려 돌파했다.

"죽어어어어어어어어어어엇!!"

마침내 도달한 순간 검 끝에 분노를 실어 왕녀에게 내리 휘둘렀다.
“꺼헉, 끄그아아악!”
“쿡쿡, 정말 멍청한 작자라니까. 고작 이만한 환술도 간파하지 못할 줄이야, 그 눈은 옹이구멍과 다를 게 없군요.”
베어 가른 줄 알았던 왕녀의 몸은 안개처럼 사라졌고, 그와 동시에 등 뒤로 여러 발의 화살이 꽂혀 들었다.
마법의 폭풍우 속을 무리해서 돌파한 탓에 제 힘을 소모한【어둠 정령의 옷】은 날아드는 화살을 미처 다 막지 못했다.
“자, 끝입니다. 편리하게 놀아나주었던 보답 삼아서 마지막 순간은 내 손으로 죽여드리죠. 영광인 줄 아십시오. 검을 줘요.”
그러자 옆쪽에 서 있던 기사가 검을 왕녀에게 내밀었다.
검을 받아 든 알레시아가 천천히 이쪽으로 걸어온다.

『여봐라, 카이토.』

이런 때에도 떠오르는 것은 마왕이라고 불렸던 소녀의 말.

『내 힘이 닿는 한 얼마든지 무엇이든지 해주겠다. 그야말로 세계의 절반일지라도 떠안겨주마. 그러니까, 부디, 나의 곁으로 와 다오, 부탁하마』

나는 그 떨리는 손을 잡지 못했다.
거절당할 줄 뻔히 알았을 텐데. 내가 그 손을 잡지 않으리라고 여겼을 텐데.

주룩주룩 차가운 눈물을 흘린 소녀의 그 손을 나는 잡아주지 못했다.

나는 틀렸다, 틀렸다, 틀려버렸다.

이제 그 벌을 받는 것인가. 어리석은 선택의 대가가 이렇듯 나 자신에게 되돌아왔다.

『꼭 가족의 곁으로 돌아가거라』 그 소녀가 목숨마저 희생하여 나를 위해서 맺어준 약속은…… 이제 지킬 수 없었다.

돌아갈 장소 따위는 맨 처음부터 빼앗겨 없어져버린 다음이었으니까.

"죽으세요. 이계에서 찾아온, 우리와 같은 거죽을 뒤집어쓴 괴물이여."

죽기 직전임에도 불구하고 후회의 일념만이 솟구쳤다.

『언젠가 죽을 때는 이루어야 할 목표를 남기지 않고 떠날 수 있도록 살거라. 내 목숨을 주었잖느냐. 도중에 포기하고 대충 살아가는 인생을 남긴 채 온다면 절대로 용서하지 않을 테다』

문득 귓가에 그 말이 들린 것 같다는 기분이 든 때는 왕녀가 쥔 검이 내 심장을 이제 곧 찌르려고 했던 순간이었다.

"윽?! 대, 대체 이게 뭡니까?!"

알레시아가 꿰찌른 것은 내 심장이 아니었다. 왕녀가 내리꽂은 검은 콰직, 소리와 함께 내 가슴께에 늘어져 있던 **마핵**을 깨부쉈다.

마왕의 마력이 담겨 있었던 그 마핵은 파격적인 밀도를 지닌 채

주변의 장중으로 마력의 본류를 쏟아부었다. 본래는 몇 개월 단위의 시간이 걸려야 했을 가디언 부활에 필요한 마력을 던전 코어에 즉각 공급해버릴 만큼.

““갸르르으으으으으으으으으윽!!!!””

전부를 베어버릴 기세로 날카로운 포효가 터져 나온다.

두 마리 짐승의 출현. 한쪽은 붉은 화염을 두른 사자, 한쪽은 푸른 화염을 두른 범이었다.

“크, 전원, 임전 태세를 갖춰라!! 왕녀님을 지켜야 한다!!”

갑작스럽게 나타난 적 때문에 혼란스러워하면서도 기사들이 재빨리 행동에 나섰다.

……도망치려면 지금밖에 없었다.

“우오오오오오오오오옷!!”

“앗?! 제길, 용사가 도망친다!!”

기술도 뭣도 아닌 단순한 일점 돌파. 가디언의 등장 때문에 조금이나마 흐트러진 대열을 밀쳐 무너뜨리면서 포위를 우격다짐으로 뚫고 나갔다.

『축지』와 『신각』으로 속도를 끌어올리고 『천구』로 하늘을 박차며 나 자신을 노리는 공격은 필요 최소한의 동작으로 회피, 방어, 혹은 감내한다. 몸 안쪽에서 치솟는 통증의 비명을 꾹 눌러 삼키고 단 한 곳뿐인 출입구를 목표로 한다.

“막으세요! 놓쳐 보내서는 안 됩니다!! 이 방에서 한 발자국이라도 나갔다가는.”

뒤쪽에서 울려 퍼지는 왕녀의 목소리, 심검을 쥔 손에 저절로 힘이 들어갔다.

설령 언젠가 죽음을 맞이할지라도 손에 쥔 검을 그때는 기필코 왕녀에게 처박아 넣고…….

『도중에 포기하고 대충 살아가는 인생을 남긴 채 온다면 절대로 용서하지 않을 테다』

“큭!! 빌어먹으으으으으으으을!! 꺼져라! 『참도(慘刀) 봉폭뇌섬화(鳳爆雷閃花)!!』”

“방패를 들어랏!!”

나와 기사단장의 목소리를 지워 없애는 굉음이 울려 퍼지고, 그 소리와 함께 자전(紫電)의 빛을 띤 폭발이 터져 나왔다.

당연히 정통으로 얻어맞을 만큼 미숙한 자는 이곳에 없었지만, 방패 및 마법 장벽으로 버티는 기사들의 발을 묶는 데 성공했고 뒤쪽 녀석들은 가디언을 상대하느라고 추격에 나설 여유가 없었다.

“어림없습니다!!”

“끄흑!!”

아마 왕녀가 날렸을 화염탄이 등을 불사른다. 다만 이 승부는 나의 승리였다.

“기다리세.”

들려오는 왕녀의 목소리는 거기까지.

심검의 힘으로 전이하는 그 순간 마지막으로 고개 돌렸던 내 눈에 보인 것은 마치 악마처럼 추악한 분노의 표정을 짓고 있는 왕녀의 얼굴이었다.

오로지 더욱 먼 곳을 염원한 끝에 건너간 위치는 기억에 없는 깊은 숲속이었다. 아직껏 밤이 걷히지 않은 데다가 달마저 비구름에 가려져 있는 숲은 깊은 어둠의 밑바닥과 같았다.

촉촉하게 내리는 비가 몸을 흐르면서 무수히 생긴 상처에 아픔을 떨어뜨리고 간다.

왕녀의 마법을 맞아 타올랐던 등이 몹시 욱신거렸다. 치료를, 생각하던 때에 시야가 아찔하고 일그러졌다.

장거리 전이는 마력 소모가 몹시 심하다. 레벨에 오른 뒤에는 거의 연이 없었던 MP취기일 테지. 이래서는 한동안 내 몸도 치료를 하지 못할 듯싶다.

몸에 박힌 화살을 뽑고 상처 부위를 부여잡은 채 걸음을 떼려 했지만, 고작 한 걸음을 내딛기가 너무나 버거웠다.

"……."

내가 구해주고 싶다고 바랐고 내가 믿었던 인간들은 숫제 애초부터 나의『적』이었다.

언젠가 예전의 세계에서 예전의 일상을 다시 누릴 수 있다고, 그런 바람을 품은 채 붙잡고 버텼던 희망은 애초부터 아지랑이의 너머로 사라져버린 환상에 불과했다.

나는 이제 이 세계에서 무엇을 하면 된단 말인가. 모르겠다.

무엇을 위해 살아가면 된단 말인가. 모르겠다.

"하하, 뭐야, 이게."

저절로 자조의 웃음이 새어 나온다.

……모르겠지만.

『언젠가 죽을 때는 이루어야 할 목표를 남기지 않고 떠날 수 있도록 살거라』

허물어지려고 하는 다리를 그럼에도 한 걸음 앞으로 나아갔다.

무엇을 위해 나아가야 하는가 모르겠으나 그럼에도 아직 나는 죽을 수 없다.

한 소녀 덕분에 이 세계가 좋아졌다.

한 소녀 덕분에 이 세계에서도 나는 웃을 수 있었다.

그 소녀가, 대충 산다면 용서하지 않겠다고 말하지 않았는가.

……그럼에도 내가 죽으면 분명『어쩔 수 없는 녀석이로구나, 마지막까지 얼빠진 녀석이었어』라는 말을 던지면서 그 녀석은 평소처럼 깔깔 웃지 않을까.

그러니까 더더욱 지금 여기에서 걸음을 멈출 수는 없는 노릇이었다.

마지막 최후의 순간을 맞아 체념에 가득 찬 꼴을 하고 끝낸다면 죽은 다음일지라도 그 녀석의 곁에서 지낼 수 없을 테니까.

……그러니까, 그래, 걸을 테니까.

아주 잠깐만, 눈물 흘려도 용서해 다오.

"미안, 레티시아. 나, 약속을 못 지켰어. 미안, 미안해……."

누구에게도 들리지 않도록, 까만 어둠의 밑바닥에서 사라지도록 말을 흘려 놓았다.

종장 두 번째 용사는 복수의 길을 웃으며 걷는다

어둑어둑한 물속을 떠다니는 것 같은 감각.

꿈이 끝난다.

지금 내가 의식과 무의식의 간극에 있음을 알 수 있었다.

아래를 보면 한없이 어둡고, 위를 보면 밝은 수면이 흔들리는 듯 보인다.

"카이토……."

문득 눈앞에 일렁일렁하는 그림자가 나타났다.

내 이름을 부르는 목소리가 어쩐지 멀게 들렸고, 또한 안개가 낀 듯한 목소리였다.

"레티시아……."

눈앞에 나타난 것은 피보다 더욱 선명하기에 단지 붉은색이 아니라 새빨갛다고 표현이 어울릴 법한 짙음새를 간직한 주옥같은 머리카락과 거기에 지지 않는 강한 힘이며 광채가 깃들어 있는 검은 눈동자.

어른이라고 말하기에는 작은 체구, 걸치고 있는 복장은 검게 색을 물들인 마왕의 드레스. 내가 소녀와 마지막으로 대치했을 때와 같은 옷차림.

제47대 마왕, 레티시아 루우 헐스톤의 모습.

"카이토, 나를, 만나러 오거라……."

"큭!! 하하, 꿈에서도 저 말을 하게 만들 정도란 말인가."

입에서 새어 나오는 자조의 말.

잠시 옛날 기억이 떠오르는 꿈을 꿨다고 이리되다니 한심하다. 한 차례 자기 손으로 죽이고 말았던 상대에게 얼마나 더 의지할 작정인가.

"그래, 하지만, 맞아. 한 번, 딱 한 번은 만나러 갈 거야."

꼭 만나러 갈 테다.

두 번째 세계의 그 소녀는 나에 대해서 전혀 알지 못한다.

그러니까 단순한 감상이었다.

나 하나밖에 모르는 내가 자신의 감정을 정리하기 위해, 단지 자기만족에 불과한 속죄.

그럼에도 하다못해 한 번이나마 용서를 구하고 싶다. 한마디, 말을 전하고 나면 나는 두 번 다시 소녀의 앞에 나타나지 않을 작정이었다.

그래, 한마디 말에 『그때는 미안했어』와 『안녕, 부디 행복하기를』이라는 마음을 담아.

"이번에는 기필코 내가 찾아가서 말해주겠어. 『그래, 마왕이여. 세계의 절반을 줄 테니까 나와 복수를 함께하자』라고 말이야."

무엇에 대한 복수인가, 그 이유마저도 두 번째 세계의 소녀는 알지 못한다. 굳이 가르쳐줄 마음도 없다. 전부 내 손에서 끝낼 테니까.

그러니까 당연히 거절당해야 하는 말.

그리고 거절당할 줄을 잘 알기에 단지 나 자신을 벌하려는 뜻으로 비로소 건넬 수 있는 추악한 참회의 말.

전해지지 않아도, 거절당할 줄을 알아도, 그럼에도 그때 소녀는 내게 말을 해줬으니까.

반드시 너를 찾아가서 말해주겠다.

……그렇게 하면 분명히 나는 너를 포기할 수 있을 테니까.

네가 곁에 없을지라도 네게 의지하지 않고 살아갈 수 있을 테니까.

그래, 다만.

"두 번째로 맞이하는 이 세계에서는 죽은 다음에 네 곁에 갈 수 없다는 게 조금은 유감스럽군."

☆

"……님, ……인님."

"으음, 아……. 미나리스?"

조심스럽게 몸을 흔들기에 눈을 뜨자마자 보인 것은 살짝 발그레한 미나리스의 얼굴이었다.

잠들어버렸다는 것은 알고 있었다. 그러나 졸음기에 못 이겼을 때는 벽에 등을 기대고 한쪽 무릎을 끌어안는 자세였을 텐데, 지금은 몸이 완전히 누여 있었다. 아니, 뭐랄까, 머리 뒤쪽의 푹신한 감촉 때문에 정신이 번쩍 든다.

"안녕히 주무셨어요, 주인님. 안 좋은 꿈을 꾸셨나 봐요."

"응? 아, 잠깐 옛날 꿈을 꿔서……. 그나저나, 웬 자세가."

"이게요! 그러니까! 예상보다 『수호자의 방』이 넓어서 『환염독귀』

를 과도하게 쓰는 바람에 MP취기가…….”

으음, 나도 MP취기 때문에 잠들어버린 터라 말려줄 사람이 없었겠군.

별 이상이 없을 때는 분위기에 휩쓸리지 않고 노예다운 처신을 견지하면서도 야무진 살림꾼의 위치를 놓치지 않는 미나리스.

그렇게 무릎베개가 부끄러웠을까, 포커페이스를 지키려다가 결국 수습을 못 해서 입가가 미묘하게 실룩거리고 있다.

……지적하면 안 되겠지? 인간 대 인간으로서, 안 되겠죠?

볼쏙볼쏙 얼굴을 내밀어 대는 그래도 한 번만 놀려볼까, 하는 유혹을 어른의 자제심으로 억눌렀다.

MP취기는 놀리지 않는다. 술에 취해도 놀리지 않는다. 술에 취해서 한 행동에 야유를 보내는 짓은 언어도단이었다. 언제 어느 때에 입장이 역전될지 모르는 법이니까.

몸을 일으키고 머리를 흔들자 졸음기에 섞여 있는 MP취기의 잔재도 사라졌다.

“내가 얼마나 잤어?”

“대략 한 시간 정도예요.”

“그런가, 가디언은 죽었고?”

“아뇨, 스테이터스에 경험치가 안 들어왔으니까 아직 죽지는 않았을 거예요.”

내가 뚫은 구멍도 지금은 도중 벗겨 냈던 가름의 모피 따위로 막혀 있었다. 문에서 희미하게 가디언이 괴로워하면서 날뛰는 소리가 들려오니까 독의 효과는 제대로 발휘된 듯하다.

다만 이 방법은 거의 파괴 불가능에 가까운 강도를 지니고 있는 문에다가 구멍을 뚫어 내야 한다는 것이 전제이고, 기본적으로 상태 이상에 대해 상당히 높은 내성을 갖는 가디언 중 이 던전의 『고블린 킹』처럼 강력한 독이라면 아슬아슬하게 대미지가 들어가는 대상이어야 한다는 조건까지 만족시켜야 했다.

게다가 독의 위력이 그토록 강하다면 가디언에게서 획득 가능한 전리품, 즉 무기며 장비와 소재가 심각하게 열화되는 것은 불을 보듯 뻔하지 않겠는가. 또한 독이 저절로 분해되지 않도록 하는 방지책과 보스를 쓰러뜨린 직후의 독이 충만한 방 안으로 들어가야 한다는(방치하면 던전에 시체와 함께 흡수되는지라 소재든 뭐든 회수할 수가 없기에) 덤까지 붙어 있었다.

우리가 이 방법을 선택한 데는 『【불거미의 다리 검】이라는 치트』와 『【환염독귀】의 감쇠 무효』와 『필요한 것은 경험치뿐』이라는 여러 조건이 겹쳐 있었다.

다른 사람들에게 굳이 강력한 심검의 특수 능력을 보였다가는 괜한 번거로움을 겪었을 터이나 이번에는 들킬 걱정이 없다는 덕도 본 셈이었다.

“일단 가디언이 죽을 때까지 경험치 분배를 어떻게 할까 검토해야겠군.”

나 자신은 던전 보스에게 어떤 피해도 주지 않았던 탓에 경험치가 들어오지는 않는다. 즉 현시점에서 갖고 있는 경험치가 이 던전을 공략하는 동안 내가 획득한 전부 되겠다.

현재 남아 있는 경험치는 대략 1만 5천.

탐색 도중에 【둥글 다람쥐의 주머니 검】에 3천, 【물 요정의 물방울 칼】에 4천, 【약탕 벌레의 날개 검】에 3만 6천씩 경험치를 쏟아 넣었기 때문에 획득했던 경험치의 합계는 대략 6만에 못 미친다. 만약 부채가 없는 상태에서 평범하게 레벨 업에만 사용했다면 얼추 50레벨 후반까지 올렸을 양이었다.

더욱이 【물 요정의 물방울 칼】과 【약탕 벌레의 날개 검】에서 새롭게 발견한 요소. 해방 단계에 따라 각각 능력이 봉인되어 있음을 얼마 전 알게 되었다.

【불거미의 다리 검】의 화독(火毒)이 금속을 녹이는 데 압도적인 추가 효과를 받는 것처럼 【물 요정의 물방울 칼】에는 분출되는 유체의 온도를 원하는 대로 조작 가능하다는 특성이 딸려 있는데, 그쪽은 경험치를 더욱 쌓아야만 해방시킬 수 있는 듯했다. 【약탕 벌레의 날개 검】도 마찬가지로, 각종 상태 이상의 내성을 올려줄 뿐 아니라 회복시켜주는 효과가 있는 검인데, 각종의 항목마다 경험치를 따로 요구했다.

심검의 해방에 6천, 독 · 마비 · 수면 · 석화 · 매료의 각 내성에 2천씩, 그리고 내가 허락한 상대에게도 같은 효과를 확대하여 적용하는 특수 효과를 해방하는 데 2만, 합계 3만 6천을 소모했다. 앞서 언급한 확대 효과는 최대로 열 명까지 적용이 가능하다고 적혀 있다만, 지금 단계에서는 고작 세 명이 한계였다.

뭐, 첫 번째 때처럼 적당히 일행을 여럿 늘릴 마음은 티끌만큼도 없기에 문제 되지는 않지만.

일단 나머지 약 1만 5천가량의 경험치 분배에 대해 검토해보자.

레벨 업에 필요한 부채를 청산하는 쪽도 고려했지만, 기초 능력치가 오르면 획득 경험치도 줄어든다. 그렇다면 특수 능력으로 그 차이를 뒤집을 만한 심검을 먼저 해방하는 것이 더 유리한 선택이겠지.

RPG 게임식으로 말하자면 첫 번째 때는 왕도(王道) 플레이였지만, 지금 두 번째는 제한을 붙인 사도(邪道) 플레이라고 말할 수 있겠다.

그쪽으로 나아가자면 선택지는 이 정도이려나.

【역경에 처한 자의 은밀한 칼】.

상대보다 능력치 합계가 낮을수록 검의 위력이 증가된다.

다만 본인보다 능력치 합계가 낮은 상대에게는 반대로 위력이 떨어진다.

【독을 들쑤시는 바늘 검】.

대미지의 높고 낮음과 관계없이 적중한 피해 횟수가 늘어날수록 지속 대미지를 가하는 독의 효과를 강화한다.

다만 검 자체에 독이 부여되어 있지 않기에 미나리스의 도움을 받는 등 방법을 강구하지 않으면 사용을 못 한다.

【경계의 칼날】.

검에 마력을 주입하면 소량의 마력을 소비하여 상대의 원거리 공격을 전부 그대로의 위력으로 되돌려 보낸다. 다만 일절 공격력을 지니지 못할뿐더러 다른 방법으로 적에게 피해를 줄 수 없다.

스테이터스와 MP를 고려한다면 해방할 만한 후보는 이렇듯 셋

중 하나가 되겠다.

자, 어떻게 할까. 고민하던 때에 옷에다가 달아 놓았던 긴급용 포션을 넣기 위한 주머니에서 문득 금색의 빛이 반짝였다.

“주인님?!”

“아, 괜찮아. 놀라지 마.”

당황하는 미나리스를 손짓으로 제지한 뒤 주머니에서 꺼낸 것은 빈민가의 주페인에게 건네받았던 작은 병.

금색의 금속 비슷한 질감을 지닌 액체와 같은 그 병의 내용물은 뚜껑을 열고 지면에 내려놓자 반짝반짝 빛나면서 슬라임처럼 구물구물 움직여 병 밖으로 기어 나오더니 곧장 가까운 벽에 다가들었다.

“예상보다 시간이 오래 걸렸군. 왕녀의 화상이 이미 다 나았다면 큰 의미가 없을 텐데. 자, 글쎄. 어찌 되려나.”

잠도 덜자고 추태까지 부려 가면서 목걸이에 부여된 마법을 뜯어고쳤다. 한눈에 간파당하는 낭패가 없도록 위장 역시 공들여서 펼쳤다.

어차피 가장 처음에 기사들이나 왕녀에게 했던 짓과 마찬가지로 단지 심술에 지나지 않았지만, 그럼에도 성공하는 것이 낫지 않겠는가.

다만 발동했음을 확인할 수는 있으나 결과적으로 **직접 왕녀가 괴로워하는 꼴을 못 본다**는 것이 유감이다. 효과의 특성상 어쩔 수 없기는 하다만.

이런 생각을 하는 동안에도 서 있을 때의 내 가슴 높이 부근까지 벽을 타고 올라간 수수께끼의 슬라임은 벽이 평면이 되도록 얇고

널찍하게 펼쳐지더니 곧 텔레비전 모니터처럼 변화했다.
그리고 거기에 어느 장소의 영상이 출력된다.
"어디죠……?"
"왕도의 알현장이야. 공범자가 되었을 때도 봤겠지?"
저 영상의 너머에는 왕과 왕비에 기사, 그리고 왕녀의 모습이 내비치고 있었다.

☆

그날 이후, 화가 치미는 배반의 날 이후 열흘 이상이 지났다.
대정령님의 계시에 따라 용사 소환을 실행했던 그날. 정령님의 계시대로 수인을 매입하여 제물로 바침으로써 용사 소환의 의식에는 성공했다.
다만 소환되어 나타난 자는 교양은커녕 이성은 지녔을까 의심스러운 괴물이었다.
애써 계시에 따라 소환한 이세계인(인간 아닌 것)에게 한때나마 용사의 꿈을 보여주고자 했는데도.
"……윽."
화끈, 등에 난 상처 자리가 욱신거렸다.

『나는 너희에게 복종하지 않는다.
너희에게 넘겨준 쓰레기들은 본보기다.
기필코 더욱 처참한 꼴을 만들어주마.

모든 것을 다 빼앗고 망가뜨려줄 테니 각오하도록.
두 번째 복수자로부터.』

시녀에게서 아름다운 백자(白磁)와 같다고 찬사 받았던 등에는 불길로 글자를 새긴 상처 자국의 여파가 남아 있다.

회복 마법은 HP는 회복해줘도 외상까지 지우는 데는 시간이 걸린다. 한 번에 전부를 회복시킬 수 있는 회복 마법 사용자를 찾자면 법국의 대사교급은 되어야 했다.

그럼에도 매일같이 회복 마법을 건 성과가 있어, 등에 흉 졌던 화상은 조금씩이나마 치유되는 중이다. 이제는 희미하게 자국이 남은 정도이니까 며칠 더 지나면 깔끔하게 사라질 것이다.

당연히 통증도 이미 예전에 사라졌지만, 그 남자를 떠올릴 때마다 매번 욱신거렸다.

그날, 그 남자가 방을 떠난 뒤에야 팽팽했던 긴장의 끈이 끊어졌고 통증에서 벗어나고자 의식을 놓아 보냈다. 날이 바뀔 무렵, 바깥에서 대기 중이던 기사들에게 구조를 받은 내가 다음에 눈을 뜬 곳은 왕성 내부의 개인실.

기사단장을 비롯하여 정말로 강한 기사들은 지닌 바 경험을 쌓는 도중에 얼굴이며 상처를 남기게 된다. 상처 자국을 깔끔하게 지울 만한 여력이 없는 데다가 전장에서는 험상궂은 얼굴마저도 적을 위압하는 데 이용할 수 있기 때문에 의도적으로 남겨 놓기도 하나, 그 풍모는 굳이 말할 것도 없이 흉악했다.

그러한 이유 때문에 아무것도 모르는 용사를 압박하지 않고자 볼품이 좋은 기사들을 준비했었다만, 그중 반수가 현재도 치료원에 처박혀 있다.

최우선으로 회복 마법을 받아 왔었던 나마저도 불타 문드러진 입속을 치료하고 간신히 말소리가 나오게 될 때까지 구조받고 나서 꼬박 하루의 시간을 필요로 했다.

비참하게 사지가 꺾여 부러지고 얼굴이 으스러져서 목숨만 간신히 붙어 있는 지경이 된 기사들.

얻어맞아 부은 얼굴, 산발이 되어 바닥에 나부라진 머리카락, 등에는 소인(燒印)처럼 문자를 조각당한 왕녀.

무엇이 일어났는지 상세한 사정은 모른다 해도 상황이 인위적이라는 것은 명백했고, 그 범인에 대한 정보는 뒷전으로 계속 밀려났다.

만에 하나의 사태를 대비하기 위해 건물을 수많은 기사들이 둘러싸고 있기도 했고, 건물에서 빠져나간 것이 아니라 전이의 힘을 써서 도망쳤으리라는 결론이 나온 바람에 내가 회복되어 사태의 전말을 말할 때까지 왕도에는 검문소조차 설치되지 않았다.

군자금을 운운하면서 그 남자가 가지고 간 물건은 왕가의 제1 계승권 보유자라는 신분을 나타나는 목걸이였다.

왕가의 문장이 있는 물품이기에 간단이 돈으로 바꿀 수는 없었다. 평범하게 상점에서 판매하려고 든다면 당장 꼬리를 잡힌다. 왕도 바깥으로 빼돌린다고 한들 추적은 불가능하지 않았다.

그 목걸이는 이미 세상을 뜬 언니로부터 내가 물려받은 물건. 그 따위 짐승의 손에, 아니, 나 아닌 누구의 손에도 닿아서는 안 되는 보물이었다.

“절대로 용서 못 합니다…….”

절대로 용서하지 않는다. 목걸이를 되찾고, 극한의 고통 속에서 자비를 구걸하게 만든 뒤에 그 남자를 죽여주겠다.

다만 결심을 하고 기사들을 시켜서 관련 정보를 보아 오라고 해도 며칠이 지나도록 유력한 단서는 발견되지 않았다. 이미 왕도 바깥으로 들고 나간 것이 아닌가 추측됐었다.

그 목걸이가 발견됐다는 보고를 들고 어느 귀족이 나타난 때가 바로 어제.

오늘 첫 번째 알현 자리에서 목걸이를 반환받는다. 듣자 하니 과하게 강한 정의감 때문에 왕도에서 경원시되는 백작가가 은밀하게 이루어지고 있는 어느 금지 품목의 거래 현장을 급습했더니, 뜻밖에도 그 목걸이가 압수품 중에 섞여 있었다는 내용이었다.

“왕녀님, 곧 시간이 됩니다.”

“그래, 알고 있어요.”

시녀의 말에 짤막하게 답한 뒤 복장을 다시 한 번 바로잡고 알현장으로 나아갔다.

알현장, 왕좌에는 건장한 체형의 부왕, 로기아 오를레아가 앉아 있었다. 또한 그 옆쪽에는 마흔에 다다르려고 하는 연령임에도 아직껏 미모가 쇠하지 않은 왕후, 레실리아 오를레아가 앉아 있다.

반대쪽 의자에 앉아 있는 사람이 나.

부왕의 곁에는 아버지와 어머니의 사이에 재상 로벤츠가, 아버지와 내 사이에는 기사단장 기더트가 시립하고 있다.

"이 물품, 왕가의 분들께 반환하고자 가져왔습니다."

알현장에서 무릎 꿇고 있는 장년쯤 되어 보이는 귀족에게서 시녀가 목걸이를 받아 들고는 목걸이를 받침대에 올린 채 이쪽으로 가지고 왔다.

1초라도 빨리 달려가서 낚아채고 싶은 충동을 꾹 누르고 시녀가 가져다주는 목걸이를 받아서 목에 걸었다.

그러자 사뿐, 목걸이에 담겨 있는 마력이 내 몸을 감싸는 것이 느껴졌다. 그와 동시에 잠깐 동안 온몸이 엷은 녹색으로 빛나다가 그 빛은 흔적도 없이 사라졌다.

"■, ■■■■!! 괜찮느냐?!"

부왕이 내 방향을 보고 물었다. 그러나 처음에 한 말이 무엇이었는가 들리지 않았다.

"네, 그럼요, 아버님. 괜찮답니다."

몸 상태를 확인해봐도 이렇다 할 이상은 느껴지지 않았다.

"그런가, 한데 방금 전 빛은 도대체. ……■■■, ■■■. 뭔가 알겠는가?"

"■■, ■는 단지 기사에 불과합니다. ■■, ■■라면 뭐든 알아보지 않았겠습니까?"

"……아니요, 설마, 그럴 리가."

그렇게 떨떠름한 표정을 지은 채 재상이 혼잣말을 중얼거리고 있다.

다만 이때에 이르러서 나는 자기 자신에게 일어난 변화를 알아차렸다.

"■ ■ ■, ■ ■도 전문 분야는 아닌지라 확언은 할 수 없습니다만……. 방금 전 마력의 빛, 어쩌면 저주일지도, 모르겠습니다."

"뭐, 뭣이라! 하나, 이렇듯 ■ ■ ■ ■는 이상이 없지 않은가……."

"아, 아버님, 세가, 목소리가, 아니요, 사람을 가리키는 말이 제 귀에 들리지 않습니다."

"뭐, 뭐라고! 어찌 된 영문인가?!"

대화하는 말은 들린다. 그러나 인물의 이름 및 대명사가 귓가에 와 닿기 전에 사라진다.

황급히 목걸이를 풀어내려고 했지만 풀어지지가 않았다.

"아, 안 풀어집니다! 목걸이가 안 풀어집니다!!"

저주와 말과, 무엇이 일어났는지 전혀 파악할 수 없었기에 불안감이 온몸을 휩쓸었다.

그 이후에는 혼란을 수습하지 못한 채 정신없이 시간이 흘러갔다.

먼저 성 안에서 마법에 해박한 인물을 소집했다. 다만 왕성에 배치되어 있는 병사들은 어디까지나 전투를 위한 수단으로 마법을 습득했기 때문에 상세한 원리를 해명하는 능력은 없었다. 단지 신관의 손을 빌려서 해주(解呪) 가능한 범주의 저주가 아니라는 것, 또한 목걸이의 술식 자체를 불식시켜야 한다는 데까지는 규명이 됐다.

목걸이에는 고도의 위장이 되어 있었고, 전문 지식이 없는 사람은 어떻게 손쓸 도리가 없다고 했다. 추후에 학술 도시에서 인원을 불러들여다가 대처 방안 마련과 연구를 진행하기로 했다.

“오늘은 이제 됐습니다. 혼자 있고 싶군요. 물러나세요.”

그렇게 말한 뒤 자신의 방에서 혼자가 되고 악화된 상황에 이를 갈았다.

지금 이 시기에 나는 차기 왕위 계승자로서 많은 **인맥**을 만들 필요가 있었다. 간단하게 말하면 지반 다지기였다.

왕국의 시조가 여성이었다는 역사도 있어, 여왕을 기피하는 풍조가 이 왕국에는 없지만 그럼에도 실력을 보일 필요는 있다.

그 때문에 사교계에 적극적으로 참가하면서 여러 활동을 해야 하는 데도 지금은 사람의 이름이 들리기는커녕 「그」나 「당신」이나 「저」나 「본인」 같은 단어조차 들리지 않는다.

잘 아는 낯익은 상대와 평범하게 생활하는 데는 지장이 없지만, 친분을 쌓기 위한 사교계에서 이러한 증상은 단지 치명적인 수준이 아니었다.

학술 도시에서 우수한 인원을 왕도까지 데리고 온다고 한들 아무리 빨라도 2개월은 걸린다. 이 목걸이를 곧장 풀어낼 수 있다고 해도 그때까지 2개월의 공백이 어떤 영향을 미칠지 예상이 되지 않았다.

“후유, 안 되죠. 사고가 나쁜 방향으로 흘러가버립니다.”

어쨌든 쉬어야겠다.

컵에 든 따뜻한 우유를 다 비운 뒤에 잠옷의 옷자락을 살짝 고치고 의자에서 일어섰다.

최고급 마물의 털로 제작한 침대에 눕자 의식은 곧 잠의 아랫바닥으로 떨어져 갔다.

……이제부터 잠 못 이루는 밤이 시작되는 줄도 모른 채.

"으그아아아아아아아악!!"

"큭, 안 됩니다. 회복 마법의 효과가 전혀 발휘되지 않습니다."

"그런가……. 제길, 학술 도시의 인원은 대체 언제 오려는가!!"

심야의 내 방에는 급히 호출한 회복 마법 사용 가능자와 부왕이 있었다.

내가 목걸이를 걸고 사흘, 천천히 소리도 없이 다가들었던 그 현상이 마침내 나를 덮치고 말았다.

날이 가면 갈수록 분명 거의 다 나아 회복됐던 등의 화상이 자꾸 악화된다.

마치 상처를 **처음 그대로 되감아 놓는 것처럼.**

바짝바짝 불길로 지지는 통증이 등을 들쑤신다.

이것은 며칠이나 시간을 들여 회복시켜야 했던 증오스러운 화상의 통증과 같은 감각이었다.

"끄으윽! 으읍, 허억, 헉, 흐흑!!"

등을 아래로 눕힌 채 잠들지 못할 지경까지 이미 상처가 되돌아갔다.

상처 부위를 한 땀 한 땀 바늘 끝으로 도려내는 감각.

등에 난 상처를 목걸이의 마력이 감싼 채 옅은 빛을 발하고 있기 때문에 이 원인이 목걸이라는 것은 알 수 있었다. 다만 부왕에게 말한들 대응 가능한 대책도 없을뿐더러 회복 마법도 의미를 갖지 못한다.

통증에 시달리는 중 점점 시간의 감각이 애매해졌다.

부왕도 회복 마법의 술사도 어느 사이인가 방을 나가서 사라졌다. 아니, 제발 나가 달라고 극구 부탁한 결과이다.

이런 모습을 누군가에게 보인다는 것은 왕녀의 자존심이 용납하지 않았다.

"절대로, 용서 못 합니다……."

그 어떤 증거도 없건만 이것이 그 남자의 소행이라는 확신 비슷한 예감이 든다.

바로 그 때문에 아프다는 말도 도와 달라는 말도 절대로 입 밖에 내지 않았다. 그 대신 지금의 통증에서 생겨나는 거무칙칙한 감정을 달아오른 쇠사슬로 붙들어 매서 검게, 검게, 오로지 검게 물들여 낸다.

이 목걸이를 더럽힌 그 남자를, 인간의 흉내를 내는 이세계인 괴물을, 기필코 절망의 구렁텅이에 처넣어준다.

"절대로, 용서 못 해. 그 남자, 기필코 복수해주겠어!!"

통증에 검게 물들어 가는 감정을 음미하면서 나는 또 처절하게 하룻밤을 보낸다. 단 한 조각마저 흘리지 않기 위해서.

"끅, 까아아아아악! 흐극, 으읍, 아아아아아악!!"

그러니까 나는 잠들지 못한다.

☆

"좋아, 좋아. 제대로 작동했군."

수수께끼 슬라임의 화면에 왕녀가 엷은 빛으로 감싸여 있는 장면이

출력되는 것을 보고 개변한 술식이 문제없이 작동했음을 확인했다.

금방 노출될 만한 술식은 인물을 가리키는 말이 들리지 않도록 조정한 『인식 저해』 정도였는데, 꽤나 재미있는 방식의 심술이 되어줄 듯싶었다.

본래 목걸이에 부여된 술식은 『HP 자동 회복』, 『회복 효과 미량 증가』, 『환영상 기록』, 『자기 파손 수복(소)』까지 네 개였다.

그중 바꿔 넣은 효과는 둘. 하나를 삭제하면서 남은 공간에 추가 각인한 것이 하나다.

먼저 『환영상 기록』, 이 녀석을 『인식 저해』로 교체했다.

그리고 『HP 자동 회복』은 『역행 회복(미)』로 바꿔 썼다. 효과는 받은 상처를 되돌림으로써 다시 회복시키는 것. 따라서 미처 다 낫지 않은 상처가 있는 상태로 착용하면 그 상처는 한 차례 천천히 가장 심각했던 상태로 돌아간 다음 또다시 치유된다.

다만 목걸이를 바로 풀어내면 그 순간 끝이었기에 『회복 효과 미증』을 없애고 『탈착 불가』의 마법을 각인시켰다. 그리고 전문 지식이 있는 인간일지라도 한눈에 간파하지 못하도록 위장을 펼쳤다.

이상이 내가 목걸이에 손을 쓴 처리였다.

【마수선의 갈고리 칼】은 마도구에 각인된 마법 술식을 바꿔 쓸 수 있다. 그러나 물론 당연하게도 만능은 아닐뿐더러 압도적으로 MP 소모가 많았다.

비슷한 종류의 마법으로 교체하기만 해도 상당량, 완전히 지운 뒤 새롭게 부여하려고 들면 포션 등등의 회복 수단 없이는 작업이 진행되지 않는다.

소비량이 전체의 몇 할이라는 식의 비율 소비인 덕에 내 낮은 레벨에도 사용이 가능했지만, 반대로 말하자면 레벨이 오른다고 한들 MP취기를 회피할 수 없다는 의미이기도 했다.

교체 작업 자체도 만만하지 않기에 히든 스테이터스 중 기교와 사고 반응 속도를 풀가동해서 간신히 마무리했을 만큼 높은 난이도. 제아무리 집중력을 쏟고 능숙해진들 작업 시간의 단축이 거의 불가능하다는 비탄력성.

그런 데다가 교체를 하면 할수록 마도구의 본래 성능이 떨어질 뿐 아니라 전체 효과도 열화되고 만다. 그래서 더 이상은 목걸이에 수작을 부릴 수 없었다.

“크핫, 꼴 좀 보라고. 방금 전까지 시치미 뚝 떼던 얼굴은 어디로 갔을까. 아주 정신을 못 차리는군. 크큭, 금화 예순 장의 가치는 충분해.”

“이런 반응을 보기만 해도 즐겁네요. 아주 고소해요. 아아, 조금만 각도를 바꿔주면 좋을 텐데요. 기둥 뒤쪽에 가려져버렸어요.”

한동안 목걸이 대책을 마련한다고 난리 법석을 떠는 쓰레기들을 보고 웃으면서 지냈다.

“앗, 가디언, 해치웠나 봐요.”

그러다가 영상이 중단될 무렵, 마침 던전의 가디언도 힘이 다한 듯했다.

미나리스가 독을 제거한 뒤 『수호자의 방』에 들어가자 장비째 부식돼버린 고블린 킹의 시체가 보였다.

“후딱 회수하고 던전을 빠져나가자. 슬슬 바깥쪽 숲에 모아다가

솎아 둔 마물들이 부활했을 테니까『포이즌 가름』 떼가 다른 마물을 제압해서 부리고 있을 거야. 지금 돌아가면 왕도의 주민이나 나를 찾아다니고 있을 병사 놈들이 마물에게 포획당한 뒤 숲으로 끌려 들어가는 꼴을 볼 수도 있겠지. 멋진 볼거리잖아, 가서 구경이나 하자고."

"그렇겠네요. 주인님을 배반한 벌레 같은 쓰레기들이 울고 부르짖는 꼴을 구경해야죠. 숲에서 과일을 따다가 차를 마셔도 좋겠네요♪"

가름의 습성상 나무들이 잔뜩 자라난 숲에서 멀리 떨어지려고 하지 않는 터라 아마도 왕도 안쪽에 들어가도 죽인 사냥감은 숲으로 끌고 데려와서 먹지 싶었다.

평범한 가름이라면 일반 병사끼리 대처가 가능하겠지만, 왕도를 습격한 것은 숲의 마물을 거느리고 있는 변이종『포이즌 가름』 떼였다. 나 때는 포이즌 가름 떼를 포함해서 마흔 마리 정도의 무리가 습격했었다.

포이즌 가름은 머리가 좋다. 멀리서 나를 관찰하던 포이즌 가름 떼에게 나와 마물이 싸우는 장면을 몇 차례 여봐란듯이 보여줬다. 따라서 포이즌 가름 떼는 첫 번째 때와 달리 대량의 마물을 데리고 더욱 신중하게 왕도를 습격할 것이다. 포이즌 가름 떼의 숫자도 더 증가할 테지.

아아, 얼마나 많은 쓰레기들이 마물의 먹이가 될까. 똑똑히 지켜봐주마.

왕녀의 꼴도 그럭저럭 재미있었다만, 이쪽은 고통을 겪는 것 이외의 방향성에서 볼거리가 있기에 기대된다.

마침 꿈을 꾼 덕분에 그때 나를 팔아넘겼던 놈들에 대한 원한도 선명한 윤곽을 되찾았다.

그렇게 조금 들뜬 기분으로 던전 코어를 베어버렸다.

【시스템 메시지 · 칭호『던전 공략자』를 획득했습니다.】

【시스템 메시지 · 마축의 난검이 해방되었습니다.】

"응? 뭔가 새로운 심검이 해방됐군. 아, 맞아, 그런가. 던전 코어를 내가 직접 파괴한 것은 이번이 처음이었어."

"그러셨나요? 축하드려요, 주인님."

"그 많은 던전을 공략했는데도 이제 와서 난데없이 칭호와 심검을 획득하게 될 줄은 몰랐군."

첫 번째 때는 꽤나 모범적인 모험을 했다. 그 때문에 관리 중에 있는 던전은 물론이고 미답 던전을 발견해도 내부를 조사한 다음 기회가 되면 가디언을 쓰러뜨린 뒤 코어는 보존한 채 근방의 영주, 혹은 길드에 보고하는 것으로 매듭짓고는 했다.

따라서 살아 있는 던전 코어를 내가 벤 것은 실상 이번이 처음이었다. 게다가 상당한 양의 경험치가 들어왔음을 감각적으로 알 수 있었다. 일단 효과 확인은 나중에 하고 던전 코어의 잔해를 수집하면서 스테이터스 보드를 열었다.

"……어이구, 뭐야. 경험치가 2만 5천이라니, 진짜냐?"

움직이기는커녕 저항도 하지 않는 던전 코어를 베었을 뿐이건만

이토록 많은 경험치가 들어올 줄은. 그야말로 횡재다.

레벨이 오르지 않을 정도로 경험치의 부채를 청산할까 말까 고민을 하면서도 필요한 물품의 회수를 마친 뒤 『수호자의 방』을 나왔고, 던전 바깥을 향해 걸어 나아갔다.

"으음~ 역시 해님의 빛은 기분이 좋네요, 주인님."

『수호자의 방』에서 닷새를 들여 바깥으로 나왔다. 던전 코어가 파괴되었다고 갑자기 던전 안의 마물들이 다 사라지지는 않는지라 최단 거리를 밟았는데도 마물을 소탕하다 보니까 예상보다 더 시간이 걸려버렸다.

"맞아, 역시 인간은 해님 아래에서 살지 않으면 건강에 나쁜가 봐."

"해님의 빛에는 옛날부터 빛의 정령이 활성화의 힘을 실어준다고 말들을 하잖아요. 실제로 햇빛이 잘 내리쬐는 지역은 다른 곳보다 작물이 잘 자란답니다."

"그거 아마도 광합성일 텐데……. 아니, 지역에 따라서는 진짜 정령의 가호가 있으려나? 이세계니까."

본래 세계로 돌아가기 위해서 거의 모든 시간을 절박한 심정으로 보내야 했던 첫 번째 때는 이런 생각을 할 여유도 관심도 없었다. 복수를 전부 마친 다음은 농업이라든가 무슨 일이든 시작해봐도 어쩌면 괜찮겠다. 앞날을 전망한다는 게 지금은 그저 아물아물한 꿈만 같기에 그런 내 모습이 망상조차 되지 않지만.

이 세계에 오기 전의 나였다면 그럭저럭 현실감 있게 상상할 수 있었을 꿈이 지금은 자신과 너무나도 괴리된 탓에 끝내 떠올릴 수가 없었다. 분명 복수를 전부 달성할 때까지 그리 먼 꿈은 꾸지도 못할 것이다.

그러니까, 그래. 맞아, 역시 내가 제대로 된 삶을 살기 위해서는 그 작자들 전원에게서 전부를 빼앗고 망가뜨리는 것이 전제 조건이다.

엉뚱한 계기에서 나의 근간을 재확인하고, 그렇게 별것 아닌 대화를 나누면서 왕도 외벽의 근처까지 다가갔다.

예상대로 왕도 외벽의 근방은 가까이 접근할수록 마물과 조우하는 빈도가 점점 늘어났다. 이윽고 가름 계열 마물이 울부짖는 소리며 고블린의 기성이 들렸다.

"어이구, 개막에는 살짝 늦고 말았군."

"서두르죠, 주인님. 이대로는 재밌는 장면을 놓쳐버릴지도 몰라요."

"그러게, 조금 서두를까."

『기척 은폐』 스킬의 활용으로 마물을 쓱 지나치면서 언젠가 벽에 구멍을 뚫었던 장소가 보이는 위치까지 이동했다.

느긋하게 관람할 수 있도록 도시의 인간들에게 들키지 않을 정도까지 가까이 간 다음 근처에 있는 나무의 두꺼운 가지 위에 올라앉아서 거리를 두고 저 전장을 바라봤다.

"오오~ 열심히들 하는군. 뭐냐, 딱 좋을 때 왔잖아?"

"아무래도 막 시작한 참인가 봐요. 여기에서 보이는 범위로 헤아리면 아직 사냥당한 인간이 두세 명밖에 안 되니까요."

우리가 사람 두 명쯤 드나들 만한 크기로 뚫었던 구멍이 이제는 대형 마차가 세 대는 통과할 만큼 확대됐다. 첫 번째 때는 마차 한 대만 한 크기였다는 점을 떠올리면 예상 이상으로 저 주변의 주민들이 넋을 놓고 다녔다는 의미이겠다.

습격에 나선 무리는 보이는 녀석들만 꼽아도 첫 번째 때의 곱절은 되는 수가 아닐까? 첫 번째 때와 마찬가지로 외벽에 뚫린 구멍을 통해 『포이즌 가름』이 마비독을 흩뿌리면서 못 움직이게 된 주민을 사냥하고 있을 것이다.

지금은 소동을 전해 들은 병사들이 마물 떼와 싸우고 있다. 포이즌 가름의 마비독은 놈들이 지닌 마지막 수단인지라 한 차례 쓰면 당분간 사용을 할 수 없기에 병사들과 마물 떼는 팽팽하게 맞붙고 있었다.

그럼에도 마물의 수에 밀리고 있는 데다가 마비독 때문에 제대로 못 걸어 다니는 주민들은 한 사람, 또 한 사람씩 일반 가름의 발톱이며 이빨, 혹은 고블린들이 휘두르는 곤봉에 공격당해서 숲으로 끌려 들어가는 형국이었다.

조금은 실력 있는 모험가라도 모이면 금세 격퇴될 텐데. 글쎄, 어떤 결과가 나오려나.

"하핫, 제대로 통솔이 되어 있잖아. 모험가들이 올 때까지 얼마나 많은 숫자가 당할까? 내기나 할래?"

"안 돼요, 주인님. 술과 여자와 도박은 신세를 망치는 지름길이라고요. 괜히 내기를 곁들이지 말고 저 광경을 보기만 해도 충분히 좋은 주전부리가 될 거예요. 드세요, 주인님."

"아, 땡큐."

그리 말하고는 숲속에 자생하고 있는 과일의 열매를 따 와서 건네주기에 받아 들었다. 리코코, 파란 사과의 겉모습과 감촉에 딸기의 맛이 조합돼 있는 신기한 과일이다.

"땡큐요?"

"고맙다는 뜻이야. 오, 또 한 명 당했군."

사각, 과일을 베어 먹으면서 전장을 바라본다.

병사의 숙련도가 딱히 낮지도 않았지만, 구멍이 큰 탓에 마물 전부를 감당하지는 못하고 있다.

"『끄아아아악! 그만, 누가! 끄아아아악!!』"

저 멀리 보이는 얼굴, 저자는 첫 번째 때에 나를 도시 안으로 인도한 다음 왕녀에게 나를 팔아넘겼던 남자였다.

"『살려, 싫어! 누가 살려줘!! 살려 달라고! 아악!!』"

"하하하, 누가 두 번이나 살려주겠냐. 혼자 마물에게 잡아먹혀서 죽어라."

가름에게 다리를 물어뜯기고 고블린에게 얻어맞은 팔이 비정상적인 방향으로 꺾여 돌아간 남자의 비명을 듣게 되니까 몹시 흡족했다.

"앗, 주인님. 저 여자도 맞지 않나요? 주인님의 기억 속에서 본 적이 있어요."

"응? 아, 저 남자의 아내로군. 오오~ 고블린에게 둘러싸였어. 저거, 먹이가 아니라 코스를 밟겠군. 불쌍해라."

"주인님은 거짓말이 서투르시네요. 입매가 웃고 있는걸요."

"애고고, 들켜버렸네."

농담을 하는 척 전장에서 발버둥 치는 놈들을 비웃었다.

직접 죽여주기에는 너무나 잔챙이였지만, 이렇게 구경하면 충분히 즐겁다.

"응? ……아니, 잠깐. 뭐하는 짓이야, 저 아저씨가."

시답잖은 대화를 나누던 때에 불현듯 나타난 사람은 무기점의 아저씨였다. 구멍에서 가깝다고는 하나 거의 안전권이라고 말할 수 있는 장소에서 가게를 운영하는 저 사람이 왜 여기까지 왔단 말인가.

"뭐야! 이게 뭔 짓이야, 바보 자식!!"

대체 정신을 어디에 뒀나. 무기점 아저씨가 제 딴에 주민들을 지키겠다고 제대로 다룰 줄도 모르는 검을 마물 상대로 휘둘러 대며 독 때문에 못 움직이는 사람들에게 뭔가 병을 건네주고 있다.

병을 받아다가 입에 가져간 주민은 다시 또 움직인다. 아마도 건네준 것은 해독 포션이다.

"그놈들은 지킬 가치가 없어!! 게다가, 누구를 도울 여유도 댁의 가게에는 없을 텐데……!!"

"주인님, 안 돼요. 이러다가는 들킬 거예요!"

"큭, 미안."

미나리스에게 주의를 듣고 과도하게 격앙된 감정을 다스리면서 다시 기척을 숨겼다.

그러고 있는 동안에도 무기점 아저씨는 해독 포션을 나눠 주거나 혹은 도망치는 사람들을 돕고 돌아다녔다.

해독 포션도 포함해서 회복 도구의 부류는 제법 가격이 나간다. 내가 구입해 두도록 권한 이유는 이 사태 때문에 해독 포션의 가격이 올라가기 때문이었다. 자선 사업을 하라고 가르쳐준 것이 아니다.

"……빨리 좀 깨달아. 그런 짓까지 해서 구할 가치가 저것들에게는 없단 말이야."

이미 나눠 준 포션은 병사들에게 건넨 개수도 포함해서 열을 넘겼다. 병사에게 건넨 포션은 나중에 어쩌면 돈을 정산받을 수 있겠지만, 주민들에게 준 포션은 분명 회수되지 않는다.

저것들은 정작 도움을 받고도 돈을 지불해야 한다는 말을 들으면 아무렇지도 않게 부탁한 적이 없다고 우기면서 은혜를 저버리고도 남을 족속이다.

지금도 경영 상태가 아슬아슬한 가게에 치명적인 적자가 발생해도 놀랄 게 없었다.

무엇보다도 이 자리에 있는 것 자체가 위험했다. 내가 보기에 저 아저씨는 인간이 아닌 피가 섞여 있기에 조금 뛰어난 능력치로 마물에게 대항하는 것이 전부였다.

훈련을 쌓은 병사도 아니고 수라장을 헤쳐 나왔던 모험가도 아님은 척 보고 알 수 있었다.

따라서 그 순간의 도래는 필연이었다. 움직이지 못하게 된 소녀를 구하려고 했던 아저씨의 뒤쪽에서 나타난 고블린이 습격을 가하려고 한다.

"쳇, 빌어먹을!!"

"주인님!!"

거의 반사적인 행동이었다.

마력 조작으로 각력을 강화하고, 레벨이 오른 『비각』과 『천구』로 최단 거리를 주파했다.

"그갹?!"

"엉?!"

모래 먼지를 피워 올리면서 돌진, 기술 따위를 전혀 발휘하지 않은 발차기로 고블린의 목을 꺾어 날려버렸다.

"혀, 형씨는……."

"어쩌자고 이런 곳에 온 거야. 여기 사는 놈들은 구할 가치가 없어."

어안이 벙벙해 있던 무기점 아저씨에게 나오는 대로 말을 쏘아붙였다.

"댁의 가게 사정으로 해독 포션은 싼 물건이 아닐 텐데. 왜 굳이 시궁창에 돈 내버리는 짓을 하는 거야."

도시의 사정은 도시에 사는 사람이 잘 알고 있다. 누가 말해주지 않아도 이 주변의 주민들과 가까운 지역에서 살고 있는 아저씨라면 이제껏 준 해독 포션이 공짜로 적선하는 짓과 다름없음을 뻔히 알 것이다.

"……살려줬으니 고맙다는 말은 하겠는데 누구를 두고 구할 가치가 없다는 식의 말은 좀 지나치잖냐."

"구해줘 봤자 인사 한마디 안 하고, 주위 사람들을 또 돕지도 않고 혼자 도망치는 놈들이?"

"전부가 다 그런 인간뿐이지는 않다고. 좋은 녀석인지 아닌지 살려 놓지 않으면 알 수가 없잖냐."

"큭, 안다고! 내가! 저것들은 실제로 나를……."

"그럼 네놈은 이 어린애가 마물에게 죽어 나가도 상관없다고 말할 셈이냐? 아앙?!"

실제로 나를 배반했다. 그렇게 덧붙이려고 했던 말은 무기점 아저씨의 노성에 지워졌다.

그 말을 듣고 비로소 무기점 아저씨가 감싸고 있는 소녀의 덜덜거리는 모습이 눈에 들어왔다.

……그래서 어쩌라는 거냐.

이곳의 주민들은 나를 배반했었다.

은인이 어쩌고 감사한다는 말을 늘어놓고도 몰래 나를 팔아넘겨서 돈을 챙겼다.

그래, 배반했단 말이다.

……배반했다? 정말 그런가?

이 소녀, 무기점 아저씨의 품에 안겨서 단지 부들부들 떨고 있는 눈앞의 여자애가 정말로 나를 배반했나?

"……아니, 나는, 이 아이를 몰라."

그렇게 무의식중에 새어 나왔던 내 혼잣말을 지워 없애는 목소리가 불현듯 터져 나왔다.

"윽, 젠장, 모험가들인가."

왕도에 머무르고 있던 모험가들이 달려왔나 보다. 병사들과 달리 제각각 편한 장비를 착용한 무리가 오고 있었다.

"……이봐, 이 돈은 사죄 겸 답례금이다. 해독 포션을 쓴 비용을 보전하기에는 충분할 거야."

나는 그렇게 말한 뒤 금화를 한 장 꺼내서 무기점 아저씨에게 던져줬다.

"단 도움은 이게 마지막이야. 첫 번째 때 댁에게 진 빚은 이제 다

갚았으니까. 다음에는 돕지 않는다."

"엉? 이봐, 형씨!!"

나는 아저씨가 불러도 뒤돌아보지 않고 사람들이 모여들기 전에 미나리스의 곁으로 돌아갔다.

"주인님, 어째서 뛰쳐나가셨죠?"

"……저 아저씨는 분명하게 내 복수 상대가 아니었으니까. 게다가 첫 번째 때에 조금 빚을 지기도 했어."

"위험했어요. 주인님이 그리 맥없이 죽을 분은 아니라고 해도 앞으로 할 복수에 지장이 생길 수도 있었습니다."

미나리스의 시선은 차가웠다.

우리를 이어주는 목표가 복수이기에 더더욱 그 길에 혹시라도 지장이 갈 만한 가능성을 염려하는 것이다.

"당신은 제 복수의 공범자잖아요? 이런 데서 쓸데없이 낭패를 보면 곤란하다고요. 본인의 몸을 위험에 빠뜨리는 행동은 하지 말아주세요."

"……미안. 그래도 저 아저씨 덕분에 깨달았어. 이 방법은, 이번에 쓴 방법은 뭔가 아니었다고."

무기점 주인 말고도 왕도에는 직접적은 아니었을지언정 도움의 손길을 건넨 사람이 살고 있었다.

내 위치를 밀고했던 사람이 있다. 다만 나를 알아보고도 밀고하지 않은 사람 역시 있었다.

밀고하면 큰돈을 만질 수 있었을 텐데도 모른 척 할 테니 떠나 달라고 말한 사람이 있었다.

낯선 소녀는 아무것도 모르는 처지에 그럼에도 본인의 귀한 사탕을 내게 주었다.

이 나라에도 적으로 돌아서지 않은 사람은 분명히 있다. 그렇다면 지금의 방식은 틀렸다. 나는 그러한 사람들까지 죽일 것을 계산에 넣고 이번 습격을 유도하지 않았다.

"복수는 복수하는 상대를 잘못 알아보면 안 되는 거야. 이번 방법은 틀렸어. 복수 대상에 그 밖의 인간들이 너무 많이 섞였어. 복수에 필요하지 않은 사망자가 너무 많이 섞여 있다고. 무엇보다도 내가 이렇게 될 줄을 내다보지 못했어."

이 깨달음은 분명히 내가 잊어서는 안 되는, 이성을 잃지 않기 위한 일선이었다.

복수를 위해 부득불 필요하다면 다소 우호적이었던 정도의 존재를 살해하는 데 망설임을 갖지 않을 것이다. 다만 어떤 반성도 없이 단지 편하니까 죽이는 방식으로 움직인다면 레티시아 덕분에 남길 수 있었던 인간의 마지막 한 조각마저 잃어버린 채 진짜 괴물이 된다.

복수는, 감정이다. 본능이 아니다. 사람이 갖는 마음의 단편이다.

이성마저 날아가버린 괴물이 되어서는 분명 거기에는 다다르지 못할 것이다.

왕녀는 죽인다. 왕도 죽인다. 왕비도, 재상도, 기사단장도, 기사들도, 일말의 자비도 없이 확실하게 싹 죽인다.

고통과 더한 고통과 후회의 끝에 부조리한 현실과 힘을 들이대고 절망으로 짓눌러 죽여주겠다.

쓸데없는 군더더기가 일절 섞이지 않은 복수를, 최고의 복수를 이

룩해 내야 한다.

그러니까 선별하도록 하자. 진정 죽여야 하는 복수 대상을 똑똑히 찾아내고 체에 거르기 위한 방법을 고안해 내자.

나의 복수에 불순물 따위 필요하지 않다.

나의 복수를 조금이라도 더욱 순수한 행위로 만들어 내야 한다.

무기점 아저씨도, 덜덜 떨었던 소녀도, 전혀 복수 대상이 아닐뿐더러 그들이 죽는다 한들 내 복수 대상은 괴로워하지도 않는다.

철두철미, 내 복수에는 관계없는 불순물이다.

복수에 동반되는 차마 피할 수 없는 희생자가 아니다. 이토록 효율 나쁜 수단은 복수가 아니다. 목적과 수단이 뒤바뀌었다.

깊이 고려조차 않고, 어쩔 도리가 없다는 각오조차 않은 채 나는 오직 감정에 떠밀려서 이 사태가 악화되도록 획책했다.

이번 내 행동은 확실하게 실패였다.

선 긋기를 잘못한 채 발을 내디디면 분명 마지막까지 복수를 관철하기란 불가능할 테지.

“가자, 미나리스. 많이, 더 많이 고민해서 완벽한 복수를 이룩해 내기 위해서. 우리는 쾌락 살인귀가 아니야. 복수에 이용하지도 못할 사망자를 잔뜩 만들어 내는 방법을 분간할 줄 모른다면 분명 오래가지 못할 거야. 더욱 연구를 거듭해서 극상의 복수를 이루도록 하자. 복수 상대는 아직도 잔뜩 남아 있으니까.”

그렇게 말한 뒤 왕도 성벽을 등졌다.

다음 한 걸음을 내디디기 위해.

그때.

"뭘 혼자 감상에 젖는 거예요. 아직 제 잔소리가 안 끝났다고요."

"아퍄, 아퍄요, 미냐리스 씨이?!"

꾹꾹, 미나리스가 손가락으로 내 볼을 꼬집었다.

멋진 마무리 말로 깔끔하게 매듭지었건만 분위기가 엉망이 된다.

"딱히 저 무기점 아저씨를 구하는 데 이의는 없습니다. 제가 화를 내는 이유는 그 탓에 주인님께서 본인의 몸을 위험에 빠뜨렸기 때문이에요. 제 말뜻, 알아들으셨죠? 지금은 아직 힘이 부족하니까 신중하게 행동해야 한다고 말씀하신 분은 주인님이잖아요. 아닌가요?"

"자, 잘못해쎠요. 다음부터는 조심햘 테니까, 져기, 용셔를……."

"……정말, 정말로 조심 좀 해주세요. 저 혼자서는 이 복수심을 감당할 수 없어요. 완벽한 복수를 해야 하잖아요? 그럼 본인의 안위를 소홀히 하는 행동은 삼가주세요."

그렇게 말한 뒤 한숨을 쉬고 미나리스는 겨우 볼살을 놓아주었다.

……뜯겨 나가는 줄 알았다, 진지하게 하는 말이다.

"그럼 이다음은 사전에 말씀하셨던 대로 움직이나요?"

"그래, 먼저 북쪽으로 가도록 하자. 맨 처음 목적지는 학술 도시 『에르미아』야."

대답하고 마지막으로 한동안 볼 일이 없을 왕도의 성벽을 돌아봤다.

이미 마물들은 갑자기 나타난 모험가들에게 죽어 나가는 등 부상당한 채 철수하는 등 수습되고 있다.

숫자의 차이가 뒤집힌 이상 마물들에게 승산은 없었다. 머지않아 저 장소에도 평온이 되돌아오리라.

"기다리라고. 왕과 왕비, 왕녀와 기사, 대다수의 쓰레기들. 나는 기필코 너희를 지옥 밑바닥까지 끌어내려 주마."

어떤 업보일까, 귀하디귀한 두 번째 인생을 허락받았다.

첫 번째 때는 너희가 나를 짓밟았다. 그러니까 이번에는 내 차례다.

자, 여행을 떠나자.

아무것도 만들어 내지 못할 복수의 길을.

이미 끝나버린 나의 과거를 비웃으면서 걸어 나가자.

누구에게도 말 못할지라도.

이 빌어먹을 인생을, 누구에게도 차마 자랑하지 못할 인생을.

하다못해 나만이라도『도중에 포기하는 인생』은 살지 않았다고 자부할 수 있도록.

……나는, 이 복수의 길을 웃으며 걸어가련다.

한담 미나리스의 포위 대작전

특별 단편 참극의 날

한담 미나리스의 포위 대작전

—『너는 누구를 죽이고 싶어?』

내가 주인님에게 처음으로 받게 된 질문이었다.

거의 다 부서져 있었던 나조차 저 말이 처음 만나는 노예에게 물을 내용이 아니라는 정도는 알았다.

그러니까 눈앞의 『인간』이 아닌 눈앞에 있는 『인물』의 눈을 봤다.

끈적끈적하고 어두운 흙탕물의 밑바닥에서 썩어 가는 탁함과 사라지지 않는 화상을 새겨 넣는 벌겋게 달아오른 열기를 발견했다.

이성이 아닌 감각적으로 동류임을 알았다.

—『너는 누구에게 복수하고 싶어?』

그러니까 두 번째로 저 남자가 던진 질문에 나는 대답했다.

내가, 어머니가 받은 고통에 직접 관련된 인물 전부를.

『뻔한 질문이군? 한 명보다는 두 명이 보다 더 즐거운 복수 방법을 떠올릴 수도 있기 때문이지. 사람의 수가, 단지 손의 숫자가 늘어나기만 해도 그 작자들을 괴롭히고 망가뜨리고 조각조각 작살내는 데 더 많은 수고를 들일 수 있겠지? 단지 죽이고 싶다는 생각밖에 못 하는 녀석은 내 복수에 도움이 되지 않을 테니까 필요 없어. 그래도 너는 다르잖아? 안 그래?』

그렇게 대답했던 남자는 이해의 일치가 이유이었기는 해도 분명 나를 구해줬다.

거의 다 부서져버린 내 마음을 아슬아슬하게 붙들어주고 있었던 복수심에 물을 붓듯이 힘과 영양을 마련해줬다.

단지 활활 타오르는 복수심밖에 남지 않았던 내 마음에 또 하나의 감정이 싹텄다. 또 하나의 욕구가 태어났다.

이 남자를 갖고 싶다. 이 남자와 보다 가까워지고 싶다. 이 남자에게 도움이 되고 싶다.

이 남자를 느끼고 싶다. 이 남자와 함께하고 싶다. 이 남자를 내 사람으로 만들고 싶다.

틀림없이 나는 이 남자에게 사랑을 바라고 있다.

아아, 지금은 조금이나마 루샤의 마음을 알 것 같아. 물론 그 망할 창녀보다 내 마음이 훨씬 더 많이 강할 테니까 어디까지나 조금뿐이지만.

이 마음마저도 나는 복수의 양분으로 삼을 수 있다.

그년의 마음을 엉망진창으로 만들기 전에 이 심정을 먼저 겪었다는 것이 몹시도 행운이었다.

분명 쓸모가 있을 거야. ―내 내면의 악귀가 조소한다, 그때를 그리면서.

☆

주인님과 만난 지 열흘 가까운 날이 지났습니다.

던전에 진입한 뒤 주인님이 굉장한 사람이라는 것은 새삼 더 부각됐죠. 레벨이 1밖에 안 되는데도 확실히 더 나보다 강했습니다.

명백하게 스테이터스 이상의 능력을 발휘하고 있어요.

주인님의 말에 다르면 이 세계에는 스테이터스 보드에 표시되는 항목 말고도 표시되지 않는 능력치가 있고, 그로 인하여 차이가 발생한다고 했습니다.

전투 상황에서 위치를 점하는 방식, 검을 휘두르는 방식 하나까지 가까이 다가가고자 하고 있지만, 이거 참 정말 쉽지 않습니다. 앞으로도 쭉 정진할 수밖에요.

"으응……."

"아차, 안 되죠. 귀한 기회를 헛되이 놓칠 뻔했네요."

주인님에게 지시받은 독 살포 작업을 마친 뒤 벽을 등지고 잠들어 있는 주인님을 자신의 다리를 베개 삼아서 눕혔습니다.

주인님의 머리카락을 빗기면서 전투가 아닌 방면에서 일어난 애로 사항을 떠올립니다.

복수심 말고 깃들어 있는 단 하나의 불꽃같은 욕구.

주인님을 갖기 위해서는 유감스럽게도 시간을 들여야 할 듯합니다.

다행히도 제게 여성의 매력이 안 느껴지는 것은 아니라고 짐작됩니다. 평소부터 MP취기의 흉내를 내면서 자극해보면 몸의 군데군데에 시선이 와 닿으니까요.

입술이며 가슴에 엉덩이, 다리나 허벅지가 맞닿는 부근.

평소 생활에서도 아예 노골적인 시선은 보내지 않게 됐습니다만, 주의를 잘 기울여보면 별로 노골적이지는 않더라도 신체 어디를 의식하는 시선이란 의외로 예민하게 느껴지는 법입니다.

……그때마다 헤실헤실 웃음이 나오려고 해서 본심을 감추는 데 꽤나 고생 중이죠.

그렇다 해도 이 마음은 전하기에는 시기가 나쁩니다. 지금은 아직 주인님의 마음속에 첫 번째 때 만났다고 하는 마왕, 레티시아라는 이름을 가진 소녀의 그림자가 남아 있기 때문입니다.

주인님이 저를 아슬아슬한 곳에서 사람으로 붙들어 잡아주고 있듯이 주인님을 아슬아슬한 데서 붙들어 잡아준 인물.

복수의 계약을 맺었을 때 넘겨받았던 기억의 단편을 맞붙여서 짐작하자면 아마도 주인님이 사모하는 인물.

그러나 여기는 두 번째 세계이고, 주인님과 그 소녀 사이에는 어떤 관계도 없죠.

주인님이 본인의 복수에 그 소녀를 끌어들이려고 하지 않는다는 것 또한 물어볼 필요도 없이 알 수 있었습니다.

그렇다면 언젠가 멀지 않은 미래에 주인님이 첫 번째 때의 마왕 소녀, 레티시아라는 이름의 환영을 단념할 때가 분명히 옵니다.

그때 더 이상 다른 사람은 필요 없다면서 이상한 깨달음 비슷한 걸 얻어서 새로운 여성을 거절하는 식으로 변화하면 몹시 곤란합니다. 그러니까 지금 당장 노골적으로 여자로서 접근을 하지는 않습니다.

한 차례 다른 여성을 거부하는 자세를 취하고 나면 과거의 여자를 청산한 다음에도 계속 그 기세로 거절만 하게 될 수도 있으니까 말이죠. 예전에 마을로 왔던 모험가 파티분들에게 비슷한 이야기를 들은 적이 있습니다.

그러니까 마왕 소녀와 나눈 옛 관계를 과거로 흘려보낸 다음, 주인님이 새로운 현재를 받아들일 수 있는 그 순간에 주인님의 마음 속으로 제 자신을 쏙 들여보낼 수 있도록 준비를 갖춰야 합니다. 그때까지 거절당할 만한 행동은 삼갈 필요가 있겠죠.

MP취기라는 변명을 방패 삼아서 조금씩, 아주 조금씩 그런 행동에 대한 저항감과 마음의 울타리를 제거하고 본심에 더욱 가까이 다가가서 그때를 기다리면 됩니다.

그러니까 평소에는 다소곳하고 성실한 모습을, MP취기로 저지른 행동 때문에 부끄러워하는 그런 여성스러운 부분을 주인님에게 보여드려야 합니다.

어디까지나 자의로 하는 행동이 아니라는 인상을 줘서 주인님 역시 어쩔 수 없다고 느끼게 하고, 또한 진심으로 거절을 못 하게 되도록 말이죠.

"주인님의 머리카락, 또 보물이 늘어났네요♪"

머리카락을 빗길 때 빠진 주인님의 머리카락을【둥글 다람쥐의 주머니 검】의 둥근 주머니 속에다가 고이 갈무리했습니다.

주인님이 이 힘을 제게도 허락해주신 덕분에 주인님에게도 비밀로 **컬렉션**을 모을 수 있습니다.

지금 시점에서 제 컬렉션의 에이스는 이거죠.

"아아, 이거, 이거요. 우후후, 역시 맛있네요."

할짝, 핥아 올린 것은 주인님이 사용한 목제 스푼.

아아, 역시 그때 억지를 부려서라도 확보해 둔 보람이 느껴집니다♪

"아차, 안 되죠. 정말로 MP를 과도하게 써버린 것 같아요."

이런 모습은 특히 절대로 내보여서는 안 됩니다. 여성의 욕구가 고스란히 드러나는 장면입니다. 혹시라도 목격한다면 틀림없이 경계를 하게 말겠죠.

무엇보다도 저 또한 아직은 많이 부끄러우니까 보여주고 싶지는 않고, 아주 살짝은 변태틱하다는 느낌을 부정할 수도 없기에 만약 주인님이 보고 질색이라도 한다면 상상만 해도 너무나 무서워집니다.

"으응……."

목제 스푼을 집어넣고 한동안 주인님의 얼굴을 보고 있으려니까 시간은 금세 지나갔습니다. 그런데 도중부터 뭔가 안 좋은 꿈을 꾸는 듯 보였습니다.

조금 더 제 다리의 부드러운 촉감을 체감시켜드리고 싶었습니다만, 오늘은 여기까지 해야겠네요.

무릎베개를 한 이유는 MP취기 때문이라고 둘러댈 수 있으니까 아무 문제도 안 되고요.

환영의 가면을 쓰고 복수심과는 다른 이 열기를 감춘 채 천천히 효력이 도는 독처럼 마음의 빈틈으로 뿌리를 뻗어 나가다가 마침내 그때가 오면 단번에 꽃을 피워 내립니다.

도망칠 길이 없도록 주위를 전부 차근차근 둘러싸 가두렵니다. 마왕 소녀가 주인님에게서 멀어진 순간 곧 울타리를 가둘 수 있도록.

그날까지는 이렇게 빈틈을 노려 수집한 컬렉션으로 제 자신을 달래면서 견디도록 하죠.

절대로 놓치지 않을 거랍니다? 주인님.

복수를 달성할 때까지 걷게 될 여정에서도, 복수를 달성한 다음에 걷게 될 여정에서도.

당신의 그 눈동자에 제 모습이 비칠 때까지.

우훗, 우후후훗♪

특별 단편 참극의 날

그곳은 왕성 부지 안쪽의 일각.

다른 시설로부터 거리를 둔 위치에 세운 그 건물의 외관은 루나리아교(教) 교회와 같은 형태를 갖고 있었다. 다른 점은 보통은 자애와 하늘을 상징하는 청색에 청렴과 순수를 상징하는 순백으로 채색된 건물에다가 오를레아 왕가의 용맹함을 상징하는 황색을 더했다는 것.

그리고 건물 정면의 최상부에는 루나리아교에서 심벌로 쓰는 『Y』 형태의 장식이 부착되어 있었다.

용사 소환과 관련된 정보를 숨기기 위해 존재하는 그 건물은 왕성의 가장 깊숙한 장소에 자리 잡은 보물고보다도 더욱 철저한 침입자 대책이 마련돼 있다.

차음 결계, 마력 결계, 물리 결계, 전부가 다 1급 수준의 방책을 거듭거듭 펼쳐 놓은 데다가 복잡하기 짝이 없는 수순을 밟지 않으면 들어설 수가 없는 왕성의 비밀 정원에 존재하고 있는 건물이 바로 이곳이었다.

상공의 관찰자에게 발각당하는 일이 없도록 상부 공간에는 환영을 펼쳐 놓았고, 정규 절차에 따라 진입하지 않는 한 다른 장소와 마찬가지로 평범하게 성의 일부로 보이도록 손을 써 뒀다.

그 장소를 향해 나 알레시아는 오를레아 왕국의 제1 왕위 계승자임을 나타내는 목걸이를 가슴에 드리운 채 걸어 나아가고 있었다.

"……."

또각, 또각, 또각, 대리석과 구두가 맞부딪치는 소리와 함께 철컥철컥 금속 갑옷의 마찰음이 복도에 울려 퍼진다.

데려온 인원들은 자못 영웅의 풍모가 느껴지기에 서민이 보고 동경할 만한『기사님』부대였다. 이들은 실전보다는 시범을 위한 검무(劍舞) 및 민중의 인기를 끌어모으는 데 주요한 멋들어진 검술을 익힌 기사였다.

대부분이 고위 귀족 등등의 자제로 구성돼 있는 기사단이기에 실전에 나가는 경우는 사실상 없다. 평소는 검술 실력이 아주 떨어지지 않는 선의 단련과 일반 병사를 통솔하는 지휘 능력을 연마하기 데 필요한 이론 공부밖에 하지 않는다.

물론 유사시에 주력이 되지 못할 뿐, 개인의 수준이며 기량은 일반 병사와 비교할 만큼 낮지는 않지만 기사 부대라는 범주에 두고 봤을 때는 최하층의 실력밖에 안 됐다.

다만 이번에는 그럼에도 이들이 나설 차례였다. 용사 소환의 의식을 실행하는 데 있어서 용사를 요령 좋게 조종하기 위해서는 겉모습만으로도 상대에게 위압감을 주는 기더트 기사단장 같은 기사들을 곁에 붙이고 가라면 꽤나 망설여진다.

첫 만남이 많은 부분을 좌우한다. 첫인상을 좋게 줄 수 있다면 차후의 일이 여러모로 편리해진다.

""왕녀 전하! 잘 와주셨습니다!!""

목적지에 도착한 우리를 맞이한 자들은 나를 수행하는 기사들과 또 다른 소속으로 기더트의 휘하에 있는 정예 부대의 기사들이었다.

정보 보호의 관점에서 이 장소에 출입이 가능한 자는 왕가와 연을 맺은 인물과 재상, 그리고 일부의 정예 기사들뿐이다.

재상과 기사들은 나라에 출사하게 된 시점에서 왕가에 반항하거나 국익에 반하는 행동을 취하지 못하도록 마법으로 제약을 받기 때문에 정보가 새어 나갈 염려도 없기 때문이었다.

만약 반발하는 자가 나타나더라도 당사자는 그 자리에서 목숨을 잃게 된다.

"편하게 있으세요. 그보다 선도를 부탁합니다."

""넷!!""

건물 안은 왕성의 안과 비교하면 꾸밈새가 모자란 심플한 구조였다.

물론 초라하다는 의미가 아닌 갑옷이나 회화 따위의 장식품이 설치되어 있지 않다는 의미이다.

"재료 준비는 잘 마무리됐겠죠?"

"예, 지시하셨던 대로 더틀러스 도시를 휘어잡고 있는 그론드 상회에서 구입한 수인 노예들로 숫자를 맞춰다가 예의 공물실에 대기시켜 놓았습니다."

"그렇군요."

"다만 여유를 두고 매입했던 만큼 이백 명을 넣기 위한 방에 서른 마리 가까운 수인을 추가로 비집어 넣은 상태입니다."

"그쪽은 문제없겠네요. 의식에 필요한 것은 최저 이백 명의 목숨입니다. 숫자가 많다고 해도 의식은 문제없이 거행할 수 있으니까요."

그래, 문제없다.

더러운 수인의 목숨만 바쳐서는 모자랄 수도 있기 때문에 처음부터 이렇게 계획했었다.

그리고 바로 그때.

"젠장! 이놈! 거기 서라!!"

"헉, 헉헉, 따라오지 마!!"

"쳇, 쫄랑쫄랑 잽싸군."

조금 앞쪽 통로에서 기사들에게 쫓기고 있는 한 마리 수인 소년이 이쪽 방향으로 달려왔다.

늑대 수인으로 짐작되는 소년은 손에 쇠사슬을 잡아 뜯은 차꼬의 잔해가 달려 있고, 대충 구멍만 뚫은 넝마를 옷 대신 걸친 차림이었다.

손아귀에는 과일칼 정도의 피에 젖은 작은 날붙이가, 옷에는 누구를 베었는지 대량의 피가 묻어 있는 모습이다.

누가 봐도 안 좋은 낯빛의 저 수인 소년은 대리석 복도를 특징적인 선명한 검은 짐승 귀를 흔들면서 짤랑짤랑 쇠사슬 소리와 함께 달리고 있다.

언뜻 보기에도 나이가 몇 되지 않은 소년인 듯싶었지만, 썩어도 준치라고 뛰어난 신체 능력을 갖고 있는 수인이다. 아주 작다는 말은 못할 나이프를 쥐고 있기도 하고, 건물 안에 흠집을 낼 수 없는 입장이었던 기사는 마법도 쓰지 못한 채 애를 먹는 기색이었다.

"윽?! 으앗!!"

"와, 왕녀 전하?!"

기사와 수인 소년이 이쪽을 발견하고는 다리를 멈췄다.

우리와 추적에 나선 기사들 사이에 끼인 형태가 된 수인 소년이 경계심을 드러내면서 이쪽으로 눈을 부라리고 있다.

자신의 날카로운 송곳니를 드러내고, 짐승 귀를 거꾸로 세우면서 주위를 위협하는 모습.

"이게 어찌 된 일이죠?"

"드, 드릴 말씀이 없습니다, 왕녀 전하! 실은 저 수인이 공물실에서 도망치는 바람에."

추적에 나선 기사는 실태가 노출돼서 당황했는지 긴장한 표정으로 사정을 보고했다.

자세한 사정은 모르겠지만 지금은 일단 이 문제에 대처할 수밖에 없다.

"고초를 겪었군요. 나는 이 나라의 왕녀, 알레시아 오를레아라고 합니다."

"왕녀 전하?! 위험합니다! 물러나주십시오!"

"당신들은 조금 떨어지도록 하세요."

말리려고 하는 기사를 손짓으로 제지한 뒤 수인 소년에게 가까이 다가갔다.

"가, 가까이 오지 마!!"

그르릉!! 목으로 나지막하게 위협의 소리를 내면서 수인 소년이 이쪽을 노려본다.

나는 그 위협을 무시한 채 더욱이 한 걸음을 나아갔다.

"안심해도 돼요. 나는 당신 편입니다."

"말도 안 되는 소리!! 나는 속지 않는다!!"

"괜찮답니다, 믿어주세요. 내게는 당신을 풀어드릴 권한이 있는 걸요."

그렇게 말한 뒤 거리를 좁히는 내게 도망치려는 것처럼 소년이 쓱 거리를 벌렸다.

"이대로 가면 당신은 기사에게 붙잡혀서 다치게 될 거예요. 당신도 이 많은 숫자의 기사를 상대로 정말 도망칠 자신은 없을 텐데요?"

"윽, 그, 그야……."

적의밖에 없었던 소년에게 망설임의 기색이 섞였다.

"자, 두려워하지 마세요. 그 날붙이를 어서 내려놓아요."

"큭, 으윽. 그곳에는, 내 친구도 붙잡혀 있어. 그 녀석들도 구해줄 수 있겠어?"

"예, 소홀히 대접하지 않겠습니다. 당신도 많이 힘들어 보이는군요."

소년의 앞까지 다가가서 미소를 짓자 그 소년은 손에서 나이프를 놓고 떨어뜨렸다.

딸그락딸그락, 날카로운 소리를 울리면서 나이프가 바닥에 떨어진다.

"내, 내가, 사람, 죽여서, 무서워서, 으윽."

뚝뚝 눈물을 흘리면서 무릎 꿇는 소년을 나도 따라서 무릎 꿇은 뒤 살며시 안아줬다.

"그래요, 불쌍하게도. 이제 괜찮아요. 왜냐하면……."

나는 그대로 바닥에 떨어져 있는 나이프를 주워 들고는 소년의 무방비한 두 다리 힘줄을 베어 갈랐다.

"끄아아아아아아아악?! 꺼헉, 끄윽!!"

"어차피 곧 죽게 될 테니까요."

더 이상 더러운 수인과 몸을 맞대는 것도 한계였기에 소년을 밀쳐 버렸다.

"자, 이제 더는 도망칠 수 없겠군요. 어서 방으로 데리고 돌아가세요."

"넷!"

내 지시에 따라 기사가 정중하게 경례를 했다.

"어째서, 이런, 짓을……."

기사들의 손에 붙들린 채 끌려가던 수인 소년이 눈물을 흘리면서 모기가 우는 작고 갈라진 목소리로 물었다.

"어째서? 당연하잖아요. 수인 따위가 사람의 모습을 흉내 내는 것만으로도 가증스러운데 게다가 나의 소중한 기사를 해치다니요. 본래는 고문 끝에 죽였을 겁니다."

"끄윽, 끄아아아악?!"

피가 흐르는 상처 부위를 걷어차서 고통을 줬다.

"치료는 상처 부위를 적당히 태워 마치도록 하세요. 더 이상 더러운 수인의 피로 이 복도를 더럽히고 싶지 않군요. 빨리 이 쓰레기를 방 안으로 데리고 돌아가세요."

"넷!! 젠장, 쓰레기 녀석. 더는 귀찮게 굴지 마라!! 『화염구』."

지시를 받은 기사가 주변을 망가뜨리지 않도록 손바닥에 최소한의 사이즈까지 위력을 억제한 불을 만들어 냈다.

"까극!! 아아아아아악!!"

그러고는 상처 부위에 냅다 문질러서 피를 멈춘 뒤 기사는 수인 소년의 머리카락을 붙잡아 끌고 갔다.

"후, 바쁜 와중에 괜히 엉뚱한 연극을 하고 말았습니다. 나중에 자세한 보고서를 작성해서 올려주세요."

손에 든 나이프를 근처에 있는 기사에게 건넨 뒤 다른 기사에게 지시 내렸다.

"살해당한 기사의 가족에게는 충분한 보상과 사죄의 뜻을 전달하세요. 그들은 나를 지저분한 적도로부터 지키다가 명예롭게 순직했습니다. 그렇게 조처하세요."

"배려에 황송할 따름입니다. 그러나 방금 전과 같은 행동은 부디 삼가주십시오. 심장이 뭉개지는 줄 알았습니다."

"어머, 미안합니다. 다음에는 조심하죠."

스스로도 조금 경솔했다 여겨졌기에 충동에 따라 행동해버린 나 자신을 반성했다.

"그건 그렇다 치고 몸이 피가 묻어서 더러워지고 말았군요. 용사를 소환할 때에 이런 차림은 바람직하지 않겠어요."

아래를 내려다보면 순백이었던 드레스는 흠뻑 젖은 지경은 아니라고 해도 붉게 얼룩이 지고 말았다.

"어쩔 수 없군요, 분명 이곳에는 옷을 갈아입을 때 쓰는 의상실도 있었죠?"

"예, 건물의 2층에 마련되어 있습니다."

"거기에서 일단 복장을 갖춰야겠어요. 여성 기사를 몇 명 보내줄 수 있나요?"

"넷, 바로 안내를 붙여드리겠습니다."

나는 여성 기사의 인도에 따라 2층에 올라가서 의상실 안으로 들어갔다.

"아, 목욕이라도 잠시 할 수 있다면 좋을 텐데 말이죠."

"아무쪼록 양해를 부탁드립니다, 왕녀 전하."

"알아요, 그냥 한 말이랍니다."

그렇게 말한 뒤 머릿속으로 다른 생각을 했다.

용사 소환의 의식에 필요한 공물을 준비하는 데는 몹시 많은 돈과 시간이 든다.

실패했을 때 그리 쉽사리 재차 시도할 수가 없는 일이었다.

옷을 다 갈아입고 기사의 안내를 받아 소환의 방으로 발을 들여놓았다.

방 안의 바닥에는 마법진이 각인돼 있고, 주위에는 소환된 용사를 맞이하기 위해 다소 공들여서 장식품을 배치했다.

이 방 안에는 이미 기사들이 죽 늘어서 있다.

"자, 그러면 용사를 소환하도록 하죠. 써먹기에 편리한 인형분이 와주면 몹시 고마울 텐데 말이죠."

우리와 같은 인간인 척 가장하는 이세계의 괴물을 스스로 불러들여야 한다는 것이 굉장히 혐오스러웠다.

그러나 혐오스럽다고 해서 실패할 수도 없는 노릇이었다.

나는 오를레아 왕국의 제1 왕위 계승자, 알레시아 오를레아니까.

나는 이성으로 억눌러 가라앉힌 감정의 잔재를 뱉어 내고자 한숨

쉬었다.

“이형(異形)의 괴물 따위는 우리 세계에 존재하는 자체가 해악이니까 하다못해 요긴하게 부려 먹지 않으면 수지가 맞지 않습니다.”

두 번째 용사는 복수의 길을 웃으며 걷는다 1
~배반자 왕녀~

1판 1쇄 발행 2018년 8월 20일
1판 4쇄 발행 2020년 2월 26일

지은이_ Kizuka Nero
일러스트_ Sinsora
옮긴이_ 김성래

발행인_ 신현호
편집장_ 김은주
편집진행_ 김기준 · 김승신 · 원현선 · 권세라
편집디자인_ 양우연
국제업무_ 정아라 · 전은지
관리 · 영업_ 김민원 · 조은걸 · 조인희

펴낸곳_ (주)디앤씨미디어
등록_ 2002년 4월 25일 제20-260호
주소_ 서울시 구로구 디지털로 26길 111 JnK디지털타워 503호
전화_ 02-333-2513(대표)
팩시밀리_ 02-333-2514
이메일_ lnovelpiya@naver.com
L노벨 공식 카페_ http://cafe.naver.com/lnovel11

NIDOME NO YUSHA WA FUKUSHU NO MICHI WO WARAI AYUMU -URAGIRI OJO- Vol.1

ISBN 979-11-278-4601-5 04830
ISBN 979-11-278-4600-8 (세트)

값 9,800원

치유마법의 잘못된 사용법 1~4권

쿠로카타 지음 | KeG 일러스트 | 송재희 옮김

평범한 고등학생 우사토는 귀갓길에 우연히 만난 학생회장 스즈네,
같은 반 친구인 카즈키와 함께 갑자기 나타난 마법진에 삼켜져
이세계로 전이하게 된다.
세 사람은 마왕군으로부터 왕국을 구하기 위한 『용사』로서 소환된 것이지만
용사 적성을 가진 이는 스즈네와 카즈키뿐, 우사토는 그저 휘말린 것이었다!
하지만 우사토에게 희귀한 속성인 『치유마법사』의 능력이 있다고 밝혀지며
사태는 180도 바뀌게 되고, 우사토는 구명단 단장이라는 여성, 로즈에게 납치되어
강제로 구명단에 가입하게 된다.
그곳에서 우사토를 기다리고 있던 것은 험악한 얼굴의 동료들,
그리고 「치유마법의 잘못된 사용법」을 구사하는
지옥훈련으로 채워진 나날이었다—.

상식 파괴 「회복 요원」이 펼치는
개그&배틀 우당탕 이세계 판타지, 당당히 개막!!

BOOKS

라이트노벨의 새로운 빛! L북스의 신간은 매월 20일에 발매됩니다. http://cafe.naver.com/lnovel11